誰說世子紈袴啊

2

暮月 著

目錄

第十一章

隔得數日，魏雋航忽又想起妻子嫁妝鋪子一事，遂召來心腹侍從一問，知道夫人已經著人將那錢掌櫃送進了衙門，他托著下巴想了想，又吩咐道：「想個法子，讓那錢掌櫃的嘴巴放乾淨些，我不希望從他口中說出什麼有礙伯府名聲之話來。」靖安伯府名聲不好，夫人必會不高興，夫人不高興了，他心裡也就不痛快。既如此，那便得從根子上斷絕了這個可能。

那人領命而去。

魏雋航拍拍衣袍，本想到正房裡尋夫人說說話，忽地想起今日夫人回了伯府，腳步一拐，便轉向了習武場。

這個時候，霖哥兒和蘊福應該都在習武場練習才是。

果不其然，離得遠遠的便看到魏承霖在場上舞劍的身影。視線往另一旁掃去，又見一個小小的身影正扎著馬步，正是初習武的蘊福。

他看得心情大好，招來丫頭取些茶水點心來，坐到一旁一邊品著茶、吃著點心，一邊觀賞著兒子的英姿。

「好，舞得好！果然不愧是我的兒子！」看著魏承霖收回劍勢，他再忍不住大聲喝彩。

英國公到來時，看到的便是這樣的一幕——不學無術的兒子蹺著腿、捏著點心往嘴裡送，不遠處孫子迎風練著他親自教導的劍法，便是那個名為蘊福的孩子也認認真真地扎著馬步。

滿場看來，就只有那個悠哉悠哉地品著茶點的身影讓他牙根癢癢。

他深深地呼吸幾下，很努力地壓下心裡頭那股火氣。這混帳除了會哄得他母親眉開眼笑外，其他半點本事也沒了，這吊兒郎當的模樣，哪有半分魏家子孫的樣子？真真是……不氣不氣，都這麼多年了，要氣也早該氣飽了！

「祖父！」還是魏承霖率先發現了他，連忙上前見禮。

蘊福也看到了，同樣想要過來行禮，卻不料他一雙小短腿站了太久，才剛一動，整個人「啪」的一下，一屁股便坐到了地上，半天爬不起來。

魏雋航被兒子這聲「祖父」唬了一跳，手忙腳亂地將那些茶點收好，也沒有發現蘊福的窘狀。

「父親。」

英國公瞪了他一眼，到底還是想著替他留幾分面子，不欲在孫子面前教訓他，只道：「你隨我來，我有事要問你。」

魏雋航應下，上前推著他那沈重的木輪椅，一直將他推回了書房。

「不知父親想問些什麼事？」細心地將英國公腿上的毯子蓋好，又替他倒了杯溫水放在他身邊的小圓桌上，魏雋航才小心翼翼地問。

英國公瞅了瞅他，端過溫水呷了幾口。

或許這小子還能再添一個優點，便是夠細心。也虧得他這麼多年了還記得自己自傷後便只喝溫水，不沾茶與酒。這般細心，還會哄他母親高興，若是位姑娘便好了，卻偏偏是個混帳小子！

可心裡那點惱意到底被兒子這個貼心的舉動給打消了。

「我怎的聽聞，你置外室之事，陛下早已知道？如此看來，難不成陛下竟還幫著你隱瞞？」英國公緩緩地問了此事。

魏雋航心中一個激靈，表面卻不顯，撓撓耳根，不好意思地道：「當日確是被偶然微服外出的皇帝表兄撞了個正著。」不由得又想到自己替那人揹的鍋，遂話鋒一轉，繼續道：「不過皇帝表兄說，妻不如妾，妾不如偷，置外室雖然不是什麼光彩事，但也算不得什麼大事，不過是天底下男人都會犯的一個小錯罷了。」

英國公一雙濃眉死死地擰著。「陛下果真說過這番話？」

「這是自然，他是皇帝，難不成我還敢誣衊他？」魏雋航一臉的無辜。

「陛下此言著實差矣！男子漢大丈夫，堂堂正正，坦坦蕩蕩，娶妻便娶妻，納妾便納妾，這般偷偷摸摸地在外頭置外室，實非大丈夫所為，又置家中妻房於何地？」英國公滿臉的不贊同，想了想還是有些不放心，於是吩咐道，「磨墨，我要上摺子好好與陛下說說這番道理！」

「哎，我馬上準備！」魏雋航心裡那個高興啊，一溜煙地跑到書案前磨起墨來。

他家老爺子可是位認準了理便一定要唸到你明明白白、生生受下才肯甘休的！

後來英國公連上三道摺子與元佑帝一番理論，讓元佑帝煩不勝煩，卻偏偏奈何他不得。當年他還是位不受寵的皇子時，就有些怕這位姑丈的唸叨，童年的陰影，哪會這般輕易消失？如今便是身為皇帝的他，也依然有些抵擋不住，因此對將禍水東引的魏雋航更是恨得牙癢癢的。

如此，魏雋航才感到稍微出了口氣。

沈昕顏並沒有讓梁氏有喘息的機會，在將錢掌櫃押送官府後，當日她便帶著秋棠回了靖安伯府。

她這般突然地回來，府上眾人都有些奇怪，但也沒有多說什麼，而梁氏更加想不到她此番回來的目的。

「可是有什麼事？」到底是一母同胞的兄妹，靖安伯察覺她的神色有異，低聲問。

沈昕顏並沒有回答他的話，而是衝著二房和三房的夫妻道：「我有些話想與大哥、大嫂說。」

那兩房的夫妻立即知趣地起身告辭。

梁氏見狀，不知為何心裡有些不安，勉強揚著笑道：「這是怎麼了？難不成是世子爺又在外頭有了人，妳想著讓娘家人替妳出面？」想來想去，估計也只有這個可能了。

前一陣子英國公世子置了外室之事便傳得沸沸揚揚，一直到後來由世子夫人親自出面著人將那外室抬了進府才消停。

沈昕顏沒有理她，接過秋棠遞來的重新抄過的帳冊，親自交到靖安伯手上。「大哥，這冊子記載的是大嫂這些年來從我鋪子裡取走的銀兩，有部分銀兩的去處我也做了詳細的記錄。」

靖安伯臉色一變，不可置信地回頭望向妻子，見她臉色倏地慘白，心裡「咯噔」一下，知道妹妹所言非虛。他的妻子竟然真的夥同外人偷取妹妹嫁妝鋪子的銀兩?!

「妹妹胡說些什麼？雖然咱們是一家人，可這種話也不是能胡亂說的。」梁氏強撐著道，視線卻一直往靖安伯手上那帳冊瞄，發現那冊子相當新，心思頓時一定。「我竟不知何處開罪了妹妹，讓妹妹這般誣衊。若是這些年來，怎的這帳冊還如此新，倒像是剛剛才寫好的一般？」

「大嫂沒有說錯，大哥手上這本確是我讓人重新抄寫的，原來的那本我還好好地收著。大嫂也別急著否認，我今日敢直接將此事扯開，便是有了十分的證據。」

「毒婦！」那廂，靖安伯顫著手大概翻閱了一遍，越看便越是心驚、越是憤怒，終於沒忍住，猛地揚手，重重的一記耳光抽向梁氏，將她打得撲倒在地。「妳不但偷取昕顏鋪子裡的錢，居然還用來放印子錢？誰給妳這般大的膽！」這才是讓他最最憤怒的地方！偷取小姑的錢已是不可饒恕之罪，而她居然還膽大包天地放印子錢，這一放就是數年，數額之大，著實令人心驚。這萬一讓人發現，對靖安伯府來說，就是一場滔天的禍事！

沈昕顏冷漠地望著眼前這一幕，若非她親自讓人去查，只怕也不會知道她的嫂子居然這般大膽。唯一值得慶幸的是，她放印子錢一事那錢掌櫃並不知曉，否則，若是他在公堂上那麼一嚷……靖安伯府也就到此為止了！

「我、我沒有！你不能只聽她一面之辭，這些所謂的證據全是假的、假的！」梁氏死不承認。她自認行事謹慎，此事的知情人數不出五根手指，這些人又全是她的心腹，是絕對不會背叛她的。故而，哪怕沈昕顏再怎麼言之鑿鑿，她照樣咬緊牙關不肯承認。沒有證據，那一切便只能是誣衊！

「妳還不肯承認?!真當我是那等蠢物，什麼都不知道是不？」靖安伯氣得臉色鐵青，已有些發福的身軀不停地顫抖著。

「大嫂身邊的那位梁嬤嬤好些日不在府裡了，大嫂難道從不覺得奇怪嗎？」沈昕顏忽地問。

梁氏呆了呆，心中劇跳。梁嬤嬤？梁嬤嬤不是因為小孫子受了風寒，需要告幾日假回家去嗎？難不成、難不成……

「她全招了。」沈昕顏緩緩說出了梁氏心裡最害怕之事。

梁嬤嬤可是她的陪嫁嬤嬤，她的事從來就沒有瞞過梁嬤嬤，若是梁嬤嬤出賣自己，那她根本毫無分辯的餘地。梁氏終於徹底癱在了地上，知道大勢已去。

「妳這毒婦，妳這毒婦！我、我要休了妳，休了妳！」靖安伯氣紅了眼，一轉身便打算去寫休書。

沈昕顏眼明手快地拉住他。「大哥慢著！」

「妳不必多說，此等招禍的毒婦，靖安伯府絕不能容！」

「那大哥可曾想過慧兒那幾個孩子？」沈昕顏輕聲問。「有一個被休的母親，你讓孩子們今後如何見人？」

靖安伯的腳步終於停了下來。

梁氏見狀，心中一定。對啊，她還有孩子！便是看在孩子們的分上，他都不能將自己休了！只是想到自己好不容易想到的生財之道，怕是從此便要斷個乾乾淨淨，她便忍不住一陣心疼。

沈昕顏並沒有理會她，只是靜靜地看著兄長。

靖安伯的臉色幾經變化，眸中好一番猶豫不決，最終，把心一橫，沈聲道：「既如此，便將她送到家廟，此生此世再不准她出現人前！」

「不行，不能將她送到家廟！」梁氏還沒有來得及說什麼，沈昕顏便已衝口而出。

「為何不能將她送到家廟？」靖安伯不解。

沈昕顏只覺得腦袋一陣鈍痛，上一輩子在家廟的那些痛苦記憶再度襲來。半晌，她才勉強平復思緒道：「好好的主母突然送到了家廟，這不是明明白白地告訴世人，她犯了不可饒恕之錯嗎？這與直接將她休棄又有何分別？」

最主要的是，經歷過上一輩子，她對「家廟」二字便先生了排斥，更反感動不動便將人送到家廟去。梁氏的情況與上輩子的她不同，若是被送進去，梁氏所出的那些孩子，這輩子也就不用抬頭做人了。

畢竟，上輩子她被送進去時，已經是「太夫人」，而且又不是掌中饋的主母，再怎麼也能把話圓得好聽些。

可梁氏不同，她還年輕，更是一府的主母，突然被送進家廟去，豈不是更招人閒話？休棄不得，又不能送走，不得不說，確是有些棘手。

「既如此，便讓她病了，從今往後好好在屋裡養病，再不准離開半步！」

突如其來的怒喝聲驚醒了一臉為難地看著彼此的兄妹二人，二人回頭一望，竟見沈太夫人拄著枴杖走了進來，正怒目瞪視著地上的梁氏。

「禍家精！」沈太夫人啐了梁氏一口，只差沒有一枴杖打過去。

「母親！」沈昕顏連忙上前扶著她落坐。

「你們說的話我都聽到了，是我識人不明……」想到自己當日親自提拔的得力助手竟成了最大的蛀蟲，沈太夫人一臉痛心，更覺對不住女兒。

「這與母親有什麼相干？人心會變，再忠厚誠實之人也有變貪婪的時候。真要怪，也要怪女兒這些年不聞不問，以致助長了他們的貪念。」沈昕顏柔聲勸道。

靖安伯跪在沈太夫人跟前，一臉愧色。

沈太夫人長長地嘆了口氣，目光落到跪在身前的梁氏身上，眸色一冷。「活至這般年紀，我也算是見過不少人，可卻從不曾見過哪一個女子似妳這般無恥！妳也算是令我大開眼界了。」

梁氏一陣難堪，咬著唇瓣，一句話也不敢說。

「母親，是兒子之錯，兒子對不住妹妹，也對不住府裡。兒子會想方設法將她放出去的錢都收回來；至於她貪的妹妹的錢，便拿她的嫁妝錢來還……」

「那是我的嫁妝！將來是要留給慧兒他們兄妹幾個的——」梁氏頓時便急了。

「妳動昕顏的錢，那也是她日後要留給盈兒兄妹二人的！」靖安伯毫不客氣地打斷她。

「你不能、不能這樣……都拿走了，日後慧兒他們怎麼辦？」梁氏扯著他的衣袖，語無倫次地道。想了想又有些不甘心，大聲道：「若不是你無能，我一個婦道人家何須想法子賺錢！」

靖安伯陡然瞪大眼睛，不可置信地盯著她，半晌，才慘然道：「是，全是我的錯，是我無能，讓妳一個婦道人家不得不想法子偷取親妹子的嫁妝錢，更讓妳一個婦道人家不得不昧著良心賺些傷天害理之錢。」想了想，又是一陣心灰意冷。「如此無能的我，想來也無顏再留住妳了，咱們便和離吧！從此以後，妳走妳的陽關道，我行我的獨木橋，再不相干。」說完，重重地朝著沈太夫人叩了幾個響頭。「母親，孩兒不孝，孩兒無能，只怕要讓靖安伯府蒙羞了。」

沈太夫人眼眶微濕，只連道了幾個「好」，卻是一句話也說不出。

沈昕顏再也按捺不住，猛地跨出一步，重重地抽了梁氏一記耳光。「妳簡直、簡直是豈有此理！」

梁氏在說出那番「無能」的話時也後悔了。男人都是要面子的，被她當面這般罵無能，只怕這夫妻情分便算是斷了。和離雖然比休棄好聽些許，但又有何分別？離了靖安伯府，她還有什麼？

「伯爺，是我錯了、是我錯了，求求你再給我一次機會！我不要和離，不要和離……」

眼看著靖安伯已經在書案上提筆，她方寸大亂，撲過去摟著他的腿苦苦哀求。

早被她傷透了心的靖安伯絲毫不理她，下筆穩健。

梁氏見狀更怕了，知道這回這個老實到近乎木訥的夫君只怕是來真的，當下起身奪過他的筆用力擲到地上，方寸大亂地道：「你不能、不能這樣，不能這樣……」

靖安伯不理她，從筆架上重新抽取一枝毫筆，蘸了墨又要寫。

梁氏再度奪過扔在地上，生怕他再去取筆，乾脆便將筆架推倒，把墨硯打翻，好好的書案頓時就一片凌亂。

「不要不要！伯爺，我真的知道錯了！嫁妝、嫁妝都抵給妹妹！印子錢、印子錢我也收回來，從此之後洗心革面，再也不會碰了！妹妹、妹妹，我知道妳心腸一向就軟，大嫂求求妳幫我勸勸妳大哥吧！母親！母親，兒媳真的知錯了，求您看在幾個孩子的分上，便饒了我這回吧！求求您了……」

梁氏瘋了一般在沈昕顏及沈太夫人跟前不斷哭求、下跪，絲毫不見往日的雍容體面。

沈昕顏咬著唇瓣，心裡對她恨得要死，卻再說不出什麼狠話來。

梁氏千錯萬錯，可待子女的一片慈心卻是真真切切的。

只是，休棄也好，和離也罷，卻不是她可以作主的。她的兄長性子一向寬厚，但一旦觸及了他的底線，就是八頭牛也拉不回來。

如今他鐵了心要和離，別說她，怕是連母親也未必勸得住。

梁氏作為他的枕邊人，想來也清楚他的性子，否則不會哭得這般絕望。

「爹爹，不要趕娘親走！慧兒求求您不要趕娘親走！」房門突然被人從外頭撞開，下一刻，一個小小的身影便如同炮彈一般衝了進來，一下子就撲到靖安伯處，摟著他的腿放聲大哭。

「都是怎麼侍候的？怎的讓姑娘闖了進來！」沈太夫人見孫女衝了進來，勃然大怒。緊跟在沈慧然身後侍候的丫頭嚇得一個激靈。

「還不把姑娘帶下去！」沈太夫人見狀更怒了，喝斥道。

那丫頭連忙上前將沈慧然從靖安伯身上扒了下來，半哄半抱地便要將她弄出去，哪知小姑娘掙扎得太厲害，她老半天抱不起來，一個沒用力，沈慧然便掙脫她，撲到沈昕顏跟前。

「姑姑，求求您幫慧兒勸勸爹爹不要趕娘親走……」

看著姪女哭得上氣不接下氣，沈昕顏嘆息一聲，正想要說什麼，那廂的梁氏已經撲了過來，摟著女兒放聲大哭。

一時之間，偌大的屋裡只響著這母女二人撕心裂肺的哭聲。

也不知過了多久，沈太夫人才長長地嘆了口氣，問木然站在一旁的兒子。「你確定還想要和離嗎？哪怕將來慧姊兒會因為有這麼一個和離的娘親而受人指點，峰哥兒兄弟日後也會抬不起頭做人？」

靖安伯的臉終於出現了裂痕。

沈昕顏知道，兄長最終還是心軟了。她也說不清是鬆了口氣，還是有些失望？但可以肯定的是，日後梁氏便要漸漸隱於府內，再不能掌一府事宜。

「是，孩兒還是確定要和離！」

斬釘截鐵的話響起時，沈昕顏陡然瞪大眼睛望向有些陌生的兄長。

靖安伯痛苦地合上雙眸。

若妻子僅是偷取了妹妹的嫁妝錢倒也好說，他便是砸鍋賣鐵也會想法子將這錢還上；可她偏偏還不知死活地去放印子錢，那些黑心錢是能賺的嗎？長達數年，積累的金額足以徹底毀掉靖安伯府！

伯府不是他一個人的，他不能因為自己這一房犯的錯而連累其他兄弟。

可一切歸根到底，還是他沒用，沒能給妻子富貴榮華，以致讓她一個婦道人家走上了歪路。

「妳放心，和離之後，這輩子我也不會再續娶，我會好生撫養峰哥兒兄妹幾個長大成人，絕不會讓人欺辱他們。至於妳的嫁妝……妳便帶走吧，有了這些錢物傍身，妳若是安安分分，下半輩子也能夠衣食無憂了。」

梁氏的哭聲早在他說出「確定和離」時就停了下來，努力睜大矇矓的淚眼，想要看清眼前的男人。

「你怎能如此狠心？你怎能如此狠心！我們這麼多年的夫妻，你怎能如此狠心！」她不知道還可以說些什麼讓這個男人改變主意，只知道此時此刻，她真的後悔了。

「爹爹，不要、不要……」沈慧然年紀雖小，可也看得清爹爹鐵了心要趕娘親走，頓時又急又怕，嚎啕大哭起來。

「還不將姑娘抱下去！」靖安伯雙眸通紅，不敢去看女兒，厲聲朝著手足無措的侍女斥道。

那侍女再不敢耽擱，使出吃奶的力氣，硬是將小姑娘給拖了下去。

女兒的哭聲被隔絕在門外，梁氏終於徹底絕望了。

沈昕顏也不知自己是如何離開伯府的，坐在回府的馬車上時，她整個人還有些恍恍惚惚。

兄嫂便這樣真的和離了？

對這個結果，她好像在意料當中，又好像在意料之外。

她的大哥不但心腸柔軟，便是耳根子也有些軟，她原以為梁氏雖會因此事而受到重罰，但也不至於會落到這樣的下場。平心而論，她真的希望他們和離嗎？好像也不是。

沒了親娘在身邊照顧，峰哥兒、慧兒兄妹幾個今後又該怎麼辦？母親年事已高，還能在內宅裡看顧他們多少年？靠兄長嗎？他一個大男人如何懂得內宅的彎彎道道，更不可能照顧得周全。

可是，他又說了今後不會續娶，以他的性子，說出口的話那是必然會做到的。

秋棠雖然只是候在屋外，但或多或少總會聽到些，再看看沈昕顏出來後的表情，心裡也有了猜測。

這一晚，魏雋航回到正房時便察覺夫人的情緒比較低落，想到方才才得到的消息，又知夫人今日從伯府回來，不禁暗地嘆了口氣。

身為伯夫人卻長達數年私放印子錢，獲利數萬兩，此事若是被人告發，再被有心人稍稍推動，靖安伯府將滿門獲罪，任憑誰也救不得。

如今只希望他派出去之人能將梁氏放印子錢的所有痕跡抹去，否則，靖安伯府危矣！

所以說，娶妻當娶賢，便是不那麼「賢」，也要安安分分，否則，若是娶了個敗家精回來，敗了她自個兒倒也罷了，最怕還會連累一大家子。

而這一回，想來那個性子和軟的靖安伯也終於強硬了起來。

「你回來了？」沈昕顏終於察覺屋子裡多了一個人，抬頭一看見是他，勉強揚了個笑容迎了上來。

魏雋航伸手在她嘴角上輕掐了掐。「不想笑便不笑，這般笑得難看死了！」

「……」沈昕顏一巴掌拍向那隻可惡的手，沒好氣地道：「做什麼掐人？好好說話不行嗎？」

魏雋航見她終於又有了生氣，這才滿意地伸開雙臂，一副大老爺的模樣道：「侍候本世子更衣！」

「……」

見她一副被噎住了的模樣，魏雋航終於忍不住哈哈一笑，自己動手換上乾淨的常服，又淨過手，這才給自己倒了杯熱茶。

沈昕顏如何不知他在逗自己？嘆息一聲在他身邊坐下，悶悶不樂地道：「大哥決定和大嫂和離了。」

「妳不希望他們和離嗎？」魏雋航一邊品著茶，一邊問。

「其實也說不上希不希望。我與大嫂的關係一直不過爾爾，只是好歹也做了這麼多年的親人，乍一見她落到這般地步，終究有些不大舒服。況且，峰哥兒、慧兒他們兄妹幾個年紀還小，哪裡離得了生母的照拂？日後只怕……」想到年幼的姪兒、姪女，她又是一陣長嘆。

「恕我直言，梁氏犯下此等不可饒恕之罪，大舅兄只是選擇與她和離，而不是將她休棄，已經是相當仁慈的了。妳可知道，此事最穩妥的處理方法，便是讓當事者徹底消失，大舅兄只要心腸再狠些，直接讓梁氏病逝，如此便可徹底解了伯府之危。」

沈昕顏呆呆地望著他，似是有些不敢相信，眼前這個這般輕輕鬆鬆地說出讓人「病逝」之人，是她那個吊兒郎當、萬事不上心的紈袴夫君。

魏雋航被她看得有些不自在，攏嘴佯咳一聲。「夫人與大舅兄都是良善之人，自然不會想到這種法子。只是，種什麼因便得什麼果，梁氏當日既起了貪念，更做下此等傷天害理之事，有此結果，已經是上天對她的仁慈了。夫人再想想，那些因為印子錢而被連累到家破人亡的無辜百姓，難道他們便不可憐嗎？」

沈昕顏半天說不出話來。

是啊，那些被連累到家破人亡的無辜百姓便不可憐嗎？朝廷明令禁止放印子錢，梁氏明知不可為，可因為心中的貪念卻依然為之，難道不是自作自受？

「好了，夫人莫要多想，梁氏有此下場與夫人無關，更與旁人無關，不過是自作自受。」魏雋航不以為然地道。「夫人若是心疼峰哥兒及慧兒他們兄妹，閒來多接他們過府便是了。前不久盈兒那丫頭還在我耳邊唸叨著她的慧表姊呢！」

「嗯，我明白了，多謝世子開導。」沈昕顏望著他的雙眼，認認真真地道謝。

魏雋航呵呵地笑了笑。

靖安伯與其元配夫人和離一事終究傳得滿城風雨。

這也難怪，靖安伯府雖然已經沒落了，但好歹也是有爵位的世家，之前又不曾聽聞這對夫妻有什麼不和的傳聞，況且這伯夫人子女都生了好幾個，眼看著最大的兒子過不了幾年便可以娶妻了，卻在這個節骨眼上選擇和離，不得不讓人猜疑。

傳到後來，居然變成了「英國公世子夫人與其嫂不和，逼迫兄長與之和離」！

「是哪個下作的東西胡亂攀扯咱們夫人！」夏荷聽聞這個流言時，氣得險些將她屋裡的桌子都砸爛了。

秋棠一臉凝重，這種流言不可謂不狠。早已出嫁的姑奶奶因與嫂子不和，慫恿兄長與之和離，若是真落實了，夫人這輩子什麼名聲也沒有了！

可偏偏，那流言還傳得有板有眼，只道英國公世子夫人前腳回娘家，後腳便傳出伯爺夫妻和離的消息，這不是她慫恿的還能是誰？

是誰在背後傳出這樣的流言來毀夫人的名聲？難不成是那梁氏懷恨在心，故而才傳出去的？

流言越演越烈，最後連大長公主都被驚動了，連忙喚來沈昕顏問問是怎麼回事？

事關娘家醜事，沈昕顏自然不可能全盤實言相告，唯有挑著自己嫁妝鋪子被私吞了大半進項之事告訴她。

沈昕顏只是透露了小半的事實，大長公主卻已在腦中補全了事情的真相，認為許是靖安伯查出原來私吞了妹妹嫁妝錢的是妻子，一怒之下便要休妻，但因顧及伯府顏面，才選擇了稍微好看一點的和離。

「難為妳了，這可真真是無妄之災！」大長公主安慰地道。她會這樣想，全不過是相信沈昕顏並非那等挑撥離間之人，更不可能會因為一己喜惡而做出讓兄嫂和離之事。

瞞過了大長公主，沈昕顏暗暗鬆了口氣，至於到她跟前或探口風、或看笑話的方氏與楊氏妯娌就好對付多了，直接黑臉將她們轟出去便是。

反正大長公主都相信了她的無辜，旁人愛信不信。不信？憋著吧！

到後來，自然也會有些與梁氏相熟的婦人就此事問到她的跟前，而沈昕顏也做好了梁氏會乘機往自己頭上潑髒水的心理準備，哪知結果卻出乎她的意料，梁氏居然並沒有落井下石。

「她一個早就出嫁多年的小姑子也能使得兄嫂和離？你們也忒瞧得起她了！別瞧她如今是高高在上的世子夫人，回到娘家見到我這個嫂子還不是得恭恭敬敬的？慫恿她兄長與我和離？哈，真是滑天下之大稽！」

當梁氏這番話傳到沈昕顏耳中時，她久久沈默不語。

當事人出面澄清，還是一個已經沒有任何利益關係的當事人，她這番話比那些似是而非的流言可信度高多了。雖然還是有人表示不信，但到底沒人再敢將靖安伯夫婦和離之事與沈昕顏扯上關係。

梁氏冷冷地看著那些沒有得到滿意答案的「相熟之人」敗興而歸，片刻，勾了個不屑的笑容。

真當她是蠢人不成？這個時候還得罪沈昕顏，對她不但沒有半點好處，還會連累她在伯府中的兒女。她已經讓子女因她而蒙羞了，不希望他們再因為自己而失去沈昕顏這道保護符。

梁氏的澄清，同時也算是間接洗清了魏雋航對她的懷疑。

初次聽到外頭那些流言時，魏雋航氣得破口大罵，生生驚得一旁的喬六公子眼珠子都快要掉下來了。

認識這廝這麼多年，從來不曾見他發過這般大的脾氣，這廝是出了名的笑面虎，當面笑咪咪的，背後陰招不斷，輕易沒哪個人這般想不開敢去惹他，畢竟這廝可是連皇帝都敢陰的。君不見陛下近來被英國公一道又一道的摺子煩得頭髮都掉了不少？

他突然有些同情那個在背後中傷沈昕顏的人了，這世上怎麼會有這般想不開的人呢？

「世子爺，查到了，這流言是從城西齊宅傳出來的。」終於有派出去查探之人回來稟報。

「姓齊的？那是什麼人？為何要中傷我家夫人？」魏雋航連聲追問。

「咳！魏二啊，你先鬆鬆手，你都快把他給勒死了！」喬六公子清咳一聲，出言提醒。

魏雋航這才發覺自己揪住了對方的衣領，用力之大，勒得可憐的屬下臉都青了。

他連忙鬆手，訕訕地摸摸鼻子，想了想又有些過意不去，體貼地拍了拍對方的背脊打算替他順氣，哪想到直拍得對方又是一陣咳。

喬六公子撫額，不忍再看。

「具體的屬下也不清楚，只知道那齊宅的當家夫人姓沈，同樣是出自靖安伯府。」好片刻，那屬下才清清嗓子回稟。

「噢，原來是手足相殘啊！」喬六公子恍然大悟。

魏雋航沒好氣地瞪他。「你哪裡瞧出是手足相殘了？分明是有人心懷妒意，暗地中傷！」

喬六公子聳聳肩，一副「隨你怎麼說」的模樣。

「想個法子將查到的消息透給夫人那邊的人。」因為始作俑者是出自靖安伯府，魏雋航決定還是由沈昕顏處置。

那人應聲退下。

沈昕顏也很快知道了流言的起源是沈昕蘭。

對這個結果，她並沒有太過意外。

能說出她前腳走，後腳靖安伯夫婦便和離之話，此人想必與靖安伯府有些聯繫，二房和三房向來不是惹事的，梁氏的懷疑也可以排除了，那剩下的便是沈昕蘭。

畢竟是府裡的出嫁女，府裡之人未必會防備她，但凡透露了一絲半點，以沈昕蘭的性子，自我發揮一下再扯到自己身上也不是什麼奇怪之事。

真真是……她無奈地嘆了口氣。

還想著到底是姊妹一場，這輩子彼此遠離、各自安好便罷了，沒想到她還是不肯放過任何一個能給她添堵的機會。

「這三姑娘著實是太過分了！」夏荷恨得直磨牙，她身邊的春柳同樣一副同仇敵愾的模樣。

秋棠也是惱到不行，可到底比她們冷靜許多，思量著道：「只是此事終究沒有確鑿的證據，三姑娘大可以死咬著不承認。」

沈昕顏如何不知？這才是最令人不痛快的地方。

不過……她微微一笑。「我彷彿聽聞三妹妹不久前搭上了羅姊姊，想著走通羅姊姊的路，替她夫君謀份好差事。」

秋棠先是一怔，隨即恍然，同樣笑道：「我好像也聽過。」

見這兩人只是相視而笑，夏荷與春柳對望一眼，均是一頭霧水。

「夫人，妳們這話是什麼意思？」還是夏荷沒忍住發問。

秋棠見主子只是笑著品茶，完全沒有解釋的意思，唯有接了這差事，道：「羅家姑娘現在是吏部李侍郎夫人，李侍郎剛升任吏部侍郎沒多久，正是根基不穩的時候，李夫人自然也明白這一點，必不會給她的夫君找麻煩。若是三姑爺當日被降職的內情傳到李夫人耳中，以她的謹慎……」

夏荷與春柳恍然大悟。

「好了，都站在這兒做什麼呢？該忙的自忙去！」沈昕顏拭拭唇角道。

「誒！」三人異口同聲應下，彼此相視一笑，掩嘴退了出去。

沈昕顏眉目含笑，無奈地搖了搖頭。

羅秀秀雖與她自幼相識，又向來瞧不上眼庶女，但因著她的關係，與沈昕蘭倒也算得上是點頭之交。沈昕蘭藉著自己的關係搭上了羅秀秀，想走通羅秀秀的路替齊柳修另謀出路，那也要看她答不答應！

本來她確是打算這輩子與沈昕蘭老死不相往來的了，偏對方作死，又主動招惹自己，若是這般被欺到頭上還不知反擊，她也到底太無能了些！

卻說羅秀秀瞧著沈昕蘭這段日子對自己伏低作小、萬般討好，心裡好不舒暢，想著倒不如給她一點甜頭嘗嘗，畢竟沈昕顏的妹妹小心翼翼地討自己歡心，這種感覺著實太好！

她剛透出這層意思，心腹侍女便連呼「不可」。

「有何不可？我打探過了，沈昕蘭的夫君齊柳修乃二甲出身，履歷並不算難看，略微提一提，將來給夫君添個助手倒也未嘗不可。」

「夫人有所不知，那齊大人品行有污，老爺若是提拔了他，將來萬一有個什麼事，不定還會連累自己的官聲呢！」

「品行有污？此話從何說起？」羅秀秀大驚，忙追問。

「奴婢聽說，那齊大人之所以被降了職，不是因為當差出了錯，而是因為他品行不端，勾引世家姑娘，從而得罪了貴人，這才丟了好差事。」

羅秀秀蹙眉。竟是得罪了貴人？如此一來，這齊氏夫妻……可得離他們遠些，免得被連累了！

當沈昕蘭第三度前來求見羅秀秀，卻都被李府下人以各種理由推拒時，終於感覺到了不妙。對方哪是忙得抽不開身，只是不願意再見自己罷了。

這到底是怎麼回事？明明早前還好好的，羅秀秀也已經鬆了口，眼看著她的夫君能通過李侍郎重新謀份好差事了，就只差這臨門一腳，居然功敗垂成？

她越來越不甘，思前想後都想不明白羅秀秀為何突然改了主意？不知為何，忽想到了沈昕顏身上，再憶及自己不久前假裝不經意地說漏嘴的那句話，頓時就心虛了。

難不成沈昕顏發現了是自己在背後中傷她？可是，又沒有任何證據可以證明是自己說的，她憑什麼突然對付自己？雖是這樣想著，心底卻有一個聲音響起——

可以的，以她如今的地位，只要她想，輕輕一戳便能讓妳永不能再翻身！

她緊緊咬著唇瓣，死死地絞著手上的帕子，良久，又不甘不願地離開。

沈昕蘭被羅秀秀拒之門外一事，沈昕顏沒過多久便也得知了，知道這是自己的反擊奏了效，沈昕蘭再一次白忙活。

「妳說妳這是做什麼呢？好好的日子不過，偏要給我找不痛快，這不是自尋麻煩嗎？」她自言自語地道。

「夫人，東西都準備好了，該出發了！」春柳掀簾走了進來，才剛說完，身側便溜進了一個小身影，卻是魏盈芷。

「娘，快走快走，咱們去姑姑家！」小姑娘拉著她的手，撒嬌地搖來搖去。

「好好好，快別晃了，晃得娘眼睛都花了。」沈昕顏無奈。

還是剛邁進屋來的魏承霖見狀，連忙將妹妹抱開。

「母親，父親那邊也準備好了，就等母親了。」

今日是瓊姝郡主生辰，身為她的娘家人，除了英國公和大長公主外，小一輩們都是要去的。

「母親也準備好了，咱們走吧！」沈昕顏扶了扶髮髻上的金步搖，道。

母子三人出了門，魏盈芷左右看看不見蘊福，忍不住問：「娘，蘊福呢？他怎的不和咱們一塊兒去？」

沈昕顏摸摸她的臉蛋，柔聲道：「蘊福留在府裡看家，這回便不與咱們一同去了。」

蘊福年紀畢竟還小，離不得人照顧，而今日的場合，若是帶了蘊福去，自然免不了被人詢問，畢竟沒有哪個人出門會帶一個年紀這般小的「下人」，而她卻不願在外頭將蘊福蓋章定論為「下人」，故而乾脆便將他留在府中。

魏盈芷有點不開心，指了指一旁的春柳，噘著小嘴道：「讓春柳留在府裡看家好了，蘊福跟咱們一起去！」

「嚶嚶嚶，四姑娘嫌棄春柳，春柳好傷心……」春柳聽罷，做了個假哭的動作。

「沒、沒有啦！我才沒有嫌棄妳！」魏盈芷有些急了，生怕她誤會自己，憋紅著小臉忙道。

可春柳卻裝作沒有聽到她的話，照舊假哭著。「嚶嚶嚶，四姑娘嫌棄春柳、四姑娘嫌棄春柳，春柳很傷心、很傷心……」

魏盈芷解釋了幾遍，見她還是「哭」個不停，最後乾脆一咬牙，跺了跺腳。「好、好啦，這回就讓蘊福看家！」

「多謝四姑娘！」話音剛落，春柳便衝她笑得一臉討好，臉上乾乾淨淨的，哪有半點哭過的樣子？

魏盈芷覺得自己好像被騙了，小眉頭皺了起來。

一旁的沈昕顏幾人早已捂著嘴，樂得不可開交，便連魏承霖也控制不住不停上揚的嘴角。

這個小笨蛋！

眾人說說笑笑地漸行漸遠，渾然不覺一個落寞的小身影抱著樹幹，怔怔地望著他們消失的方向。

「蘊福，快來吃點心了！」秋棠遠遠地招呼著。

「誒！」蘊福高聲應道，拍拍衣裳上沾著的塵土，歡快地邁著小短腿，朝著向他招手的秋棠跑去……

此次往衛國公府恭賀瓊姝郡主生辰的除了他們幾房的主子，還有方碧蓉。

這一回方碧蓉是與方氏的兩個女兒魏玉芷、魏敏芷及兒子魏承騏坐在一輛車裡的，沈昕顏一家、楊氏一家同樣各坐一輛車，最後一輛車則坐了跟去侍候的下人。

馬車裡，魏盈芷正與魏雋航咬耳朵，沈昕顏細一聽，便聽出小姑娘嘰嘰咕咕地向爹爹告狀，說春柳裝哭騙她。

魏雋航故意板著臉惱道：「春柳著實太不像話了，爹爹回去替妳重重地罰她！」

魏盈芷連連點頭，好一會兒又對著手指頭商量著道：「也不用重重地罰，就是比重重還輕一點兒就行了。」

魏雋航一副「我聽妳的」的模樣。「好，就聽盈兒的，比重重還輕一點兒地罰她！」

魏盈芷抿著嘴笑了，想了想又加了一句。「還是比重重再輕多一點兒吧！」

「好，比重重再輕多一點兒！」

沈昕顏再聽不下去，「噗哧」一下便笑出聲來，沒好氣地嗔了某個不正經的世子爺一眼。

比重重再輕多一點兒？虧他還能一本正經地胡說。

魏雋航笑呵呵地捏捏女兒肉肉軟軟的臉蛋。

魏承霖看看額頭抵著額頭、不知在嘀咕什麼的父親與妹妹，再瞧瞧眸中帶笑卻偏偏一臉無奈的母親，不由自主地漾起了笑容。

好在父親的心終究還是在母親這裡的，並沒有因為府裡多了一個顏姨娘而忽視了母親，如此他也總算是放下心來。

習慣了父親身邊只得母親一個人，前段時間突然鬧出個外室，最後還是得由母親出面將那外室接進了府，魏承霖的心便一直提著，就怕父母會因為這位顏姨娘而生出嫌隙來。

雖然這顏氏自進門後一直安安分分地窩在她自己屋裡，輕易不外出，也從來不到母親跟前礙眼，可到底是一個活生生、嬌俏俏的年輕女子，他還是忍不住擔憂父親會因此被勾了心去。

他想，身為男子還是一心一意的好，有了可以相攜一生的妻子，有什麼必要再納什麼妾室、抬什麼通房？似三嬸那般，不知多少回因三叔那些妾室、姨娘而氣得連飯都吃不下。便是他的堂弟釗哥兒、越哥兒，對著他們那些庶出的弟弟也從來沒有什麼好臉色。納了妾、生了庶出子女，卻使得夫妻生了隔閡，父子親情有損，那納了來又有什麼必要？

當然，這些只是他心裡的想法，他不會，也不可能對任何人講。

第十二章

作為壽星的娘家人，英國公府一行自是提前到來，早就得到消息、候在門外的衛國公府最得臉的掌事們，一見英國公府的車馬到了，便立即迎了上去。

男丁由衛國公世子親迎著進了正廳，女眷上了青布小轎進二門，一路往瓊姝郡主等候之處而去。

姑嫂、姑姪相見自有一番熱鬧，以魏承霖為首的小一輩一一向魏瓊姝行了禮，又與魏瓊姝的一雙兒女彼此見過，一群孩子嘻嘻哈哈的，甚是有趣。

「這是碧蓉妹妹？好些年沒見，都長這般大了，若不是瞧著與大嫂有幾分相似，我還認不出來呢！」魏瓊姝的視線總算是落到了方碧蓉的身上，親熱地拉著她問。

方碧蓉那股尷尬之感終於消去了。

滿室就只她一個外人，看著她們言笑晏晏的和樂場景，她窘迫得恨不得沒有跟來。

「見過郡主。」方碧蓉福身正要行禮，卻被魏瓊姝一把拉住。

「妳我之間何須多禮？妳小的時候我還抱過妳呢！真真是歲月如梭，彷彿不過眨眼間，當年小小的丫頭已長成亭亭玉立的姑娘了！」

見她言語親切，態度熱絡，方碧蓉這才又微微鬆了口氣，總算知道長姊並沒有騙她，魏瓊姝的確還是念著與她們姊妹的舊情。

待見了魏瓊姝接下來的安排時，她終於徹底鬆了口氣。

魏瓊姝身為今日的主角，卻一直讓方碧蓉緊緊跟在她的身邊，這份照顧，滿屋子之人哪個不瞧得分明？

「咕，這方姑娘倒是會順著竿子往上爬，真不要臉，不知道的還以為她才是今日的正主兒呢！」一見魏瓊姝如此抬舉一個外人，楊氏滿心的不高興。

沈昕顏卻並無不可，對魏瓊姝此舉也早有預料。就是不知這回有了魏瓊姝的抬舉，方碧蓉能不能如願地找個如意郎君了。

只不過，也不知是不是她的錯覺，她總覺得今日不少夫人望向自己的視線比以前親切了許多，便是魏瓊姝對著她，神情也不知不覺地放柔，甚至眼中居然還帶著一絲愧疚。

愧疚？她百思不得其解，想不明白魏瓊姝會做出什麼對不住自己之事，以致態度變得如此詭異。

直到傅婉出現。

「我瞧著妳倒比上回略清減些，只不管如何，身子還是要保重的，總歸妳還有霖哥兒和盈兒呢！那些個上不得檯面的東西，若是太在意便是抬舉她們了！」

沈昕顏如夢初醒，終於明白周圍這些「親切」的眼神是怎麼回事了。

她頓時有些哭笑不得。怪道方才羅秀秀和那許玉芝都沒有在她跟前顯擺呢，原來是大發善心，小小地同情了「夫君置外室，逼得她不得不將外室抬進府來」的自己一把啊！

以前就只得她一人的夫君身邊沒什麼妾室、姨娘，任憑誰知道了不想著從其他地方壓她一壓？好歹要將她給比下去啊！如今她唯一的優勢沒了，夫君又不是個多出息的，自然而然便引得她們同情心大發，刻薄的話也不說了。

弱者容易使人同情果然是真的！

她想，為了讓耳根繼續保持清靜，她要不要一直將這個「弱者」的身分維持下去呢？

「傅婉說得對，那些上不得檯面的東西，高興了給她個好幾分的臉色，不高興了直接攆出去便是，值得妳巴巴地記在心上？」羅秀秀不知什麼時候走了進來，恰好便聽到傅婉這番話，輕哼了一聲道。

沈昕顏當機立斷，立即便扯了一個有幾分苦澀的笑容。

羅秀秀一見，精神當即一振，頓時便覺得自己的地位「嗖嗖嗖」地直往上漲，態度越發親切，到後面簡直就是一副恨鐵不成鋼的模樣。「妳好歹也是大戶人家出身、正兒八經的正室夫人，竟被那種上不得檯面的弄成如今這般鬼模樣，真真是白長了這些年歲——」

沈昕顏低著頭，讓人瞧不出她的表情，心裡卻在納悶。她出門前好歹也是精心打扮過的，怎麼就是「這般鬼模樣」了？是簪子歪了，還是髮髻散了，抑或衣裳弄髒了？

她不著痕跡地往身上掃了掃，並沒發現有哪處不得體的地方。

「好了，妳就別再責備她了，沒瞧見她如今心情正不好嗎？」傅婉打斷了她滔滔不絕的說教，安慰性地拍拍沈昕顏的手背。

「秀秀說得對，昕顏妳就是性子太軟，這才被那小賤人壓在頭上！」許玉芝挺著肚子走了過來，在沈昕顏另一邊坐下，語重心長地道：「只一條，就是千萬不能讓那小賤人懷上。賤人有了孩子，底氣便也就越足，這底氣一足，心就跟著大了，日後怕是後患無窮。」

「還有，該立的規矩一定要立起來，絕不能讓小賤人過得太輕鬆，她若輕鬆了，便有心思去勾引男人給妳添堵了！」羅秀秀不甘落後地插了一句。

「妳性子太軟了些，這會子便是不為自己，也該為了妳的霖哥兒和盈丫頭立起來，必要時刻也要殺隻雞給猴看，震一震那些不安分的賤蹄子！」

「不錯，玉芝這話便說到點子上了。妳可萬萬不能裝什麼賢慧人，把自個兒的男人往外推，妳推一次、兩次、三次，慢慢地，男人也就習以為常，開始雨露均沾了，到時候，妳才是悔之晚矣！」

「那小賤人身邊之人妳也要拿捏住了，讓她們知道誰才是這內宅真正的主子，對敢吃裡扒外的絕不能手軟。」

「此話也能用在男人身上，妳可千萬不能對男人心軟，妳對他軟，他便對小賤人硬了！」

「咳咳咳……」沈昕顏終於沒忍住，背過身去大聲咳了起來。

「怎麼了這是？」

「妳這是哪裡不舒服？」

「可有請大夫瞧過了？」

三道關切的聲音同時響起。

沈昕顏拭了拭憋笑憋得有些微紅的眼眶，又拭拭嘴角，這才道：「不要緊，我沒事。」

「還敢說沒事，這眼睛都……」羅秀秀正想拆穿她的謊言，傅婉微不可見地推了推她的手臂，她心領神會，立即便笑著轉了話題，說起了今日衛國公府的場面。

沈昕顏終於暗地鬆了口氣。

她真是作夢也沒有想到，此生還能有得到羅秀秀和許玉芝這兩人，語重心長地教導的時候。

想到那兩人妳一言、我一語地傳授她們對付小賤人的心得體會，她險些沒忍住要笑出聲來。

話糙理不糙，這些經驗好歹也是前人幾經「戰鬥」才總結出來的，她怎麼也得好好地記下來，如此才不算辜負了這兩位的一番好意。

羅秀秀與許玉芝又東拉西扯了好一會兒便告辭離開了，如此難得的機會，當然不能白白浪費在安慰「弱者」上，好歹也得多結識些各府夫人，多多拓展人際圈子。

傅婉與她說了會兒兒女的趣事，便被她娘家嫂嫂叫去了。

那三人離開不多久，自有其他府中的夫人前來與沈昕顏打招呼，當中不乏有明裡暗裡想從她這裡打探靖安伯和離之事的，統統被她裝傻充愣、避重就輕地唬哢過去了。

那些人見從她嘴裡打探不出有用的消息，頗覺無聊，客套了幾句便又陸續走開了。

「二嫂，妳怎的跑這裡來了？讓我好找！」魏瓊姝不知何時走了過來，笑著道。

「方才遇到幾位相熟的夫人，聊了幾句，不知不覺便過了這般久，倒讓妹妹見笑了。」沈昕顏含笑回答。

「二嫂隨我來，我帶妳與一位夫人相識相識。」魏瓊姝伸手過來牽著她，也不等她回答便拉著她往前走。

沈昕顏無奈地跟著她，自然猜得到她口中的夫人並不是尋常人家的夫人，只怕來頭不小。

「方姑娘呢？怎的不見她？」她無話找話地問了句。

「還不是濤兒調皮，竟把水都潑到碧蓉裙子上，我讓下人帶她進去換衣裳了。」魏瓊姝無奈地道。她口中的濤兒便是她五歲的兒子。

「小孩子哪有不好動的？況且方姑娘不是外人，想來也不會計較。」沈昕顏不以為然地道。

方碧蓉還要靠著魏瓊姝多帶她結識勛貴夫人，別說濤兒只是不小心潑濕了她的裙子，便是弄髒、弄壞了，她也不會計較半分的。

「也虧得是碧蓉那樣的好性子。二嫂，來……」魏瓊姝拉著她朝一位如同被眾星捧月般圍著的貴婦人走去，一邊走，一邊低聲地向她介紹。「那位是皇后娘娘的嫡親嫂子，首輔府的二夫人，深得首輔夫人與皇后娘娘器重。」

周首輔的嫡次媳？沈昕顏自然知道，她更知道這位周二夫人素來與周莞寧之母溫氏不和。不過也不奇怪，這周二夫人嫁的明明是首輔夫人的「長子」，論理應該稱一聲大夫人的，可偏偏首輔府的「大老爺」卻是一個從妾室肚子裡爬出來的，娶的妻子也是庶女出身，穩穩占了「大夫人」的位，讓她不得不屈稱一聲「二夫人」。

最最要命的是，那個庶女出身的溫氏，生得千嬌百媚、豔若桃李，生生地將府內一眾夫人給襯成了庸脂俗粉，這對向來自負容貌的周二夫人來說，真不亞於往她心口上插刀。

沈昕顏甚至想，這位二夫人的「賢慧」之名傳得這般響亮，會不會也有刻意與溫氏爭一爭「美名」之故？畢竟德容言功，德總是排在容之前。

「郡主、世子夫人。」正圍著周二夫人的眾夫人見她們姑嫂二人相攜而來，連忙招呼道。

「郡主與世子夫人感情可真好，莫不是又一對如皇后娘娘與周二夫人這般的姑嫂。」有夫人笑著道。

周二夫人臉上浮現一絲得意之色。皇后娘娘的支持是她在周府立足的最大倚仗，任憑哪個，都爬不到她的頭上來。

魏瓊姝自是不敢比皇后娘娘，忙客氣地道：「夫人說笑了，滿京城誰不知道皇后娘娘與周二夫人還在閨閣中便親如姊妹，這成了姑嫂後……哎喲，真真是嫡親姊妹也不過如此！」

「郡主這張嘴可真真會說！」周二夫人雖是如此說，可臉上的笑容卻瞞不過眾人。

魏瓊姝自然也知道，自己這番話是說到了她心坎上。

「往日倒難得見世子夫人一面，今日可總算是見著了。」心裡滿意魏瓊姝有意無意的討好，便是對著她帶來的沈昕顏，周二夫人也難得地親切了幾分。

「這話應該由我說才是，難得方能見夫人一回。」沈昕顏含笑回答。

眾人妳來我往的互相恭維，一時間氣氛倒也相當融洽。

「請恕我失陪片刻。」半晌，周二夫人客氣地道。

眾人聞弦歌而知雅意，魏瓊姝忙喚來侍女，引著周二夫人往後院而去。

待周二夫人從淨間出來時，她的貼身侍女便已將乾淨的帕子遞了過來，侍候她淨手。

「等會兒向郡主辭行回府吧，左右來這麼一趟也算是全了禮。」

侍女點點頭。「是。」

引路的侍女見她們主僕出來，連忙上前躬身行禮。「夫人請隨奴婢來。」

返回花廳的一路上，入目之處不乏名花名草、巧山奇石，周二夫人不禁想，都說康郡王府的花園子乃是京中一絕，若讓她來看，這衛國公府的園子也絲毫不遜色。

「郡主身邊那姑娘是誰呀？居然能得她這般抬舉！」

「據說是郡主娘家大嫂的妹妹，想來是代替其姊來向郡主道喜的。」

忽然，一陣說話聲透過花木樹枝傳過來，周二夫人腳步一頓，秀眉微微蹙了蹙，本想要加快腳步離開，卻在聽到對方接下來之話時止了步。

「原是如此！妳這般一說，我倒是想起來了，上回在百花宴上我見過她，滿屋子的姑娘，就她模樣最俏，我還記得首輔夫人初一見那姑娘時的眼神，嘖嘖，一下子就亮了……」

「妳竟去了百花宴？」

「臨時去幫幫工，只可惜也沒能多留會兒，便被些狗眼看人低的給趕了出來，罷了，不提這些，總歸我也算是見過世面了。哎，對了，首輔夫人不是有位公子尚未娶親嗎？該不會是瞧上了這位姑娘，有意結下這門親事吧？」

「這姑娘生得好模樣，又與郡主是親戚，想必出身也不會低，與那首輔公子算得上是門當戶對、郎才女貌吧？」

「瞧妳說的……」

……

那兩名婦人的說話聲越來越遠，直至最後完全聽不清。

引路的侍女早在聽到對方言語間提到「首輔」時，便嚇得臉都白了。

這倆到底是打哪兒混進來的？既不像是府裡的下人，又不像是賓客，真真是該死，胡言亂語倒也罷了，偏偏還讓貴客聽見！一面在心裡暗罵著，她一面偷偷打量周二夫人的臉色，見那張俏臉早就氣得通紅，心裡暗叫不好。

「門當戶對？一個破落戶家的女兒也敢說與首輔公子門當戶對?!」周二夫人冷笑。那兩人不知道方碧蓉的身分，她卻是一清二楚。這麼一個破落戶家的女兒，居然也敢肖想首輔府！

「郡主到底是心腸軟些，此等膽敢在背後非議貴客之人，若是在首輔府，早就發落出去了！」她斜睨了一眼那名侍女，冷冷地道。

「夫人請恕罪，奴婢一定將此事稟報郡主，必會給夫人一個交代！」那侍女連忙跪下請罪。

周二夫人自持身分，自然不會與她一個下人多說，只扔下這麼一句話，便帶著她的貼身侍女頭也不回地走開了。

那侍女皺皺眉，看著那對主僕是朝著來時路折返，確信她們沒有走錯路，這才嘆了口氣，取道小路快步而行，希望能在周二夫人回到之前將此事詳報給郡主。

當迎面遇上方碧蓉時，周二夫人皺眉道了句「晦氣」。

真真是越討厭什麼，便越是來什麼。方才聽了兩個蠢婦議論著這位「模樣最俏」的方姑娘，這會兒倒好了，直接便遇上正主了。

她不得不懷疑，難道這一切都是瓊姝郡主的安排，為的便是可以借著這位方姑娘搭上首輔府？

一想到這個可能，她沒來由便生出一股厭惡，對方碧蓉越發瞧不上眼，尤其是看到她嫋嫋婷婷似弱柳扶風的體態，與長房那溫氏似了幾分，心中惡感又添。

「周二夫人！」方碧蓉自然也看到了她，連忙迎上前來見禮。

「姑娘倒是好眼力。」周二夫人心中冷笑。

她來得比較晚，魏瓊姝並沒有來得及將方碧蓉帶到她跟前，論理，方碧蓉一個初次到京的姑娘不可能認得她，可對方卻偏偏準確地喊出了她！若不是一早就盯上了首輔府，又如何會這般清楚？

想明白這一層，眼前的方碧蓉在她心裡，已經是完完全全與「欲攀附首輔府的不知廉恥的女子」畫上了等號，當然，對這樣的女子她從來不會有什麼好臉色。

方碧蓉見她面露厭惡，心中一突，想不明白對方為何會對自己露出這樣的表情？

「姑娘也該想想自己的身分，不要以為靠著幾分姿色便可以攀附貴人。野雞便是野雞，便是飛上枝頭也成不了鳳凰。我首輔府嫡出的公子，再怎麼降格，也不會娶這樣不知所謂的東西！」說完，她又給了方碧蓉一記鄙視的眼神，這才帶著貼身侍女揚長而去。

方碧蓉臉色一陣青、一陣紅、一陣白，煞是精彩。

望著連背影都透出幾分高傲的周二夫人，她死死地攥緊了手，眸中盡是透骨的恨意。

「那位夫人好生過分！方姑娘好歹還是未出閣的姑娘家呢，竟把人家說得這般不堪！」

直到周圍再度陷入了安靜當中，假山石後的春柳才小小聲地道。

沈昕顏深以為然，對無端被羞辱的方碧蓉沒來由地生出一點點同情。

至於周二夫人……

那樣眼高於頂、目無下塵的女子，莫怪後來被那溫氏壓得再無翻身的機會。

回到花廳見方碧蓉噙著得體的淺笑安安靜靜地坐在一旁，偶爾側過臉去與方氏所出的次女魏玉芷說幾句，神色平靜坦然，若非沈昕顏親眼目睹園子裡的那一幕，都不敢相信她不久前還被人當面那般羞辱。

她不得不承認，果然挫折更容易鍛鍊人，這輩子的方碧蓉，比之上一輩子同時期的她，城府深了不知多少倍。

畢竟上一輩子在與齊柳修的奸情暴露前，方碧蓉真的沒有遭受過什麼挫折，在大長公主與方氏，甚至包括她的照顧之下，並沒有什麼人敢當面為難她，也使得她順利地定下了與徐尚書嫡子的婚事。

她環視一圈，發現不見了魏瓊姝的身影，便連周二夫人也不見了蹤跡。從身後不遠的兩名女子交談中才知，那周二夫人已經告辭回府了。

「二嬸嬸，蘊福沒有來嗎？」不知什麼時候走到了她身邊的魏承騏怯怯地問。

沈昕顏低下頭去，便對上他那張與方氏有幾分相似的小臉，那雙黑白分明的眼眸中帶著幾分期盼，又有幾分怯弱。

「蘊福留在府裡，並沒有隨我們來。」沈昕顏有些意外他會問起蘊福。

雖然不喜其母，但對這孩子，她還是有幾分喜歡的。只是因為顧忌方氏，也免得惹來不必要的麻煩，她平日還是會注意和他保持距離。

「喔……」魏承騏臉上迅速浮現了失望之色。「那二嬸嬸，我去三姊姊那裡了。」

「去吧！」遠遠便見魏敏芷朝著弟弟招手，沈昕顏只瞥了那丫頭一眼便收回了視線。

方氏這個小女兒如她一般，都將魏承騏視作命根子，護得死緊。沈昕顏不願與小丫頭計較，將她視自己如洪水猛獸般的舉動只當不知。

方氏膝下除了有兒子魏承騏外，還育有三個女兒，長女早些年便已出嫁，如今跟著夫君外放；次女魏玉芷，今年十一歲，是個名副其實的悶嘴葫蘆，等閒也得不到她一句話；最小的女兒魏敏芷年方九歲。沈昕顏覺得，這小丫頭年紀小小，可心眼倒是不少。

「騏哥兒竟主動來尋蘊福，難不成他與蘊福平日還有往來？」待魏承騏離開後，她忍不住問身邊的春柳。

春柳想了想，搖搖頭道：「這我倒是不曾留意。蘊福平日不是與四姑娘一處習字，便是到大公子那裡練武，其他時候也多是在夫人屋裡，偶爾還會到世子爺書房侍候。」

蘊福一直牢牢記得自己的身分，除了讀書習武外，得了空也會多盡自己身為「下人」的職責，沈昕顏身邊有春柳幾個大丫頭侍候著，他插不上手，便跑到魏雋航的書房處，一本正經地侍候他。

偏魏雋航覺得這小子頗是有趣，竟也不趕他走，故意將他使喚得團團轉不只，有時還耍壞心眼，挺直腰背站得穩穩的，讓只到他腰間高的蘊福侍候他更衣。

蘊福是個實心眼，竟也不覺得對方在戲弄自己，還對世子爺不嫌棄他個子矮、笨手笨腳而感激不已，越發侍候得上心了。

沈昕顏得知後哭笑不得，也私底下說過那個不正經得連小孩子都欺負的某人，偏蘊福得知後還認認真真地維護「絲毫不嫌棄自己」的世子爺，只道對方是很好很好的人。

這兩人一個願打、一個願挨，又見蘊福因為自己終於不是「白吃飯不幹活」的人而顯得越發有活力，漸漸地，沈昕顏便只能睜隻眼、閉隻眼了。

魏瓊姝現身時，雖然她極力掩飾，可沈昕顏還是注意到她眉宇中的那股惱意，心裡一時納悶。

一直到前院突然傳來消息，說是宮中有賞賜下來，賀郡主生辰。

滿堂頓時譁然。

帝后賞賜可是天大的榮耀，還特意說明是賀郡主生辰，足以見得聖眷之深厚。就是不知這是瞧在衛國公府的分上，還是看在大長公主面上？畢竟魏瓊姝又不是只得今年才過生辰，可生辰當日得了帝后賞賜卻是頭一回。

魏瓊姝明顯也愣住了，待身邊響起一陣陣恭喜之聲，再聽侍女催促她前去謝恩時才反應過來。

留在廳內的英國公府女眷自然也感受到了在場眾夫人的熱情。

這股熱情一直延續到宴席散去，國公府眾人辭別魏瓊妹坐上了回府的馬車。

馬車上，魏盈芷被魏雋航抱在懷中，早已累得睡了過去，便是魏承霖，臉上也浮現了幾分倦意。

「陛下與皇后娘娘今日此舉倒是令人有些費解。」沈昕顏自言自語地道了句。

「有什麼好費解的？陛下怎麼說也是咱們的表兄，表兄賞些東西恭賀表妹生辰算得了什麼？至於皇后娘娘，陛下都賞賜了，她便是心裡不痛快，也得有所表示。」魏雋航滿不在乎地道。

那廝打小讓自己揹了多少次黑鍋，給他妹妹一個恩典又算得了什麼？日後他還要再從那裡討些恩典回來呢！

「真真是該掌嘴，皇后娘娘也是你能非議的？」沈昕顏被他話中對周皇后的不以為然嚇了一跳，嗔怪地道。

魏雋航笑了笑，並沒有再說什麼。

人盡皆知，周皇后並非元佑帝的元配髮妻，元佑帝當年仍為瑞王時，其元配妻子乃瑞王妃趙氏，彼時周氏只是瑞王側妃。只可惜那趙氏卻是個沒福的，未及瑞王登基便一病去了，而周氏則順應成了中宮之主。

車內還有一雙兒女，沈昕顏也不便再說什麼，側頭一看，見魏承霖合著雙眸靠著車廂，似是睡了過去，忙取過毯子輕輕覆在他的身上。

次日一早醒來，蘊福動作索利地穿好衣裳鞋襪，又自己拎著小木盆想到外頭打些水洗漱，才走出沒幾步，迎面便見春柳捧著溫水走了過來。

「我琢磨著這個時辰你也醒了，來，洗漱完了到正房用早膳去。」

「夫人她們回來了？」蘊福雙眸閃閃亮，期盼地問。

「自然是回來了，昨……」

春柳話未說完，蘊福便已邁著一雙小短腿「噔噔噔」地往正房方向跑去。

「哎，你還未洗漱呢！」

春柳的叫聲在他身後響著，可他卻沒有聽到。

「夫人！」

沈昕顏剛想要問問孩子們可都起了，蘊福清脆響亮的聲音伴著他急促的腳步聲，已從外頭傳了進來。「跑得這般急做什麼？」她無奈地搖搖頭，意外他難得有這般毛躁的時候。要知道，這個小正經平日獨自來正房總是會規規矩矩地請小丫頭通報，得了允許後才似模似樣地進來行禮問安。

蘊福有些害羞地抿了抿嘴，一雙眼眸亮晶晶的，望著她眨巴眨巴幾下。

沈昕顏被他望得心裡一片柔軟，笑著捏捏他的臉頰。「跑得這般急，可是有話要與我說？」

「嗯嗯嗯！夫人，呂先生說讓我日後到他那裡去，他要教我唸書呢！」蘊福迫不及待地將這個好消息告訴她。

沈昕顏愣住了，好一會兒才有些不敢相信地問：「呂先生？」不會是她以為的那位呂先生吧？

「是啊是啊，就是呂先生！」蘊福笑得大大的眼睛都瞇成了兩道縫。

沈昕顏怔忡片刻，終於也忍不住綻開了笑容，摸摸他的小腦袋，讚許地道：「竟然能讓呂先生收你為徒，蘊福真了不起！」

呂先生便是當日英國公親自請回來替魏承霖開蒙的那位大儒。

看著氣喘吁吁地追了進來的春柳拉著蘊福下去洗漱，秋棠才一臉擔憂地道：「夫人，蘊福若是跟了那呂先生，只怕會有些麻煩。」

沈昕顏皺眉，也是這個時候才想起，這位脾氣古怪的呂先生曾拒絕了長房和三房那幾個孩子。若是讓方氏與楊氏得知，這呂先生不肯教她們的孩子，卻偏偏要收一個「下人」為徒，只怕府裡會有些不安寧。

「又不是咱們求著呂先生收下蘊福的，是咱們蘊福聰明，被呂先生瞧中，主動收下他的，能有什麼麻煩！」夏荷一臉的不以為然。

「妳能這般想，便代表大夫人和三夫人也能這般想嗎？萬一她們偏認為是世子夫人從中搞的鬼，進而鬧起來，只怕到時候……」秋棠沒好氣地瞪了她一眼，眉間憂色漸濃。

「關咱們夫人什麼事啊……」夏荷有些不服氣，只到底也覺得秋棠言之有理，只嘀咕了一句便不再說。

沈昕顏雙眉緊蹙。秋棠所憂確是極有可能會成真，旁的事倒也罷了，事關自己的兒子，方氏必不會善罷干休；至於楊氏，那就是個唯恐天下不亂的，若是有人出頭，她更是會豁出力氣將局面攪得更亂。

只不過……想到蘊福提到可以跟著呂先生唸書時那閃閃發光的雙眸，她便把心一橫，淡淡地道：「不必多作理會，夏荷說得對，此事全是呂先生作的主，與我們不相干，既然問心無愧，自是不懼旁人如何說。」

見她一意孤行，秋棠本欲再勸，可外頭卻已響起了魏盈芷和蘊福說話的聲音，唯有將滿腹的話嚥了下去。

「喏，這個我不喜歡了，給你！」魏盈芷傲嬌地仰著腦袋，將懷裡那塊刻著「福」字的玉珮塞到蘊福手中。

「呃……那我幫妳收著吧，等什麼時候妳喜歡了，我再還給妳。」蘊福撓撓耳根。

「都說了不喜歡，還什麼還？討厭！我最討厭福字了！」魏盈芷跺了跺腳，再瞪他一眼，又哼了一聲，如同小鳥兒一般張著雙臂朝屋裡跑。「娘——」

跟在兩人身後的春柳聞言直想笑。不喜歡妳還從妳濤表弟那裡搶過來？搶就搶了，還振振有詞地說「你又不叫蘊福，拿著這個福字的玉珮做什麼！」

從侍女口中得知那個不知好歹的呂先生，居然收了二房那名叫蘊福的孩子為徒，方氏氣得重重地將手中的茶杯砸到了地上。

「欺人太甚，簡直欺人太甚！」

當日呂先生絲毫不給顏面地拒收下魏承騏那場景還歷歷在目，更讓她可著勁要全力培養兒子，勢必要讓呂先生將來看清楚，誰才是國公府小一輩中最出色的孩子。

可如今對方竟然再度收了徒，還是府裡的一個下人！

「世子夫人這分明是要打大夫人您的臉啊！不只如此，還有意要羞辱四公子，這才——」張嬤嬤煽風點火。

桃枝不悅地瞪了她一眼，打斷了她未盡之語。「嬤嬤事兒都回完了，還不回去當差嗎？」

張嬤嬤有些不甘不願，但到底不敢和她作對。

「夫人莫要惱，且靜下心來細想一想。世子夫人雖然近來有些鋒芒畢露，但也不是那般沒腦子之人。況且，四公子一向是大長公主的心頭肉，她的膽子便是再大，也不敢拿四公子來說項，這萬一傳到了殿下耳中，她只怕是落不到半分好處。」張嬤嬤出去後，桃枝忍不住勸道。

方氏冷笑。「連讓兄長休了長嫂此等事都做得出來，她還有什麼事是不敢做的？她不就是怕騏哥兒將來會比她的兒子優秀，從而威脅到二房的地位，這才想方設法要打壓咱們大房嘛！她此舉，不過就是想要向父親、母親證明，騏哥兒不但比不上她的兒子，連她兒子身邊一個下人也及不上！」說到此處，方氏便抑制不住滿臉的痛恨。「若沒有沈氏穿針引線，難不成那呂先生還會主動找上門來要收一個下人為徒？一個不知打哪兒來的野孩子，我便不信他能比騏哥兒懂的學問更多！」

桃枝張張嘴欲再勸，方氏已經伸手打斷了她。

「妳不必多言。往日沈氏欺我、辱我倒也罷了，只她千不該、萬不該將主意打到騏哥兒頭上！」

桃枝見狀，微不可聞地嘆了口氣。只要事情牽涉到四公子，夫人便聽不進任何人的勸。

楊氏得知後自然也是氣得要命。

「霖哥兒倒也罷了，誰讓人家是嫡長孫，又是在他祖父身邊長大的，我們釗哥兒、越哥兒讓便讓了，可如今連個下人也能爬在我們頭上，這口氣我是斷斷嚥不下的！」說完，楊氏一挽衣袖便要衝出去找沈昕顏理論。

虧得她身邊的梅英眼明手快地拉住她，連連道：「夫人不可！夫人不可！」

「妳莫要拉我！她沈氏是金貴不錯，可如今連她身邊的阿貓阿狗也能越過我們了，這事便是說破天去也是她沒理！」

「夫人！夫人莫急，且等等那邊的動靜！」梅英拉著她不放，朝著長房的方向努了努嘴。

楊氏愣了愣，瞬間便明白她的意思，一拍大腿道：「瞧我都氣糊塗了！不急不急，這回我不急，反正有人肯定比我急！」騏哥兒是長房的金疙瘩，如今他被一個下人給比下去了，相信方氏心中的憤怒比自己更盛。她便等著，等著方氏出頭，而她自己就跟在後頭搖旗吶喊便可，順便瞧準時機爭取些彌補。想明白了這層，楊氏的怒氣便漸漸平息了。

此時呂先生也將欲收蘊福為徒之事告知了英國公。

英國公有些意外。「先生果真要收那孩子為徒？」

「這是自然，我從不拿此等事說笑。」呂先生一臉嚴肅。

英國公捋著鬍鬚笑道：「竟得呂先生開口主動要收徒，這孩子想必有些過人之處。」

「確是有些過人之處。」呂先生毫不謙虛地道。

英國公哈哈大笑。

「只還有一事……」片刻，呂先生遲疑著又道。

「先生但說無妨。」難得見他露出這般猶豫的表情，英國公饒有興味。

「我想替蘊福這孩子贖身。」以為蘊福真是府內的下人，呂先生首先想到的便是替他贖身，畢竟奴籍可沒有科舉資格的。

英國公略一想便明白他的打算，哪有不肯之理？當即命人到大長公主處取蘊福的身契。

這孩子既入得了呂先生之眼，可見真有過人之處，況且便是脫了籍，也還在府中與長孫一處唸書，有著自小一處長大的情分，將來必會是長孫的一個得力幫手。

不過片刻的工夫，前去大長公主處的僕從卻空手而回。

「殿下只說蘊福並非府中下人，乃是惠明大師故人之子，大師將他託付予世子夫人，如今不過暫寄居府中而已。」

「竟是惠明大師故人之子？難怪呂先生一眼相中那孩子！」英國公有些意外蘊福的身世。

呂先生同樣意想不到，不過轉念一想，又覺得確應如此。那孩子眼神澄澈、光明磊落，聰慧不輸魏承霖，卻又比魏承霖性情溫和。若魏承霖是一把尚未開刃的寶劍，這孩子便更像是堅韌、能包容一切鋒利的劍鞘。

「既然他不是府中下人，如今呂先生又收他為徒，不如便讓他搬到西院與先生一起住，不知先生意下如何？」英國公問。

「若能住一處，彼此有個照應自是好，只是還要看看蘊福自己的意思。」呂先生捋鬚笑道。

英國公見他如此在意蘊福的意見，心知他這是將那孩子放在心上了，笑了笑，便命人到福寧院請蘊福過來。

福寧院。

「不是這樣繡的，你要按我剛才給你示範的那樣來做！」魏盈芷雙手插腰，氣呼呼地瞪著笨拙地穿針引線的蘊福。

蘊福苦惱地皺著小眉頭。「這個好難啊！不學了行不行？」

「不行！你都能跟哥哥學打拳了，那也得跟我學繡花，這樣才公平！」小姑娘直接駁回。

「可是這個是姑娘家才會做的啊……」蘊福小小聲地反駁。

魏盈芷被他駁得啞口無言，好一會兒才耍賴地道：「我不管，反正你就要跟我學繡花！哪，快點繡，繡不好點心不給你吃了！」

蘊福好不委屈地瞅瞅她。

魏盈芷被他看得有一點點心虛，下一刻又挺挺胸膛，學著平日沈昕顏教訓她的語氣道：「蘊福你不乖，不聽話不是好孩子！」

「好、好吧……」

屋外將兩人的對話聽得分明的秋棠好笑道：「四姑娘又在『教』蘊福繡花了？」

春柳摀著嘴笑了好片刻。「可不是？這師傅還沒半桶水呢，徒弟就更不必說了，光是把針拿起來都花了半個時辰！」

秋棠也忍不住笑。

「兩位姊姊在呢！國公爺傳話，請蘊福去一趟。」奉命來請蘊福的小廝伶俐地上前招呼，並說明了來意。

兩人不敢耽擱，連忙進屋裡叫蘊福。

蘊福如蒙大赦地放下繡得不成樣子的繡屏，匆匆扔下一句「我先走了」，便一溜煙地跑了，惱得魏盈芷嘟著嘴，連連跺了好幾下腳。

「蘊福，你先過去，莫要讓國公爺等，我溜個號就追上你！」走到半路，帶著蘊福去見國公爺的小廝捂著肚子交代了一句，也不等蘊福回答便急急忙忙跑開了。

蘊福撓撓耳根，聽話地一個人往前走，只走一會兒又回頭瞧一眼，看看對方什麼時候溜完號追上來。

「哎喲……」再一次邊走邊回頭時，卻撞上了一個溫熱的身軀，足下一個不穩，整個人一屁股便坐到了地上。

「你沒事吧？可有摔疼？」女子好聽的嗓音隨即響了起來，同時一雙白淨的手伸過去欲扶他。

蘊福下意識地抬頭，撞入一雙含著關切的溫柔眼眸，裡面映出兩個小小的自己。

「沒、沒事。」他有些不自在地避開對方的手爬了起來，拍了拍身上的灰塵。

那女子見他動作索利，並不像摔疼的樣子，這才稍稍放心，正想再問他幾句，一直落後半步跟著她的另一名青衣女子，輕輕扯了扯她的衣袖。

女子醒悟，歉意地朝著蘊福點了點頭，再輕聲道了句「抱歉」，便低著頭與那青衣女子離開了。

「陛下派的人就在前面，夫人快走吧，玉薇姑娘我們世子爺會讓人照顧好的。」一直到帶著女子避人耳目地出了國公府，青衣女子才壓低聲音道。

趙氏點點頭，跟著奉命來接她的人正要離開，又止步回身，不放心地叮囑那青衣女子。「若是不妨礙，還請姑娘著人看看方才那孩子可有摔傷？」

「夫人放心。」

「大夫人，老奴剛剛得到一個消息，是關於世子夫人身邊那名為蘊福的孩子的。」張嬤嬤一臉神秘地湊到方氏身邊，壓低聲音稟道。

正想著法子欲出出心中惡氣的方氏一聽便來了精神。「什麼消息？妳且細細說來。」

「夫人可知，那蘊福乃是前不久世子夫人從外頭帶回府的？」

「這還用妳說，若不是沈氏帶回來的，難不成還是他自己跑來的？」方氏沒好氣地道。

「那夫人可還知蘊福曾經在靈雲寺住過一陣子？」

方氏沈下了臉。「妳要說的便是這些？」

見她臉色不豫，張嬤嬤不敢再賣關子，忙道：「不不不，夫人請細聽。老奴有個老姊妹，數月前曾到靈雲寺上香，曾聽聞寺裡出了小毛賊，因一直沒有人抓到，故而到後來便不了了之。只老奴那老姊妹卻是曾親眼目睹那小毛賊爬進了廂房裡，再出來的時候，懷裡便揣著幾個包子。」

方氏本來已有了些不耐煩，聽到後面精神一振，當即便挺直了腰。「難不成妳口中的那小毛賊便是蘊福？」

「正是！」張嬤嬤無比肯定地點了點頭。

「妳怎能如此肯定？」方氏仍有些不放心地追問。

「老奴那老姊妹曾想到府裡尋份差事，老奴哪敢輕易許她？只她三番四次前來，老奴總不好回回避而不見，恰好今日不用當值，便見了她一面，卻不承想在後園的青石道上遇上那蘊福，老奴那老姊妹一眼便認出他來了。」

方氏眸中光芒大盛。真真是剛打瞌睡就有人送枕頭來，那野孩子竟然手腳不乾淨！如此品行，不說那呂先生還收不收他，便是府裡也斷斷不能再容他！

她勾起一抹冷笑，隨即朝著張嬤嬤招招手，示意她過來，在她耳邊「如此這般如此這般」地吩咐行事。

張嬤嬤邊聽邊點頭。

「事成之後，妳便酌情著安排一份差事給妳那老姊妹吧。」末了，方氏淡淡地道。

「多謝夫人！」張嬤嬤大喜，不敢耽誤，躬身行禮退了出去，進行一番安排。

此時的沈昕顏正有些意外地望著手中那打開了的漆黑錦盒，裡面整整齊齊地放著一疊大小金額不等的銀票。

她身前不遠，前靖安伯夫人梁氏的侍女正畢恭畢敬地稟道：「這是我家夫人一半嫁妝折換的銀票。我家夫人說，還請世子夫人好歹看在慧姑娘的分上寬限些日子，這些年來欠下夫人的銀兩，我家夫人將按錢莊的利息逐步分期償還。」

沈昕顏不發一語地合上盒子，將它遞給了春柳。

那侍女見她收下，心裡頓時鬆了口氣。肯收下就好，如此自家夫人的目的便已達到了。知道自己不受對方待見，久沒有聽到沈昕顏的說話聲，侍女便恭恭敬敬地行了禮，靜靜地離開。

門簾外的春柳小小聲地道：「沒想到梁氏居然還會想著還錢，我以為她和離之後便會死死捂著她的嫁妝過日子呢！」

秋棠搖搖頭。「妳想得太天真了，梁氏哪是還錢給夫人？只不過是借夫人之手，給慧姑娘兄妹幾個留些錢以備萬一罷了！」

雖然對夫人還是存了利用之心，可為人母的拳拳愛意卻也是真的，故而夫人便是察覺她的用意，也依然將那些錢給收了下來。

春柳不解。「這話是什麼意思？怎的是借夫人之手給慧姑娘兄妹留些錢？」

「妳沒聽到嗎？那些錢是梁氏的一半嫁妝折換而來的，妳想想，以咱們夫人的性子和她對慧姑娘的疼愛，縱然這些錢是梁氏『還給她』的，可她會留作己用嗎？尤其是在慧姑娘兄妹幾個失了生母照應、前程未卜的時候？」

春柳順著沈昕顏的性子想了想，搖搖頭。「不會。」

「那便是了。這些錢夫人想必是打算日後留給慧姑娘當嫁妝。」

「那咱們夫人損失的那些錢怎麼辦？」春柳想了想這些年損失的銀兩，就忍不住一陣心疼。

秋棠嘆了口氣。「會有人想辦法還上的。」

「誰啊？」春柳好奇。

「除了夫人的親兄長、梁氏的前夫君、慧姑娘的親爹外，還能有哪個？」秋棠沒好氣地戳了戳她的額角。

靖安伯此人確是沒有什麼上進心，大半輩子都是得過且過，可他也有自己的驕傲，既然當日能讓梁氏帶著她的嫁妝離開，便已是打算替梁氏擦屁股了。

秋棠又忍不住長嘆一聲。

靖安伯的性子與梁氏南轅北轍，若是娶一個與他一般甘於現狀的女子，夫妻二人憑著祖宗傳下來的產業，再加上靖安伯不多也不少的俸銀，安安分分地教養孩子，又哪會招來如今這般結果？

梁氏若是嫁了一名積極進取、有能力，又有魄力的男子，想來也能過上她希望的那種富貴日子。

歸根到底，這兩人的姻緣或許一開始便牽錯了。

至於梁氏會想著「還錢」，應該還有另一層原因，那便是她一個和離回娘家的女子，又能有多少本事護得住自己的嫁妝？與其到時被人奪去，倒不如一開始便先「折」了一半留給自己的兒女。

「慧姑娘兄妹也真是可憐，小小年紀便沒了親娘在身邊照顧。」春柳嘆息。

「夫人已經決定明日便回伯府接她過來住一陣子。」秋棠道。

「這倒是極好的主意。慧姑娘與咱們四姑娘一向要好，有四姑娘陪著，想必會開朗些。」

那廂兩人說著話，這廂的蘊福則是有些不安地揪著衣角，頂著英國公似是探究、似是好奇的視線。

「你叫蘊福？日後便跟著呂先生與承霖一處唸書可好？」良久，英國公才緩緩地問。

他已經儘量讓自己看起來不那麼嚴肅，便是聲音也儘量放輕放柔，可他一個曾在戰場上廝殺過的將領，身上自帶著一股令人畏懼的煞氣，便是素來便有些天不怕、地不怕的魏雋航在他跟前也會老老實實，更不必說蘊福了。

蘊福點點頭，隨即便又結結巴巴地道：「是、是，我叫、叫蘊福……好、好好。」

英國公自然也看得出他的緊張，清咳了咳，決定讓呂先生自己來問。

「蘊福，你可願意搬來西院與我一同住？」呂先生微笑著問。

蘊福明顯愣了愣，為難地皺了皺鼻子，半晌，才道：「願意是願意，可是、可是我還能每日到夫人處請安嗎？還有盈兒、春柳姊姊、夏荷姊姊、秋棠姊姊那裡也能去嗎？對了，還有世子爺那裡呢！」想起絲毫不嫌棄自己笨的世子爺，他連忙又加了一句。

呂先生捋鬚笑了笑，摸摸他的腦袋瓜子，不答反問：「若是我說不能，你還會搬來嗎？」

蘊福一臉的為難，望望他，又偷偷看看「板著臉」的英國公，最終，還是搖了搖頭。

「對不住，先生，我不能搬。」

夫人帶了他回來，給他好吃的、好穿的，沒有了夫人，便不會有如今的他，他不能因為要跟先生唸書便再不去見夫人。況且，他還跟夫人簽了契，要好好幹活的！

「既如此，你便還住在原處，等過了年你大一歲了再搬來與我同住如何？放心，不會不讓你去向夫人請安，更不會限制你去哪裡。」呂先生笑道。

「真的?!」蘊福眼神一亮，小臉上盡是驚喜之色。

「我這一把年紀了，難道還會騙你一個小娃娃不成？」呂先生哈哈大笑。

過了年這孩子便長了一歲，已經不大適宜在內宅裡，正好借此機會搬出來，以免多生事端。

蘊福終於放心了，異常響亮地應下。「多謝先生！」

看著那個連背影都透著歡喜的小傢伙離開，英國公才搖頭道：「先生太縱這孩子了，讓他混於內宅、養於婦人之手，只怕好好的一根苗子也要毀了。」

呂先生不以為然地搖了搖頭，並不接他這話，反道了句。「貴府世子夫人倒是個難得的心善女子。」

孩子的心思最敏感，最易分辨出好與歹，看蘊福對那世子夫人如此依戀，足以見得對方待他極好。

次日一早，沈昕顏便命人準備馬車，打算回靖安伯府將沈慧然接過府來小住數日。

這也是自靖安伯和離之後，她第一回回去。

早就得知消息的靖安伯帶著女兒沈慧然候在廳裡，兄妹二人相見，彼此都有幾分不自在。

「姑、姑姑。」片刻，沈慧然便怯怯地上前見禮。

看著眼眸中帶著幾分畏懼的姪女，沈昕顏心口一緊，頓時有些不是滋味。

她雖然曾經想過這輩子要不要離這個姪女遠一些，可卻從來沒有想過，有朝一日會在對方臉上看到「畏懼」二字。

曾幾何時，這個姪女見到自己總是一副依戀歡喜的模樣，彷彿不久前，她還對著自己羞澀地笑，滿目期盼地跟她說「待日後繡得更好了，便也給您做一個荷包」。

如今這般光景，想來這荷包是做不成了。

她嘆了口氣，想要伸手摸摸她的腦袋，還未觸及對方，小姑娘竟然下意識地連連退後了幾步。

她的手尷尬地停在半空，而後默默地收回。

「對、對不住，姑、姑姑，您不要生氣！」沈慧然也察覺自己的舉動不妥，更加不安地揪著衣角，結結巴巴地道。

「姑姑沒有生氣。」沈昕顏搖搖頭。她怎麼可能會與一個孩子生氣。

「盈兒一直想著慧表姊，慧兒可願到姑姑家裡與盈兒住幾日？」她放柔聲音問。

提到「盈兒」時，小姑娘的眼神明顯添了幾分光亮，隨即望向一直不發一言的靖安伯，見對方朝著自己點了點頭，這才道：「願意。」

「這孩子便拜託妳幾日了，這些日子府裡一團糟，母親精力有限，也顧不上這般多的孩子。」趁著女兒被侍女帶下去準備衣物等日常用度時，靖安伯才苦笑著道。

沈昕顏嘆了口氣，安慰了他幾句，又去見了沈太夫人，見沈太夫人精神不錯，身子也好，這才放心。

帶著沈慧然辭別母兄回到國公府，剛進了福寧院大門，迎面便見夏荷急得團團轉。

「這是怎麼了？」沈昕顏納悶。

夏荷這時也發現了她，大喜，飛也似的跑過來抓住她的衣袖。「夫人快救救蘊福，大夫人要將蘊福攆出府去！」

沈昕顏大驚失色。「大夫人好好的怎會要攆蘊福出府？母親呢？難不成母親竟也由得她？」

「永和長公主府裡有人來報，說永和長公主病情加重，世子爺便急急護著殿下去探望了。」夏荷疾步跟在她的身後，喘著氣回道。

「偏今日一早那呂先生也帶著大公子出府去，如今府裡說得上話的只有國公爺，可卻無人膽敢前去打擾。」

難怪，能制止得了方氏的大長公主不在府中，護得了蘊福的魏雋航父子同樣不在，國公爺自來不理府中事，加上他的院落也不是尋常人能進得去的，故而一圈下來，竟給方氏造就了一個最好的時機。

沈昕顏勉強壓著怒火，步伐不知不覺又加快了幾分。「大夫人為什麼要攆蘊福？」

「大夫人說蘊福手腳不乾淨，偷了四公子屋裡的一塊玉鎖。」說到這裡，夏荷就氣得眼睛都快噴出火來。什麼狗屁玉鎖！旁人倒也罷了，說蘊福貪圖這些不等用的東西，她是一萬個不相信。在那小傢伙眼裡，只怕一個三鮮包子都比一塊上等美玉要吸引他！

沈昕顏又怒又急，只怕偷東西是假，不過是想借此攆走蘊福以給二房一記教訓。看來她確是高看了方氏的品行，為了達到目的，竟然不惜出手陷害一個七歲的孩子！到後面，她幾乎是提著裙裾小跑著往前而去。

待主僕二人快要趕到的時候，小姑娘尖銳的叫聲遠遠地傳了出來——

「妳們敢碰我？等祖母回來我告訴她妳們欺負我，讓她把妳們通通打板子攆出去！」

「是四姑娘！真是該死，她們竟敢對四姑娘動手！」聽出是魏盈芷的叫聲，夏荷怒道。

沈昕顏聞言，幾乎飛奔起來。

第十三章

十字甬路上，身穿紅色襦裙的小姑娘如同一隻暴怒中的小老虎，張著雙手將蘊福護在身後，圓圓的臉蛋因為憤怒而脹得紅通通的，細細的小眉毛倒豎著。一個不甘心的婆子欲伸手去拉她身後的蘊福，小姑娘毫不客氣地用力往她身上踹去。

「妳膽敢碰我們？等祖母回來了一定不會饒過妳們！」魏盈芷尖叫，惡狠狠地瞪著圍著他們一籌莫展的幾名婆子。

見此情景，沈昕顏鬆了口氣。好在，好在這丫頭還懂得搬出她的祖母。

「真是沒用，連兩個孩子都搞不定！」見眾婆子久久無法將蘊福拉出來，張嬤嬤急了。

「張姊，那可是四姑娘，真要被她一狀告到殿下跟前，咱們可是吃不了兜著走！」一個臉長長的僕婦不悅地道。

張嬤嬤被她噎了一下，再看看被魏盈芷護得緊緊的蘊福，以及不遠處被婆子們攔了下來、急得快要哭出來的春柳，一咬牙，發狠般道：「妳們兩個去把四姑娘抱開，妳們兩個把那小雜種拖出來！我就不信了，今兒個連個小毛孩都收拾不了！」這點小事都辦不好，日後大夫人還怎麼相信自己？

那四名婆子彼此對望一眼，均從對方眼中看到了遲疑。

見她們還是站著一動也不動，張嬤嬤惱道：「有什麼後果我一人承擔，這樣總可以了吧？」

「這話可是妳說的，沒人逼妳，大夥兒都是見證，若是殿下怪罪下來，可不能怨我們！」有人率先發聲。

張嬤嬤氣得臉都變了，暗暗罵這些人奸猾，可到底不敢再耽擱。「是是是，是我說的，還不快動手！」

有人肯出頭，眾人頓時便放下了心，挽高衣袖，兩人去抱魏盈芷，兩人則趁此機會去拖蘊福。

「妳們做什麼？快放開他們！」春柳急得眼睛都紅了，大聲叫著阻止，可她卻被兩名僕婦死死地拉住，根本動彈不得。

「壞蛋，快放開我！我要讓祖母打妳們板子！壞蛋，不要碰我！」魏盈芷尖叫著，又咬又打又踢。

打算抱走她的婆子顧忌她的身分，到底不敢用力，不過片刻的工夫，身上已經挨了小丫頭好幾腳。

「放開她！妳們放開她！」蘊福急了，以為她們欲對小姑娘不利，掄著小拳頭使出吃奶的力氣去打抱起魏盈芷的一名長臉婆子。也不知砸中了對方身體哪個位置，那婆子吃痛之下便鬆了力度。

鑽了出去。

魏盈芷乘機掙脫，又衝另一個欲來抓自己的婆子手腕上用力一咬，再機靈地往對方腋下

「小雜種，你居然敢打我！」被蘊福打中的婆子大怒，掄起巴掌就往他臉上搧去！

「住手！」

啪！

沈昕顏制止不及，眼睜睜地看著蘊福被她打倒在地。

「哇——你敢打蘊福，你敢打蘊福！」那廂的魏盈芷見蘊福被人打，頓時便大聲哭了出來，一邊哭，一邊往那婆子身上又踢又打。

那婆子哪敢還手，加上又被沈昕顏的一聲厲喝嚇得雙腿發軟，竟是生生地承受住小姑娘的暴打。

沈昕顏早已飛奔而來，將蘊福抱了起來，見那張好不容易養得白淨了些的臉蛋上印上了一個紅掌印，足以看得出對方用的力度到底有多狠，一時大怒。

她「噌」的一下走到打了蘊福、如今嚇得跪倒在地瑟瑟發抖的婆子跟前，揚手狠狠地抽了對方一記耳光，直打得對方臉都偏過一邊去，想想還是不解氣，又是連續兩下，一下比一下用力，一下比一下狠，對方的臉瞬間便腫了起來。

「夫人何必弄髒自己的手！」氣喘吁吁地趕了過來的夏荷一見蘊福臉上的掌印，氣得眼睛都要噴出火來。

「娘！她們欺負我、欺負蘊福！」發現娘親來了的魏盈芷掙脫春柳的懷抱，哭著撲上前抱著她的腿告狀。

沈昕顏半蹲著身子摟著她親了親，又安慰了幾句，這才冷冷地瞪著暗暗叫苦的張嬤嬤。

「我的人妳也敢動？誰借妳的膽！」

餘光掃到聞訊匆匆趕來的方氏的身影，張嬤嬤暗地鬆了口氣，畢恭畢敬地道：「老奴是奉了大夫人之命，將這手腳不乾淨的小……子攆出府去。不承想四姑娘攔著不讓，不過老奴發誓，絕對不曾對四姑娘動粗，這全不過是一場誤會！」

「她騙人，蘊福才沒有！」沈昕顏還沒有說話，一旁的魏盈芷已經尖聲叫著反駁。

「老奴絕對沒有騙人，老奴可是有證據的！四公子的玉鎖就是在蘊福身上搜出來的，並且還有人親眼看見他從四公子屋裡偷了這玉鎖！」張嬤嬤解釋道。

「我沒有！妳們冤枉我！」被春柳抱著的蘊福憋紅著眼睛大聲道。

「都人贓俱獲了還敢不承認?!」張嬤嬤狠狠地瞪他，卻在對上沈昕顏冰冷的眼神時，嚇得立即縮了縮，突然覺得，今日這份差事也許她不應該接下的。

「蘊福拿了你們四公子什麼玉鎖？拿來我瞧瞧。」沈昕顏掃了她一眼，緩緩地道。

「我沒拿！」聽她這般問，以為她相信了張嬤嬤的話，蘊福急得要撲過去向她解釋。

春柳眼明手快地抱緊他，無比堅定地道：「我相信你沒拿，夫人也相信，我們大夥兒都相信。」

「可是……」蘊福還是有些擔心。他不怕旁人怎麼說，就怕夫人也聽信了那些人的話，誤會自己是一個手腳不乾淨的孩子。

「就是這個！」那廂，張嬤嬤已經將玉鎖遞到了沈昕顏跟前。

沈昕顏取過翻看了一下，冷笑道：「我還以為是個什麼寶物呢，栽贓也請找些能入流的東西，這破玩意兒，給我們家蘊福扔著玩還不配呢！」說完，將玉鎖用力往地上一扔，只聽「啪」的一聲，玉鎖應聲斷成數塊。

「世子夫人，您……」張嬤嬤那個心疼啊，這小小的一塊玉鎖可是值數百兩的！

「二弟妹妳這是做什麼？難不成是想著毀壞證物以維護那野孩子？」方氏走過來時便瞧見這一幕，當即沈下了臉。

「證物？」沈昕顏嗤笑。

方氏被她笑得滿肚子火。「妳別以為毀了物證便可以當什麼事都沒有發生，毀了物證，我這兒還有人證呢！況且，這不知打哪兒來的野孩子在佛門清淨之地，也敢行那雞鳴狗盜之事，可見從根子上便壞了。二弟妹雖是心腸好，但這眼睛也得擦亮些，不能隨隨便便把些阿貓阿狗也帶回府來，妳自己不介意，可也要想想咱府裡的名聲！」

沈昕顏心思一動，終於醒悟今日這一齣到底因何而來，望向方氏的眼神也有些詭異。

方氏竟然拿蘊福在靈雲寺之事說項，難不成她不知道此事早就已經過了明路了？而大長公主竟然也沒有知會她？若是如此，那便只能說明，今生的方氏對內宅的掌控之力已經遠遠不及從前，更加及不上上輩子這個時候的她。

甚至可以說，大長公主在她不知道的情況下，已經在不動聲色地收回了曾經賦予她的一部分權力。

雖然一時想不出到底發生了什麼事，以致讓大長公主的心思起了變化，但這個變化對沈昕顏來說，卻是相當樂見的。

可笑、可嘆的是，對這一切，方氏竟然毫無所覺，以致今日走了這樣一步臭棋！

沈昕顏並沒有深想。她初發現自己重活一世之後，頭一件事便是奪回自己院落的月例分配權，這事便已經重創了方氏在府裡的勢力。

而當日方氏心急於「挾兒子而令母親」，平生頭一回在大長公主跟前耍了心眼，讓大長公主對她生了失望，重懲了那名將沈昕顏衝撞她之事告知方氏的侍女，無形中也切斷了方氏往她院落打探消息的門路。

也正因為如此，在大長公主嚴令禁止任何人私議蘊福在靈雲寺之事時，方氏竟然就真的得不到半點消息。

一聽有人提到自己曾經在靈雲寺做的事，蘊福小臉脹紅，大大的眼睛瞬間便泛起了淚光，難堪地低下頭去，更不敢去看仍以「保護者」姿態站在自己身前的魏盈芷。

若是盈兒知道自己曾經偷過東西，肯定不會再願意與自己玩了，可能日後連見都不想見自己這個「壞孩子」了。

還有，世子爺也肯定不會再讓自己伺候，說不定也不讓自己進他的書房。以及秋棠姊姊、夏荷姊姊、春柳姊姊……

越想越傷心，他的腦袋都快要垂到胸口去了，只恨不得挖個地洞將自己埋進去，這樣就可以不用看到盈兒他們對自己的討厭了。

「人證？誰是人證？且請他出來我瞧瞧。」沈昕顏並不願與她爭辯蘊福在靈雲寺之事，只問起了她口中所謂的人證。

方氏冷冷地笑著，指了指張嬤嬤身邊不遠的一名藍衣婦人。「她親眼看到那蘊福進了騏哥兒書房，趁著沒人，偷了放在書案上的玉鎖。當然，如今玉鎖已經被妳毀壞，但這也不能抹去他做下的這等事。」

沈昕顏的視線落到了那婦人身上。「妳便是親眼看到蘊福進了騏哥兒書房，拿了那所謂的玉鎖之人？」

「是，奴婢確是親眼看到！」那婦人無比肯定地點了點頭。

「好，我明白了。」沈昕顏微微頷首，下一刻，朝著靜靜地站在不遠處的秋棠揚了揚手。

秋棠遙遙地朝她福了福，轉身朝著院門外吩咐了幾句，不過片刻工夫，兩名僕從打扮的男子一人各持一根木棍走了進來。

「世子夫人！」

「把她抬上去。」沈昕顏指了指跪在地上的藍衣婦人。

「是！」

方氏的臉色早在看到秋棠搬過來的長凳，及兩名僕從手上那手腕般粗的木棍時就變了，再見沈昕顏命令那兩人將藍衣婦人架到長凳上，當即厲聲喝道：「沈氏，妳這是想做什麼?!難道為了維護那小雜種，妳毀了證物不只，連證人也想一起毀了！」

沈昕顏沒有理她，望向被死死地摁在長凳上動彈不得、一張臉嚇得煞白的藍衣婦人，一字一頓地問：「我再問妳一次，妳確信自己真的親眼看到？」

藍衣婦人雙唇抖動，下意識地望了望張嬤嬤，最終還是一咬牙道：「是！」

「打吧。」見她仍然嘴硬，沈昕顏淡淡地吩咐。

「世——啊！啊、啊……痛死我了！啊……饒命啊……」話音剛落，一陣又一陣的慘叫聲立即便響徹半空。

「沈氏！」方氏氣得渾身發抖，手指指著她。「妳眼裡還有沒有半點規矩？妳如此行事，簡直欺人太甚，簡直豈有此理！待母親回來，我一定如實向她稟報！住手，你們給我住手！不准打了！」

那慘叫聲一下響過一下，一下比一下淒厲，春柳與夏荷兩人早在沈昕顏下令打的時候，便機靈地分別摀住了蘊福和魏盈芷的耳朵，順勢將他們摟在懷中，不讓他們看。

「住手！你們給我住手！聽到沒有？」見那兩人視若無睹，手上的棍子毫不留情地打在藍衣婦人身上，方氏氣得險些要暈過去，只覺得自己的權威受到了嚴重的挑戰。

她千算萬算都沒有想到二房會這般維護那個蘊福，更加沒有想到沈昕顏居然會用這般粗暴直接的手段來「逼供」！她精心準備了一大堆說法可以堵住任何人的質問，沒想到半點也用不上，對方根本不按常理出牌，更沒有給她這個機會！

「大嫂，妳急什麼？這『證人』說的話是真是假，再過一會兒便能知分曉了。」沈昕顏無動於衷。

「妳簡直是瘋了！妳這是濫用私刑，妳這是想屈打成招！」方氏只恨不得上前抓花她的臉。

沈昕顏抿了抿雙唇。她便是濫用私刑又如何？連一個孩子都不放過，這樣的人根本是畜牲不如！

以張嬤嬤為首的一眾僕婦、婆子早就已經嚇得雙腿發軟，便是跪也跪不穩，徹底地癱倒在地上。如今再看看沈昕顏，便覺得這個容貌秀美、端莊得體、一身貴氣的女子，竟像是個煞星一般。

「痛死我了、痛死我了！不要打了……啊、啊……別打了……啊……」藍衣婦人痛不欲生，只恨不得就此暈死過去，可屁股像是快要綻開一般，明明已經痛得要暈過去了，下一刻又有一股劇痛傳來，硬生生地將她拉轉了回來。

沈昕顏見時候差不多了，一揚手示意停下，這才居高臨下地問：「我再問妳一次，妳是不是真的親眼看到蘊福『偷』了騏哥兒的玉鎖？想清楚了再回答，我的耐性有限！」

「我說我說，我全都說！」藍衣婦人哪還敢隱瞞？便是有再多的錢，也要她有命花才行啊！再不說真話，只怕今日性命便要交代在此處了！

「這、這都是張嬤嬤指使我這般說的，蘊福沒、沒有拿過四公子的玉鎖，那、那玉、玉鎖也是張嬤嬤命人栽贓給蘊福的！」生怕自己說晚了，對方又讓人一棍子打下來，婦人忍著痛，忙不迭地交代。

「妳、妳含血噴人！」張嬤嬤大驚失色，整個身子都抑制不住地顫抖了起來，根本不敢去看沈昕顏的臉色。

「我說的句、句句屬實！昨日、昨日她便私、私下給了我五十兩銀子，讓、讓我陷害蘊福。銀子我、我還放在床、床底下的罈子裡頭，分、分毫未動！」藍衣婦人再不敢有半分隱瞞，一五一十地交代起來。

「我撕爛妳的嘴！妳好好的做什麼要冤枉我！」張嬤嬤尖叫著撲過去。

哪想到個子稍矮的那名僕從猛地一腳朝她踹去，直將她踹出了數丈遠，慘叫不止。

沈昕顏眸光陰冷地往跪趴在地上不敢抬頭的那些人掃去，最後落到臉色青紅交加的方氏身上，冷笑道：「今日此事，我必會如實向母親一一回稟，大嫂還是提前想好如何向母親交代才是！」

她上前一手牽著蘊福，一手牽起女兒，走出幾步又停了下來，回頭對著方氏緩緩地道：

「對了，蘊福如何到了咱們府上，母親比任何人都清楚。妳也不想想，如若沒有母親的允許，我又如何敢自作主張地將人給帶回來？」

方氏的臉色頓時變得異常精彩，更像是有道驚雷在她腦中炸響。

此事母親竟然知道？那自己現在又在做什麼？

想到大長公主回來後自己會面臨的怒火，她只覺得呼吸都困難了。

「夫、夫人……」

張嬤嬤掙扎著爬到她身邊，卻被她厲聲喝罵。

「滾！都是妳，全是妳這個刁奴的錯！」

「還疼不疼？」回到屋裡，沈昕顏心疼地想要去撫蘊福已經微腫的右邊臉蛋，只又怕會弄疼他，半天不敢撫下去。

「不疼的！」蘊福搖搖頭，雖然臉上還是很疼，可心裡卻很高興。

夫人沒有相信那些人的話，夫人還是一樣對自己好！

「騙人！都腫得像發麵饅頭了，怎的會不疼？蘊福是個大騙子！」一旁的魏盈芷大聲道。

蘊福吭吭哧哧的半天，再說不出話來。

「夫人，我來替他上藥吧，這藥還是上回世子爺拿回來的，消瘀、去腫、止痛最有效了！」春柳拿著藥，匆匆走了進來。

「還是我來吧！」沈昕顏接過她手上的藥，親自替蘊福抹上。

蘊福乖乖地坐著，一動也不動，大大的眼睛撲閃撲閃幾下，一會兒看看動作溫柔地替自己上藥的沈昕顏，一會兒看看瞪大眼睛，像是感受到自己的痛的魏盈芷，一會兒再看看圍在身邊滿臉心疼的春柳、夏荷及秋棠三人。片刻，小嘴抿了抿，勾出一道極淺極淺的笑容。

真好，盈兒和秋棠姊姊她們都沒有嫌棄自己……

上好了藥，沈昕顏又摟著他柔聲安慰了一番。

一旁的魏盈芷嫉妒地瞪著被娘親摟在懷中的蘊福，只是再一看看他那半邊臉，最終也只嘀咕了句「就讓給你這一回吧」。

直到確定蘊福的心情已經徹底平靜了下來，沈昕顏這才放心，叮囑了女兒不可調皮，又讓春柳留下照顧兩個孩子，夏荷去準備些孩子們愛吃的小點心，這才帶著秋棠出去。

「那兩人妳是從何處尋來的？竟是這般上道。」待屋內眾人退下後，沈昕顏問起了那兩名執杖的僕從。

「世子爺院裡。」

世子爺院裡？她竟不知世子爺院裡竟還藏著這麼兩個能人。瞧著那人輕輕鬆鬆便將那張嬤嬤踹出數丈遠，沈昕顏雖然不是習武之人，但也看得出此人必然身懷武藝。畢竟，那張嬤嬤的身形略有些龐大，僅一腳便能踢得這般遠，等閒男子未必有這個能耐。這樣看來，世子爺果然隱藏著一些不為人知之事。

沈昕顏暗暗思忖片刻，只覺得自己雖然和魏雋航做了兩輩子的夫妻，但對他的瞭解著實算不上多。

「夫人，此事我們應該怎樣做？總不能白白讓蘊福受這般大的委屈！」只要一想到蘊福那紅腫的半邊臉，秋棠連殺人的心都有了。

這麼小、這麼乖巧的一個孩子，她們到底是怎樣下得了這樣的手？不怕天打五雷轟嗎？

「自是不能，這一回我必要讓方氏脫下一層皮來！」沈昕顏臉上一片恨意。

對自己出手倒也罷了，可方氏偏偏不該拿她身邊之人來當筏子！兩輩子加起來對她一直保持真心之人並不多，而蘊福恰恰是其中一個，她又怎麼可能讓他受這般大的委屈！

秋棠抿了抿嘴，臉上怒意明顯。

「還有，妳帶出來的那個珠兒，讓她到慧兒身邊侍候著。」忽地想起自己帶回來的沈慧然，沈昕顏吩咐道。

秋棠一拍額頭。「虧得夫人提醒，我險些把慧姑娘給忘了！」一回來就急急忙忙去處理蘊福之事，只來得及將沈慧然交給小丫頭，這會兒若非沈昕顏提醒，只怕就真的給忘了。

「讓珠兒去侍候慧姑娘是不是……」想起沈昕顏方才的吩咐，她有些猶豫。

珠兒可是她培養著日後當大丫頭的，派去侍候慧姑娘是不是有些……當然，這話也就是當著沈昕顏她才敢說，否則只會讓人懷疑這府裡的一個丫頭比正經的姑娘還要金貴了。

沈昕顏明白她的意思，只是卻不方便將自己的真正用意告訴她。
有過上輩子的經歷，她對這個姪女的心思有些矛盾，如今她只是想知道，在梁氏膝下長至如今年紀的沈慧然，到底長成了怎樣的性子，是不是已經有了上一輩子的那種執拗？
秋棠思索片刻，隱隱有些明白她的心思，故而也不再問，出去安排了。
「四姑娘、四姑娘……」春柳急急的叫聲乍然在外頭響起。
沈昕顏心中一突，連忙快步走出去。「怎的了？盈兒這是要去哪兒？」待她走出去時，遠遠只見到魏盈芷拉著蘊福往外衝。
「我也不清楚是怎麼回事，方才只聽外頭有人說殿下回府了，四姑娘聽完便往外跑，跑了幾步，又回來拉著蘊福出去了。」春柳也是滿頭霧水。
大長公主回府了？沈昕顏微微一笑。
「不必管她，隨她去便是。」
小丫頭今日吃了這般大的虧，不去向她的祖母告狀才奇了怪了，難為她還記得拉上蘊福。
如果她沒有猜錯，方氏也應該一直留意著大長公主的動向，想必也準備好了一套可以替自己挽回的說辭，就是不知她遇到盈兒那丫頭還有沒有勝算？畢竟小丫頭告狀的本事在府裡這些孩子裡一直是數一數二的。
夏荷這個時候也反應過來了，「噗哧」一聲笑了出來。

春柳也不是笨蛋，見自家夫人嘴角含笑地坐在一旁悠悠哉哉地品著茶，夏荷則一臉壞笑，她終於了悟。

三人彼此對望一眼，笑意盎然。

沈昕顏自然也沒有想要讓女兒「孤身作戰」，只待小丫頭的狀告得差不多了，這才輪到她上場。

卻說一直等著方氏發力的楊氏得知對方竟然拿蘊福開刀，臉上神情頓時有些微妙，再從去打探情況的梅英口中得知，方氏還扯出蘊福在靈雲寺之事，神情就更加古怪了。

「世子夫人直接命人將那婦人按在板凳上打板子，直打得皮開肉綻才終於讓她說了實話。夫人，您說大夫人這是怎麼了？怎的想出這般昏招！」梅英思前想後不得解。

聽到沈昕顏如此雷霆手段，楊氏的臉色微微有點變了。

這個沈氏，嘴皮子索利了，沒想到連手段也變得這般狠了，二話不說便先押著打一頓板子，如此手段，倒也有幾分大長公主當年的風格，果然不愧是嫡嫡親的婆媳，狠起來一樣讓人膽寒。只怕經此一事，滿府再無人敢輕易招惹二房了。

不過……她眼珠子一轉。

沈氏被方氏這般算計，以她如今的性子，必不會輕易甘休，這兩人鬧起來，說不定她還能從中得利。

一想到這，她頓時興奮起來，連連吩咐。「快去打探打探母親可回府了？」

「回了回了！殿下剛剛才回府，四姑娘便拉著那叫蘊福的孩子跑去了！」蘭英走進來道。

「真的?!」楊氏那個高興啊！

魏盈芷那個小丫頭既嬌蠻又難纏，大長公主偏又疼愛得跟什麼似的，方氏對上她，只怕是有理也說不清了。

「再去留意二房的動靜，若是看到二嫂出門了，立即來回我！」她興奮地吩咐。

蘭英不明所以，但也沒有多說，點點頭應下。

哎喲喲，這長房、二房可總算是要對起來了，也不枉她好生等了這般久，終於等到這一齣好戲！

另一廂，魏盈芷拉著蘊福「噔噔噔」地一路跑，很快便到了大長公主屋裡，恰好此時魏雋航正扶著大長公主落坐，小姑娘跑進了屋才鬆開蘊福的手，委屈地叫了聲「祖母」，便撲到大長公主懷裡哇哇地哭了起來。

因為永和長公主的病，大長公主心裡正不大好受，再見孫女衝過來二話不說就放聲大哭，當即便嚇了一跳，摟過她一邊安慰，一邊道：「祖母的小心肝，妳這是怎麼了？莫哭莫哭，有什麼委屈儘管跟祖母說，祖母替妳作主！」

魏雋航也被女兒嚇得不輕，若非大長公主將哭得唏哩嘩啦的小姑娘緊緊地抱著，只怕他便要上前抱過來哄了。

只是，當他注意到蘊福那微腫著的半邊臉時，心中驀地一突，快步走過去。「福小子，你的臉是怎麼回事？誰打的？」

饒是他一向脾氣便好，此時此刻看著小傢伙臉上的傷，心裡那股怒氣也「騰」的一下便升了起來。

蘊福囁嚅著，還沒有來得及說什麼，魏盈芷已經開始邊哭邊告狀。

「祖母，大、大伯母欺負我和蘊福，還、還讓人打我們，還要把、把蘊福攆出府去……」

正好趕來的方氏恰好聽到她這話，險些沒暈死過去。這死丫頭！

「母親，這可真真是天大的冤枉！兒媳絕對沒有讓人打他們，盈兒妳可不能胡說！」方氏不敢耽擱，連忙邁進來解釋道。

「我沒有胡說，妳就是讓人打我們！祖母您瞧，蘊福的臉就是被她們打傷的，她們還冤枉蘊福偷東西，要把蘊福攆出府去！」小姑娘氣呼呼地大聲反駁，「噔噔噔」地走過去硬拉著蘊福來到大長公主身前。

「祖母您瞧您瞧，都腫成饅頭了，可疼了！我才沒有胡說！」小姑娘又是委屈、又是生氣，揪著大長公主的衣角眼淚汪汪地道。

大長公主的臉早在聽到孫女告狀時便沈了下來，再看到蘊福臉上的傷，臉終於徹底黑了。

方氏一直留意著她的臉色，見狀心裡「咯噔」一下，意識到今日似乎不會那麼容易過關了。

魏雋航臉色鐵青，抿著雙唇站於一旁，只是袖裡雙手握成拳，青筋隱隱跳動著。

任誰性子再好，看到鍾愛的孩子受此對待也絕對無法再保持平靜。他這些年來習慣以笑臉掩飾真正的情緒，可不代表著他在看到自己的孩子被欺負時還能無動於衷。

他的女兒他是知道的，或許有點任性，也有點嬌蠻，可卻不是一個會說謊的孩子；還有蘊福，性子最是實誠不過。

他掃了一眼還在急切分辯的方氏，若非眼前的女子是他嫡親兄長的遺孀，這些年來他一直對她敬重有加，只怕下一刻，他的拳頭便已經招呼到對方的臉上去了。

大長公主寒著臉，撫著蘊福傷臉的動作卻很輕柔，感覺到小傢伙被自己碰到時明顯縮了縮，臉蛋也下意識地避開她的手。「雋航，你去吩咐人，請大夫來替蘊福瞧瞧。」她平靜地吩咐。

魏雋航知道她是想支開自己，雖是滿心不願，但看到大長公主臉上的堅持，唯有壓下不滿，起身點了點頭。想了想終究還是放心不下女兒，輕揉揉女兒的臉蛋，又拍了拍蘊福單薄的肩膀，無聲地安慰幾下，這才大步離開。

魏盈芷在看到爹爹時眼睛明顯一亮，小嘴一癟，又抽抽嗒嗒地哭起來，大長公主忙將她摟入懷中安慰地拍拍她的背脊。

方氏見狀，心都涼了。大長公主雖然沒有一句責備，可她對兩個孩子的態度卻表明了立場——她是相信魏盈芷所說之話的，便是不信，那也不代表著她會相信自己。

「母親，我真的沒有讓人打他們！是張嬤嬤那個刁奴——」

「好了，有什麼話等會兒再說，沒瞧見盈兒哭得這般傷心嗎？」大長公主打斷她的話，摟緊小姑娘柔聲安慰了半晌，小姑娘才終於漸漸止了哭聲。

「還有蘊福呢，祖母您瞧，可疼可疼了！那個壞蛋那麼那麼用力地打蘊福，要不是娘趕來救我們，她還要打我呢！」魏盈芷拉著蘊福直往大長公主身邊湊，噘著嘴好不委屈地道。

大長公主臉上的寒意又添了幾分，淡淡地吩咐道：「是哪位打的蘊福，找出來打一頓板子後送到莊子上，永不得回府！」

「母親……」方氏想要說些什麼話，卻被大長公主一記森然的眼神給逼了回去。她張張嘴，到底沒有再說。

「有一個壞蛋更壞更壞，她自己偷了東西還要嫁禍給蘊福、冤枉蘊福偷東西，要把蘊福攆出府去！我不讓她們抓蘊福，她們還要打我呢！祖母您瞧，我的手都被她們抓疼了！」魏盈芷一邊說著，一邊挽起衣袖，露出白白淨淨的手臂。

大長公主一看，果然見那白嫩的臂上有一處淺淺的抓痕，整張臉頓時黑如鍋底，眸中更是釀起了風暴。

「事情並非盈兒所說這般，母親可不能只聽她一面之詞！」方氏知道自己再沈默下去不定會被小丫頭怎麼編排，再也忍不住插口，意欲替自己爭取一個分辯的機會。

「將今日對四姑娘和蘊福動粗的那些人，統統打一頓板子，連同她們的家人一起，全部攆到莊子上去！」大長公主像是沒有聽到她的話，冷漠地吩咐下去。

自有侍女領命而去處理。

「母親！」方氏的聲音添了幾分尖銳。

大長公主處罰那些人，何嘗不是在打自己的臉？更是從側面上表明了她的態度。

「我國公府嫡出的姑娘，可不是隨便什麼人都能亂碰的。奴才便要有奴才的樣子，若是起了別的心思，那也就沒有必要再留下來礙主子的眼了。」大長公主緩緩地道。

方氏的臉色一陣紅、一陣白。

「殿下，大夫來了。」有侍女進來稟報。

大長公主點點頭，柔聲寬慰了孫女一句，又吩咐侍女將兩個孩子帶下去，請大夫好生診斷。

能將欺負自己和蘊福的那些人攆出府去，魏盈芷已經很滿意了，當即乖巧地點了點頭，想了想，又踮起腳尖在大長公主臉上親了親，這才糯糯地道：「祖母，盈兒去看大夫啦！」

「去吧！」大長公主臉上的冷意不知不覺便消了幾分，眸中泛起了柔光，捏了捏小姑娘的臉蛋，又拍拍蘊福的手背安慰了幾下，這才看著兩人手牽著手離開了。

「說吧，如今我便給妳一個機會，讓妳替自己解釋解釋。」她平靜地目視著方氏道。

方氏張張嘴欲說些什麼，卻發現自己一句話也說不出來。還能說些什麼？還可以說些什麼？她準備了萬全的解釋，卻被一個乳臭未乾的小丫頭給徹底打亂了。如今不管她說什麼，不論她解釋得多完美，都已經徹底失去了先機，再難取信眼前之人。

「母親都已經認定了是兒媳之錯，兒媳再解釋又有什麼用？」既然第一條路已經走不通了，那便走另一條！

「喔，妳既如此說，不如便由妳告訴我，妳犯了什麼錯？是不該心思歹毒地設計陷害一個七歲的孩子，還是不該指使下人對盈兒動粗？」大長公主的語氣越發的冷漠。

小丫頭平日多嬌啊，抱她時稍稍用了些力都能讓她不舒服得直哼哼，如今被些下賤的東西如此粗魯地對待，別說只是打一頓板子攆出去，便是打殺了，也是她們應該受下的！

「盈兒是兒媳的姪女，兒媳又如何會指使下人對她動粗？這不過是下人假借兒媳之名，做出此等以下犯上之事來。」

「借了妳什麼名？清理門戶？」大長公主終於還是沒忍住，冷笑出聲。

搶占先機不成，便開始以退為進，說不定緊接著還有一堆招數在等著自己呢！真是好啊，這便是她最器重的兒媳婦，這便是她親自擇定的未來一府主母，是她這麼多年來視如親女般對待之人！

方氏心中一突，到底還是硬著頭皮道：「兒媳也是最近方得知，那蘊福還在靈雲寺時便已經手腳不乾淨，國公府乃名門世家，如何能容如此品行之人？兒媳也是……」

「妳不必說了！先不提妳聽信傳言，胡亂指控一個七歲孩童品行不端是多麼令人齒冷之事，只說一件，七歲的孩子仍處於可塑之期，不提蘊福這孩子品行端正，並無半點不妥，便是尋常的孩子有些錯處，好生教導便可，可妳竟然絲毫不理這孩子死活，便打算將他攆出府去自生自滅，手段之狠、心胸之窄著實令我意外！」

「母親！」如此嚴厲的指控，方氏如何承受得住？雙腿一軟便跪倒在地。

大長公主搖搖頭，繼續道：「幼吾幼以及人之幼，妳待騏哥兒疼愛有加，精心養育，如何卻不能善待一個小小的蘊福？」

「母親、母親這般說，兒媳真是無顏立於府中了！」方氏抖著雙唇。

「母親只是說了幾句實話，大嫂便覺無顏立於府中，可曾想過蘊福那般小的一個孩子，被人誣賴『手腳不乾淨』，日後又該如何自處？若是一輩子揹著這樣的名聲，此生此世還有什麼前途可言？大嫂僅為一己之私便要徹底毀去一個無辜孩子的一生，如此行事、如此心胸，才真真叫人大開眼界！」

清脆的女子聲音緩緩而入，大長公主只覺得一陣頭疼。

「二嫂說得對！大嫂這般行事，日後如何服眾？」

楊氏不知什麼時候也走了進來，沈昕顏一時竟也沒有發現她跟在身後。

大長公主只覺得頭更疼了。這二人，一個牙尖嘴利，半點不饒人；一個無風起浪，唯恐天下不亂，此時湊到一處，只怕今日之事難善了。

心裡本就憂著永和長公主的病情，如今被這妯娌三人一陣攪和，她不由得更加煩躁了，沒好氣地道：「那妳們待如何？」

對啊，待如何？楊氏眸中閃著興奮的光芒，期待地望著沈昕顏。

方氏心裡頓時生出不好的預感，生怕沈昕顏會說出些什麼讓她承受不住的話，忙道：「二弟妹，今日之事是我魯莽了，在此給二弟妹請罪，還請二弟妹念在我也是為了府裡聲譽著想的分上——」

沈昕顏沒有理會她，直直地望入大長公主的雙眸，一字一頓地道：「大嫂德行有虧，實不宜掌我國公府中饋，兒媳懇請母親將鑰匙和帳冊收回！」

「轟」的一下，像是有道驚雷在方氏腦中炸響，她再也忍不住地尖聲道：「妳說什麼?!憑什麼！」

楊氏臉上閃著狂喜之色。收回鑰匙和帳冊，簡直不能更好了！只有這樣才算是狠狠地剝下方氏一層皮。掌不了中饋，看她如何還指使得了人，如何在府中耀武揚威！

「憑什麼？就憑我才是這府中名正言順的世子夫人！大嫂作了這麼多年的美夢，難道還沒有清醒嗎？」沈昕顏邁出一步，直面對上方氏那憤怒到有幾分扭曲的臉。

果然，她就知道此事難善了！大長公主揉了揉額角，只望一眼正中央劍拔弩張的妯娌二人，就覺得心口都隱隱有些發疼了。

德行有虧？只因碧珍罵了蘊福品行不端，這沈氏便要回她一句德行有虧，這半點虧也不肯吃的性子，到底是什麼時候養成的？

還有這句「我才是這府中名正言順的世子夫人」，挑釁之味如此濃厚，讓人想要忽視也不行。

方氏的身子因為極度的憤怒而顫抖不止，惡狠狠地瞪著沈昕顏，只恨不得撲過去將對方撕成數塊。

什麼她才是這府中名正言順的世子夫人？笑話，若不是因為夫君早亡，這世子夫人能輪得到他們二房？

「我難道還說錯了不成？還是說，大嫂這麼多年來一直掌著府上中饋，便以為自己真的是府中主母了？」沈昕顏毫不畏懼地迎上，一字一句都像無比鋒利的刀，一下又一下地往方氏心口上扎。

大長公主的視線終於緩緩地落到了她的身上，看著她毫不相讓地對上方氏，說的那些話，與其說是在逼迫方氏，倒不如說是在撕開自己這麼多年來的粉飾太平。

「母親，我說的對嗎？」

下一刻，沈昕顏突然回過身來，直直地望著她，語氣真摯，卻讓大長公主立即生出警覺來。

楊氏的目光在婆媳三人身上來回地掃，見沈昕顏步步緊逼，竟是連大長公主也不放過，心中興奮更盛。果然前段時間她的忍耐是值得的！

「二嫂說的自然沒錯，大哥已然過世多年，如今府上的世子爺乃是二哥，二嫂身為二哥明媒正娶的妻子，自然便是府中名正言順的世子夫人！」她眼珠子轉動幾下，清清嗓子，大聲地道。

方氏想要大聲反駁，想要大聲否認，可喉嚨卻像是被東西堵住了一般，半點聲音也發不出來。

不，不是這樣的，魏雋航不配，沈昕顏同樣不配！

這府裡的一切都是她夫君的，日後也應該是她兒子的！其他人，憑什麼？

見方氏被逼得啞口無言，大長公主終究還是不忍，板著臉喝斥道：「夠了！我還沒有死呢！妳們眼中可還有我的存在？」

「兒媳眼中心裡自然是有母親的，只怕母親的眼中、心裡卻從不曾有半分兒媳的影子，否則不會讓大嫂這麼多年來凌駕於兒媳頭上，讓兒媳成為京中貴夫人們的笑話。」沈昕顏平靜地回道。

「妳！」大長公主驚怒，簡直不敢相信她竟然會說出這樣的話來。她深呼吸幾下以平息心中怒火，冷冷地道：「聽妳此話，我方知原來妳心裡竟是存了這麼多不滿，也難為妳這麼多年來都一聲不吭。」

沈昕顏笑了。「這麼多年來，兒媳半句不滿也不曾說過，但凡是母親的決定，兒媳自來便沒有什麼不應下的。只是母親，若是因為我的不言不語而使得旁人一再進逼，以致連自己身邊一個孩子都險些護不住，那今日我便想與母親說幾句話。母親這些年來深居簡出，身分又是那般尊貴，等閒的閒話也傳不到您跟前，自然也無法想像在京中各府夫人眼中，兒媳是個怎樣的無能之輩，無能到身為世子夫人、未來的一府主母，竟連中饋都掌不了，以致不得不煩勞寡居的長嫂出面。」

大長公主心口一緊，滿腹的責備不知為何卻說不出來。

「大嫂精明能幹，兒媳自知遠遠不及，故而這些年來雖然為京中流言所擾，除了裝作不知、不聽，儘量減少與眾人交際的機會外，再無旁的法子。」想到上一世的自己屢屢在外頭聽了閒話回府後，將自己關在屋裡生悶氣，她便忍不住一陣嘆息。自己不會爭取，有委屈也只敢憋在心裡不言不語，久而久之，誰還會理會她的想法、在意她的意見？「兒媳也是為人之母，總也明白母親優待長房的一番慈愛。平心而論，得遇如此處處關愛、照拂晚輩的長輩，是大嫂之幸，同樣也是兒媳與三弟妹之幸。因為兒媳清楚，也很是放心，不管二房將來是好是歹，只要還是母親的孩子，母親都永不會棄我們於不顧。」說到此處，她深深地向大長公主行了一個大禮。

大長公主呼吸一窒，忽覺鼻子有些酸澀，連忙垂下眼簾，掩飾住眼中的水光。

為人之母，最為欣慰的不過是小輩能懂得自己的苦心，能夠體諒自己的不易。都是自己的親生骨肉，難不成她還能厚此薄彼？只是，長子英年早逝，長房沒有能支撐得起的人，她若不多看顧幾分，將來九泉之下如何去見長子？

方氏緊緊地揪著帕子，想要說些什麼，卻發現此情此景，她無論說什麼都不適宜。

楊氏的眼珠子轉動幾下。沈氏請大長公主收回方氏的鑰匙和帳冊，可這些東西總得有人看管才是，看沈氏今日這般舉動，倒不像是有乘機奪取中饋之意，最大的可能便是幾人共同掌理。不管最後是方氏與沈氏共同掌理，還是沈氏與自己理事，對自己來說，都是利大於弊！

她越想越激動，看向沈昕顏的雙眸簡直亮如星辰。

她就知道，沈氏不出手則已，一出手便能給自己帶來意外之喜。這樣的沈氏，遠比以前那個悶嘴葫蘆好多了！

「那妳待如何？」大長公主感覺自己平靜了下來，盯著沈昕顏緩緩地問。

沈昕顏自是察覺她的語氣已經較之前緩和了不少，知道是自己的這番話起了作用，整個人終於暗暗鬆了口氣，袖中緊握著的雙手也不知不覺地鬆了開來。

她知道，自己走出的這步險棋算是成功了一半。

「兒媳認為，母親應將交予大嫂手中的鑰匙和帳冊收回，府中事宜由兒媳、三弟妹以及大嫂共同掌理，大事再請母親定奪。」她不緊不慢地說出了自己的答案。

楊氏的眼神登時一亮。三房共理，好啊！真真是太好了！

方氏恨得雙目噴火。可她卻說不得什麼拒絕之話。人家提出的是三房共理，並沒有徹底剝奪她的理家權，只是多出了兩個人分去她的權力而已。

「兒媳也認為二嫂此法甚好！兒媳不才，但猶在閨中之時也曾學過掌理家事，願替母親及大嫂分憂！」楊氏機靈地插話，迅速表明立場。

這個時候再不出聲支援沈氏便是傻子了，好歹也得讓大長公主看到，三個人當中有兩人是同一立場，哪怕她的心再偏，也不能只顧著一個而無視另兩人的意見了。

大長公主居高臨下地掃視著下首神色各異的妯娌三人，最後視線落在方氏身上。「妳的意思呢？」

我的意思？我當然不願意！方氏想要大聲反對，想要大聲質問她們憑什麼？可對著大長公主平靜的臉龐，她發現那些話怎麼也說不出來。

第十四章

時間一點一滴過去，沈昕顏與楊氏也緊緊地盯著她，似乎是在等著方氏的答案。

方氏的雙唇幾度翕動，良久，才勉強勾了個僵硬的笑容。「兩位弟妹雖然在閨閣時多少學過掌家理事，可這麼多年來養尊處優，加之府上事兒太雜太多，只怕一時半刻也未必理得清楚，不如日後——」

「咳，這怕什麼？雖說萬事開頭難，可府裡不是還有大嫂妳在嗎？有什麼不懂的、不明白的，到時還煩請大嫂不吝賜教。便是真有個什麼不好整的，母親可還在呢！她老人家總不會不管不問的，母親您說對吧？」楊氏笑著道。

大長公主神情淡淡，倒也讓人瞧不出她的想法，只是聽到楊氏問自己時，居然點了點頭。「確是這個道理。」

哎喲喲！得到了大長公主的肯定，楊氏精神一振，頓時更來勁兒了！

「都是一家子，都是為了這個家好。大嫂也說了，府裡事兒太多太雜，那更不應該都壓在大嫂一個人的肩上才是。騏哥兒年紀還小，處處離不得大嫂的看顧；更何況，翻過年二丫頭可就十二歲了，這年紀說大不大，說小也不小，只這親事卻也要留意著。還有碧蓉的親事也是，再耽誤不得了。這細細數下來，大嫂竟是忙得團團轉，連個透氣的時候都沒有了，這讓我與二嫂兩個整日無所事事的如何能心安理得？故而大嫂也不必客氣了，便讓我和二嫂兩個搭一把手，好歹能讓咱們掙幾分臉面，也不至於日後旁人知道了只怪咱們不體貼長嫂，大嫂，妳說對吧？」

沈昕顏微微低著頭掩飾唇角的笑意。她就知道，只要自己開了頭，接下來的一切交給楊氏便可，楊氏一定會施展渾身解數達成目的的。

而方才大長公主肯定了楊氏那番話，其實便已等於同意了「三房共理」的做法，至今不曾明言，想來不過是希望由方氏主動提出來，如此也能全了方氏的顏面，不至於讓人覺得是她犯了錯才被人分了權。不得不說，大長公主對方氏確是相當上心了。

這也是她為什麼只是提出「三房共理」，而不是直接表明態度要剝奪方氏掌事權的緣故。

況且，為人父母者難免有些「劫強濟弱」的心態，若方氏失了掌事權，相當於又往「弱」上面靠了一步，屆時大長公主未必不會再從別的什麼地方想方設法「補償」她。與其將來另生枝節，倒不如還是暫且維持現狀好。

沈昕顏能看出大長公主其實已經有了應允之意，方氏亦然。

方氏垂著眼簾，聽著楊氏在她身邊喋喋不休，勾了個微不可見的嘲諷笑容。

沈氏提了月例歸各房，母親二話不說便應了；沈氏再提「三房共理」，母親同樣沒有深想，便也打算同意了。可笑的是，她還自以為處處照拂長房，明明一顆心早就已經偏向了二房！

不過也是，魏雋航如今是世子，將來便是她的依靠，若不偏著二房，難不成還要偏著長房他們這些孤兒寡母？

今日只是分去理家之權，他日呢？他日若沈氏再提些什麼「建議」，她是不是同樣二話不說便同意了？

她越想便越是抑制不住心裡的怨恨，連忙合上眼眸，掩去眼中透出的恨意。

「……大嫂，妳意下如何？」楊氏囉囉嗦嗦地說了一大堆都得不到方氏的反應，有些急了，輕碰了碰她的胳膊問。

意下如何？如今還是她能決定的嗎？方氏暗地冷笑。

「那一切便依兩位弟妹所說吧，過幾日我便著人將府中鑰匙和帳冊送來，交還母親。」她聽到自己心裡熊熊怒火在燃燒的聲音，怨恨迅速蔓延，可她卻還是努力保持著表面的平和，不想，也不會讓人看她的笑話。

「哎喲，大嫂可真是個爽快性子！我瞧著擇日不如撞日，不如現在就派人去取吧？」楊氏深諳趁熱打鐵之理，又豈會容她拖延？遂笑咪咪地建議。

「三弟妹從來不曾管過家，不知道也不是什麼大不了之事，只這交接卻不是一件簡單事，豈是一時半會兒便能做得了的？」方氏冷笑道。

「這有什麼，不——」

「便這樣吧，過幾日將事情理順了就將鑰匙和帳冊送來，待我理一理再將差事分配各房。」大長公主出言打斷了楊氏的話。

楊氏心有不滿，暗地嘀咕。「這豈不是給了時間讓她填補虧空？」她才不相信方氏掌家這麼多年真的是清清白白的，只怕背地裡不知從公中貪了多少好東西去！可恨這千載難逢剮下她一塊肉的好機會，竟要這樣白白浪費了。

雖然心裡甚為不滿，可大長公主發了話，便不會再有旁人置喙的餘地。

沈昕顏眼觀鼻、鼻觀心。

適可而止，若是對方氏打擊太甚，只怕大長公主便要不滿了。如今這般結果她已經相當滿意了，至於公中的那些虧空，最終是方氏補上也好，大長公主裝聾作啞也罷，她也不願去計較。

看著那妯娌三人先後離開，大長公主才長長地嘆了口氣，疲憊地靠在軟榻上。

徐嬤嬤見狀，連忙上前替她按揑雙腿。「御醫都說了，永和長公主殿下熬過了這一回，病情也就穩定下來，殿下心裡還有什麼放心不下的？」

「我並非憂心永和之病，只是……」不知怎的，便想起方才沈昕顏那些話，她直起身子問：「這些年外頭對沈氏是不是有些什麼不好聽的話？」

徐嬤嬤手上動作微頓，想了想，斟酌著道：「也稱不上是什麼不好聽，殿下也清楚，婦人聚在一起難免有些攀比，有些話聽起來令人不怎麼舒服便是了。」

「到底是什麼話？」大長公主不耐煩了。

徐嬤嬤垂眸。「無非是世子爺的名聲，以及大夫人代掌府中中饋兩事，旁的她們也說不出什麼難聽之話來。」

大長公主呼吸一窒，良久，才苦澀地笑了笑，合著眼眸喃喃地道：「原來如此，竟是如此……」

誠如沈昕顏所說那般，她這些年來深居簡出，偶有出席，也僅是宮中的正式場合，自然沒有那等不長眼之人敢在她面前說三道四，故而這麼多年下來，她對沈昕顏承受的種種異樣眼光與嘲諷之言，當真是毫無所覺。

「殿下……」

徐嬤嬤想要勸慰她幾句，大長公主卻制止了她，緩緩地道：「若是如此，這些年確是沈氏受了委屈。也是我思慮不周，才會導致我國公府堂堂世子夫人竟然在外頭受盡閒言閒語！」

不管如何，沈氏乃世子夫人，在外頭代表的便是國公府的體面，她受委屈，何嘗不是國公府在受委屈？枉她素來以維護國公府數十年聲譽為任，卻不知自己……

另一廂的魏雋航自大長公主處離開後，先是喚人去請大夫，而後回到了自己屋裡，正想喚來下人詳問今日府上發生之事，還未離開的屬下便清清嗓子，有些心虛地道——

「世子爺，那個……今日我與老三許是做了件不大適合之事。」

「何事？」

「我與老三本來換好了裝想要離開的，卻不想府上有位姑娘尋來，吩咐我倆準備長棍與板凳待命。我們一時尋不到適合的理由拒絕，又聽聞這姑娘乃世子夫人身邊得臉的丫頭，想著許是世子夫人有什麼吩咐，故而便……」那人將今日發生之事詳詳細細地道來。

魏雋航聽罷，久久說不出話來。

那人見他不作聲，正想要靜悄悄地離開，魏雋航忽地開了口。

「你去探一探世子夫人到母親院裡做什麼？」

那人一臉見鬼的模樣。「世子爺，你讓我去查內宅之事?!」

「讓你去就去，這麼多廢話做什麼！」魏雋航不耐煩地瞪他。

那人無奈地摸摸鼻子離開了。

等候屬下攏消息來稟的期間，他靠著椅背，濃眉緊皺，一顆心七上八下，總覺得自己這麼多年來許是忽視了些很重要的事。

一直到那人事無鉅細地將沈昕顏妯娌三人，在大長公主屋裡所說的每一句話都向他稟報後，他臉上的神情頓時變得相當複雜。

原來在他不知道的情況下，他的夫人受了那麼多的委屈。這頭一樁，想來便是他帶給她的。

他從來不曾後悔這些年來替皇帝表兄所做之事，可是此時此刻，他卻萌生了悔意。常言道，夫榮妻貴，而他帶給她的，也只有一個名不副其實的「世子夫人」頭銜。也不知過了多久，他在心裡默默作了個決定，猛地起身，一拂袍角，大步出了門。

「你說的是真的？」元佑帝瞪大雙眸，簡直不敢相信自己所聽到的。

「是，千真萬確！」魏雋航迎上他複雜的眼神，一字一頓地回答。

「你可知道，若是朕真的允了你，此生此世，你都只能是一個『毫無建樹』的國公，甚至身上那紈袴之名亦再無機會洗去。如此，你還是要堅持嗎？」

「臣本就是毫無進取心之人，當一個富貴無憂的國公有何不好？至於那紈袴之名……真紈袴也好，假紈袴也罷，於臣又有何相干？臣心意已決，懇請皇上成全！」魏雋航一臉認真地道。

元佑帝冷笑。「你倒是一個有捨身之義的慈父啊！以自己的前程換取兒子的前程，你便那麼肯定，你的那個兒子當真擔得起朕的看重？」

魏雋航朗聲一笑。「臣之子承霖，允文允武、重情重義，雖如今年紀尚小，卻已有一份為君分憂、為民請命之心，臣願以項上人頭為我兒擔保！」

元佑帝定定地凝望著他良久，終於微不可聞地嘆了口氣，走下寶座，親自將跪在地上的魏雋航扶了起來。

「表兄，怎樣？這門生意不管怎麼算，你也不會吃虧，不管將來如何，只要表兄還有用得上我之處，我便是肝腦塗地也會——」

「好好的說那些話做什麼！朕手下那般多人，輪得著你一個堂堂國公爺肝腦塗地？」元佑帝瞪他。

魏雋航笑笑，眸中卻是一片認真。

「打小你決定之事，不管旁人說什麼都不會改，今日你來尋朕，想必也是打著一定要達成目的的主意。雋航，你我雖名為表兄弟，實則卻如嫡親兄弟。若說這世間有什麼人永不會背叛朕，這個人朕只相信是你。你應該清楚，到了你如今的地位，只要再過得幾年，待朝廷大局底定，朕必會將你從暗處提到明處，讓天下之人都看清楚，英國公府最出色的兒郎不是那早逝的魏雋霆，而是你魏雋航！可是如今，你卻要將這份榮耀拱手讓人，哪怕那個人是你的兒子，可你真的甘心嗎？」

魏雋航搖搖頭，真誠地道：「我知表兄一向待我極好，只是，此事我亦是經過深思熟慮。表兄若是信不過雋航的眼光，只管讓時間來證明，證明我兒絕對是青出於藍。」

見他仍是堅持，元佑帝長嘆一聲，深深地望了他一眼，方緩緩地道：「好，若魏承霖確是個不可多得的人才，朕答應你，只要他不犯下不可饒恕之罪行，朕在位一日，便會重用他一日！」

「多謝陛下！」魏雋航大喜。

夫人一向最看重霖哥兒，因為自己，她受了整整十年的閒言碎語，如今，他便還她一個錦繡前程的兒子，讓那些因為她有一位「紈袴夫君」而取笑她之人，從此只能對她處處奉承討好！

婦人一生最重要之人，一為夫，二為子，他這個夫令她蒙羞，便讓子來給她榮耀。

不錯，至他如今的地位，再加上與陛下多年的情誼，待大局底定，他雖未必位極人臣，但至少會是朝廷舉足輕重的人物。

可如此一來，他的霖哥兒便是再優秀、再出色，此生也永無出頭之日。

若是此生他能陪伴夫人至她人生盡頭，他便是拚盡全力，也會給她一世榮耀。可萬一他比她先去，霖哥兒又無法出頭，豈不是讓她再度經受曾經的委屈？

如此，倒不如這份榮耀從一開始便由霖哥兒給她，而他，有生之年只要伴她身側即可。

沈昕顏並不知她的夫君在她不知道的情況下，便已經將她年老後的事考慮得萬分周全。

從大長公主處離開後，她便回到了福寧院，看著女兒拉著沈慧然親親熱熱地說著話，蘊福則搬著張繡墩坐在女兒的身邊，偶爾捏起一塊點心往女兒嘴裡送，看著女兒「啊嗚」一口吃掉後，這才取過另一塊小口小口地吃，感覺那口腔裡甜滋滋的味道，幸福地眯起了眼睛，她不禁莞爾。這傻小子，只要有好吃的，不管有什麼不愉快都能很快便拋諸腦後。

「……姑姑。」還是沈慧然率先發現了她，連忙起身怯怯地喚。

「娘！」魏盈芷立即便撲了上前，摟著她的腰直蹭。

「夫人！」蘊福連忙抹抹嘴角的點心渣子，抿了個淺淺的笑容喚。

沈昕顏捏捏女兒的臉蛋，又仔細地看看蘊福臉上的傷，見那紅腫已經消褪了不少，這才鬆了口氣，將視線投到沈慧然身上。

「慧兒不必拘禮，只當在自己家中便是。若有什麼想吃的便告訴珠兒，想去哪兒玩也可以告訴珠兒。」

「不必告訴珠兒，告訴我便可以了！娘，慧表姊說她想吃紅豆糕！」魏盈芷眼睛亮亮的，脆聲道。

沈昕顏氣樂了，用上幾分力捏她。「是妳慧表姊想吃，還是妳這個小饞貓想吃？」

小姑娘摀著被娘親捏得有點疼的臉蛋，用濕漉漉的眼神直瞅向她。

早在魏盈芷說到紅豆糕時，蘊福的眼睛便越發閃亮了，期待地望著沈昕顏。

被兩雙溢滿期盼之光的大眼睛盯著，沈昕顏便覺得有些抵擋不住，還想要說些什麼，沈慧然在一旁怯怯地開口。

「姑姑，是我想吃的……」話剛說完，臉蛋便已紅了起來。

沈昕顏嘆了口氣，對她這怯弱弱的作派大為頭疼。「春柳，去吩咐後廚做份紅豆糕過來吧！」

春柳應聲而去。

「怎的慧姑娘的性子變了這般多？」屋外，夏荷小小聲地問。

秋棠搖搖頭。親眼目睹親娘的下場，想來多少給小姑娘心裡留下了陰影。說不定梁氏離開之前還對她說了什麼話，以致她在面對一向喜歡的二姑姑時，再不復曾經的親近與自然。

當然，以梁氏的「聰明」，想來也不會說些會讓女兒對夫人生出怨恨之話來，多半是讓她多多親近二姑姑、不要惹二姑姑生氣之類的話。

可是，孩子的親近本是順應心意而為，若是添了刻意，再加上一知半解，反而失了最初的本意，頗有些得不償失的意味。梁氏一心為著兒女著想，便是和離之後亦費盡心思替兒女想得周全，可秋棠不得不說，她這一步棋卻是走錯了。

如今的慧姑娘，雖然讓人憐惜，可到底不如當初那般討人喜歡。

尤其是她對夫人的畏懼，雖然瞧得出在努力掩飾，可一個孩子又能掩飾得了什麼？反倒將這份畏懼表現得越發明顯了。沒有瞧見夫人在面對她時的無可奈何嗎？

「聽說蘊福受了傷，如今可怎樣了？」額上滲著一圈汗漬的魏承霖匆匆趕了過來，看到屋外的兩人，連聲問。

「大公子莫要擔心，蘊福不要緊的，這會兒正在屋裡呢！」秋棠見他滿臉憂色，忙安慰道。話音剛落，便覺眼前一花，已是不見了魏承霖的身影。

正幸福地吃著點心的蘊福剛一抬眸，便見一個身影衝了進來，他眨了眨眼睛，魏承霖不知何時已站到了他的身邊。

「你的臉是怎麼回事?!是誰打的？」看著他原本白白淨淨的臉蛋上多了些不應該有的痕跡，魏承霖的臉一下子便沈了下來。

小小的少年雖然身量尚小，可數年來一直跟在他的祖父身邊，不知不覺間竟將英國公那威嚴的氣勢學了個十足十，這臉一沈下來，便是沈昕顏也下意識地屏住了呼吸，更不必說那三個孩子了，嚇得直縮脖子。

「我、我沒、沒事的……」蘊福結結巴巴地回答。

「都被人打到臉上來了，怎會沒事！」魏承霖探過身子，認認真真地觀察他臉上已經快要看不出來的紅印，皺眉問：「還疼不疼？」

「不疼了，夫人給我上了藥，世子爺又請了大夫來瞧，現在不疼了，一點兒都不疼了。」像是生怕他不相信一般，蘊福伸出小肉手指往傷處上按了按。

「你做什麼！」魏承霖眼明手快地抓住他的手，不讓他亂按。

「反正、反正就是不疼啦！」

魏承霖抿著雙唇緊緊地盯著他，片刻後，再度問：「是什麼人打的？」

「哥哥，欺負蘊福的人已經被祖母打了板子攆出府啦！」魏盈芷插話。

沈昕顏看到這裡，忙拉過他坐下，轉移話題道：「今日呂先生帶你去了何處？」

魏承霖的眼神柔了幾分，恭敬地回答：「先生帶孩兒去拜訪了神機先生。」

神機先生？那個素有鬼才之名的神機先生？沈昕顏有些意外。

「承霖哥哥，你吃這個！」蘊福討好地將一塊點心送到魏承霖嘴邊。

魏承霖接過捏了半塊送進口中，另半塊順手餵入了妹妹嘴裡。

小姑娘吃著哥哥餵的點心，高興地瞇起了大眼睛。

「慧表妹？」這時的魏承霖終於察覺屋裡多了一個人。

「霖表哥。」沈慧然低著頭，規規矩矩地朝他行禮。

魏承霖忙起身回禮，兩人一舉一動甚是有禮，卻也多了幾分生疏。

沈昕顏一直留意著沈慧然的神情，見她與兒子見過禮後便又坐回了女兒身邊，臉上仍舊帶著幾分作客的不自在。沈昕顏微不可聞地嘆了口氣，收回了視線。

從正房離開時，魏承霖板著臉叮囑蘊福。「我再教你一套身法，日後若是遇到自己打不過之人，好歹也要學會自保。」三十六計走為上計，明知打不過還死撐著不跑，那是傻子所為。

「好！」蘊福眼睛亮亮，脆聲應下。

當晚，也不知是不是沈昕顏的錯覺，總覺得魏雋航有些怪怪的，尤其是他望著自己的眼神，那樣的複雜難辨，讓她百思不得其解。

最後，她嘆了口氣，放下手中的針線。「世子可是有話想對我說？」

魏雋航點點頭，又搖搖頭。

沈昕顏猜不著他的意思，卻突然想到那兩名奇怪的僕從，心思一動，試探著問：「今日秋棠讓人從你院裡尋來了兩名僕從，我瞧著他們似乎會些拳腳功夫？」

幾乎是下意識的，魏雋航的身體便燃起了警戒之燈，腦子更是飛速運轉，快速思考著蒙混過關的說詞。

可是當他醒悟過來，眼前的是他的夫人，不是他面對的「敵人」，這才無奈地暗嘆一聲，有些頭疼地撫了撫額頭。

這可真是多年來養成的習慣了，對所有的問話都會反射性地準備「完美的應對」。

沈昕顏見他如此反應，更覺不解，正想說些什麼，魏雋航忽地起身行至她的身邊坐下，環著她的腰，將腦袋搭在她頸窩處。

魏雋航悶悶地喚：「夫人。」

「嗯？」沈昕顏想要轉過臉去看看他的表情，卻只能看到一個烏黑的髮頂。

「夫人，若是我一輩子都這麼沒出息，妳還會陪在我身邊嗎？」雖然知道以她的性子，既然成了他的妻子，這輩子必是會不離不棄的，但不知為何，他還是想聽到她親口說出來。

沈昕顏失笑，揶揄道：「原來你還知道自己這般沒出息啊？」

「嗯哼。」男人哼哼了幾聲當作回答。

難得見他對自己露出這般孩子氣的舉動，沈昕顏心中一軟，握著男人交疊在自己腰間的大掌，柔聲道：「方才那句話只是戲言，你不必放在心上。何為出息？何為沒出息？在我看來，不過是仁者見仁，智者見智罷了。」

「那妳呢？妳是如何想的？」魏雋航心中一動，不知不覺地屏住了呼吸，小心翼翼地問。

沈昕顏笑了笑，微微側過身去，對上他的臉龐，並沒有錯過他臉上一閃而過的不安，心中又添了幾分柔情。

她輕撫著他的臉龐，無比溫柔地道：「在我看來，能一輩子愛護妻兒，行事無愧於天地、無愧於內心，便是有出息的男兒。」

魏雋航的眼睛撲閃了幾下，薄唇抿了抿，卻沒有說什麼話。

沈昕顏嘆息著在他額角落下輕柔的一吻，緩緩地道：「你不必為外頭那些閒言碎語所惑，旁人如何說道我不會理會，我只知道，此生此世能嫁你為妻，是我最大的幸運。」

上輩子亦然，只可惜上蒼沒有給她機會好好去珍惜。

什麼是出息？一個人擁有無上的權勢、無上的尊榮，卻冷血無情，這樣的人是有出息嗎？

一個人一輩子碌碌無為，卻盡心盡力善待身邊之人，這樣的人便是沒出息嗎？

上輩子她的兒子是京城年輕一輩中最為出息的男兒，可是，重活一世後，她甚至想過，若是自己活過來得再早些，早到剛剛成婚尚未有孕之時，她寧願沒有生過這個出息的兒子。

可是，上蒼也沒有給她這個機會。

魏雋航眸光大亮，心裡像是有隻鳥兒撲喇喇地搧動著翅膀，想要衝出來快樂地高歌。「那、那一個沒有出息的夫君，和一個有出息的兒子，妳更想要哪一個？」這話剛問出口，他便想唾棄自己。都多大年紀了，居然還與自己的兒子爭風吃醋，真真是越活越回去了！雖是這般想，可他卻硬是說不出將這話收回之話來。

沈昕顏沒有料到他會問出這樣的話，微怔了怔，有些好笑地捏捏他已經有些發紅的耳朵。「什麼時候夫君與兒子竟只能二擇一了？難不成他們不是並存的嗎？」

魏世子清咳了咳，掩飾著那絲不自在道：「那個……那個只是隨便問問、隨便問問。」

沈昕顏微微一笑，正想要再取笑他幾句，忽地想起自己原本在問他關於那兩名僕從之事，怎的被他兜了話頭去，盡說了些奇奇怪怪的？想要再將話題轉回去，卻在看到眼前男子臉上毫不掩飾的欣喜時，將話嚥了回去。問那麼多做什麼呢？他待自己真心一日，她便同等待之便是。

雖然沒能與兒子一較在她心裡地位的高低，但能從她嘴裡聽到那樣甜蜜的話，魏雋航心裡已經像喝了蜜糖一般，甜滋滋的，又像被輕風拂過心尖，帶來一陣陣歡喜的悸動。

他覺得，若是她一直對自己說這些甜蜜蜜的話，別說什麼位極人臣，便是日後的國公之位，他都可以不要了。

忽地又想到白日裡聽來之事，他眼神一黯，輕輕推開軟綿綿地靠在他身上、已經有些昏昏欲睡的沈昕顏，緊緊地望著她的雙眸，愧疚地道：「這麼多年來，一直讓夫人因為我的不爭氣而受人委屈……」說到此處，他苦澀地勾了勾嘴角。
沈昕顏一個激靈，頓時便清醒了，再聽他這話，終於恍然大悟。
怪道今晚覺得他整個人怪怪的呢，原來竟是聽到了外頭那些話，一時又有些無奈。這人可真是的，自己被外人說得那般難聽都渾不在意了，不過是婦人之間的酸言酸語，何至於這般反常？只是她心裡到底是感動的，知道全不過是因為對方將自己放在了心上，故而才會替她感到委屈。
「你理那些長舌婦做什麼？她們也就是在表面說說酸話而已，內心卻是不知多羨慕我成了國公府的世子夫人，將來還會成為國公夫人呢！」經過上一輩子，她怎麼可能還會在意那些話？難道上輩子還沒有委屈夠嗎？
魏雋航緊緊地盯著她，不放過她臉上每一分表情，見她在提及那些「長舌婦」時滿臉的不屑，知道她此話確是出自真心，終於長長地鬆了口氣。
下一刻，他重重地親了懷裡的妻子一口，在對方的驚叫聲中猛地起身，將她打橫抱起，大步邁入了寢間。
片刻之後，女子的驚叫便被什麼東西堵住了，發出一陣引人遐思的細細響聲……
方碧蓉望著將屋內瓷器幾乎砸了個稀巴爛的長姊，雙唇緊緊地抿著，始終沒有上前去勸。

她知道，自己的姊姊怕是靠不住了。連府中的中饋都保不住，還有什麼能力來助她覓得好前程？

沈氏那裡的路在百花宴後便也徹底堵上了；大長公主雖然目前待她還是相當不錯，可卻從來不會主動替她謀劃，若想靠她，估計到頭來不過是一場空。

唯今還能襄助自己的，也只有瓊姝郡主了。所幸魏瓊姝與那沈氏並不算親近，想來不會受到對方影響，加上與長姊又是打小相識的情分，以那日她的表現來看，待自己也確有幾分真心。如此看來，魏瓊姝這條路卻是萬萬不能斷的了。

只還有一條，便是父親交給長姊的勢力到底有多少？她又要如何才能從長姊手上將這些勢力收為己用？

方氏瘋狂發洩著心中的憤怒。全毀了，她多年來苦心經營的一切全毀了！白白替他人作嫁衣，叫她怎能不怒？怎能不恨？

門簾之後，魏承騏小臉發白，可仍睜大眼睛緊緊地盯著裡頭瘋狂的母親。

「騏哥兒，回去！」小步跑了過來的魏敏芷喘著氣去拉他，哪想一向乖巧的弟弟卻拂開她的手。

好一會兒，魏承騏才帶著哭音問：「三姊姊，為什麼娘親會這麼生氣？為什麼娘親今日要讓我叫蘊福過來？為什麼她們會說蘊福偷了我的玉鎖……」

「夠了，別多問了！快回屋去，小心娘親知道了又要生氣！」魏敏芷板著小臉教訓道，說完也不顧他的反抗，硬是拉著他離開。

魏承騏被她拉得幾個踉蹌，可一雙含淚的眼睛，始終緊緊盯著身後離自己越來越遠的屋子。他不喜歡這樣，不喜歡這樣亂砸東西的娘親，不喜歡騙自己的娘親，不喜歡冤枉蘊福的娘親……

屋內，待方氏終於發洩完之後，方碧蓉才嘆了口氣，小心地避開地上的碎片走到她的身邊，安慰道：「事已至此，姊姊再生氣也是於事無補，倒不如想想如何先度過大長公主幾日後的交接。若是讓她發現帳面上虧空了這麼一大筆錢，只怕又要生出事端。」

方氏如何不知這個道理？她也並非沒有辦法將虧空補上，只是一想到自己多年來的經營一朝付諸東流，心裡的憤怒便再也抑制不住。

「碧蓉，如今姊姊便全靠妳了。我已經安排妥當了，過幾日便帶妳見見徐夫人，只要入了她的眼，妳嫁入尚書府便是板上釘釘之事。」

尚書府嗎？不知為何，方碧蓉心裡並不是很願意，只又說不出什麼拒絕的話，唯有敷衍地點了點頭。

尚書府，難道敵得過首輔府嗎？若是不能將首輔府那對狗眼看人低的婆媳踩在腳下，她嫁人又有什麼意思？

次日一早，沈昕顏醒來之時，只覺得整個人累得根本動也不想動。昨晚魏雋航那人折騰得沒完沒了，她甚至在途中支撐不住還昏迷了過去，只一醒來卻發現那人還不肯放過自己。

「醒了？我讓丫頭們準備熱水洗漱。」正有一下、沒一下地輕撫著她背脊的魏雋航察覺她醒來，忙湊過來道。

沈昕顏沒有錯過他臉上饜足的笑容，抿了抿嘴，忽地出手用力在他腰間軟肉處一扭。

魏雋航好脾氣地任由她捏，還是她先忍不住心疼，鬆了手，又著實有些氣不過，瞪了他一眼，推開他，翻身趿鞋下地。

魏雋航圍著她跑前跑後，一副殷勤侍候的模樣，讓她忍不住笑出聲來，忙忍住，沒好氣地嗔了他一眼。

魏雋航被她嗔得滿身舒服，趁著丫頭們沒留意，飛快在她臉頰上親了親，這才笑呵呵地進了淨室。

待夫妻二人洗漱完畢，魏承霖兄妹、蘊福與沈慧然先後而來。

滿屋子便響著魏盈芷脆生生的說話聲，不時夾雜著魏雋航爽朗的笑聲，待用過早膳後，幾人又說了會兒話便各自散去了。

「……慧姑娘多是安安靜靜地坐著聽四姑娘說話，話比較少，間或繡繡花、做做針線，偶爾與四姑娘去園子裡走走，又或陪著四姑娘寫寫字。倒也不曾聽她提到什麼人，連伯爺與梁夫人都沒有提及。」珠兒細細地將沈慧然的一番情況對沈昕顏道來。

沈昕顏微微頷首表示知道了，片刻後有些頭疼地撫額。

方才與幾個孩子用早膳時她便注意到了，沈慧然的目光幾乎一直落在她的碗裡頭，除了偶爾側頭回應與她說話的盈兒幾句，至於她上輩子一直執著的表哥魏承霖，卻是一眼也沒有多看。不管如何，她也算是稍稍鬆了口氣。

看來這輩子梁氏只來得及通過那孫嬤嬤探探自己的口風，尚未灌輸給女兒那些不適宜的想法。想想也是，不過八歲的小丫頭，哪能懂得什麼？她雖然未必有多喜歡梁氏，但也不會否認梁氏對兒女的用心。

珠兒退下後，沈昕顏便喚來秋棠，與她細數著近些日子籌好的銀兩。

「七七八八湊了湊，總算是湊出夫人要的數目了。只是夫人為何對那許夫人如此有信心？要知道，咱們投入的這筆錢可不是小數目，若是虧了……」秋棠還是忍不住擔心。

「生意嘛，總是有些風險的，哪會有十成十的穩賺不賠？賭的不過就是個人的眼光與膽氣。妳且放心，我心裡都有數，不會不給自己留一條後路的。」沈昕顏拍拍她的背以示安慰，吩咐她將東西收好。雖然相信許素敏的能力，不過她還是習慣給自己留一條後路，萬一這輩子情況有異，也不至於會到完全承受不了結果的地步。

見她這般，秋棠唯有嘆了口氣，不再說什麼。

「夫人，不好了、不好了！四姑娘、蘊福與三姑娘他們打起來了！」小丫頭急急忙忙地跑進來報，嚇得沈昕顏臉色都變了。

「妳說什麼？誰和誰打起來了？」

「四姑娘、蘊福和三姑娘他們在園子裡繪芳亭旁打起來了！」小丫頭喘著氣又回了一遍。

「這幾個孩子真是！」沈昕顏又急又惱，一轉身，急急忙忙便出了門，直朝園子方向走去。

因今日吳師傅告假，蘊福一早便練起了魏承霖教給他的那套身法，待時辰差不多了便洗了洗身子，換上乾淨的衣物，到沈昕顏的屋裡用早膳。

魏承霖的課業自來便比府上任一個孩子都要重，早膳過後便到了呂先生處去。蘊福要再過幾日才正式拜入呂先生門下，這幾日還是與魏盈芷一處讀書習字，只今日又多了個沈慧然。

「蘊福、慧表姊，咱們到園子裡去！」魏盈芷一手拉著蘊福，一手拉著表姊，蹦蹦跳跳地往後花園處去。

蘊福經常被她這般拉著跑已經相當習慣了，很快便跟上她的步伐，只可憐沈慧然被她拉著跑得上氣不接下氣，臉蛋紅通通的，額上很快便滲出了一圈薄汗。

「蘊福你瞧，我又長高了！」魏盈芷比著繪芳亭的柱子，驕傲地道。

蘊福有些羡慕地望望她，再比比自己與她的身高，頓時有些洩氣。

他都已經很努力吃飯了，為什麼還沒有盈兒高？明明他比她還要大一歲的。再看看另一旁依然比他高的沈慧然，又更加沮喪了。

「不用難過啦，以後你也會有我這般高的。」魏盈芷難得體貼地拍拍他的肩膀，只是圓圓的臉蛋上卻帶著相當明顯的得意之色。

沈慧然掏出帕子擦了擦額上的汗，聞言也小聲地道：「盈兒表妹說得對，以後你也會慢慢長高的。」

雖然被安慰了，可蘊福仍然不覺得有多高興，悶悶不樂地「嗯」了一聲。

「蘊、蘊福……」怯怯的叫聲在三人身後響了起來。

小傢伙們回頭一看，魏盈芷率先便叫了起來。「好哇，原來是你！你這個大壞蛋，壞透了，還冤枉蘊福拿你的東西！」魏盈芷氣得臉蛋都紅了，指著他就罵。

魏承騏被她罵得眼淚汪汪，好不委屈地解釋道：「我、我沒、沒有……」

「還敢騙人說沒有，你個壞蛋！走開，以後再不和你玩了！」見他居然不承認，魏盈芷更生氣了，衝過去用力推了他一把。

魏承騏被她推得一屁股便坐到了地上。

「魏盈芷！妳敢欺負騏哥兒?!」不知從哪裡衝了出來的魏敏芷怒聲叫著，以牙還牙地用力將她也推倒在地。

魏盈芷被她推得懵了懵，呆呆地坐在地上不知反應。

「不許欺負盈兒！」見魏盈芷被人欺負，蘊福氣得衝過來，如同一頭小牛犢一般直往魏敏芷身上撞去。

九歲的魏敏芷到底比他有力氣些，抓住他的手臂就打。「都怪你，都怪你這個野孩子！」

「妳打蘊福、妳打蘊福！壞蛋壞蛋！」魏盈芷終於反應過來，哇哇叫著，上前就要襄助明顯落了下風的蘊福。

頓時，三個小傢伙便扭打在一起，急得一旁的沈慧然和魏承騏直叫。

「哎，你們別打了、別打了……」

「三姊姊、蘊福、四妹妹，你們別打了！」

魏敏芷雖然占了年紀和身高的優勢，可蘊福和魏盈芷已經有過一回「並肩作戰」的經驗，不過一會兒的工夫便扭轉了局勢，魏敏芷的屁股挨了一腳，手背被撓了一道，已是只有招架的餘地了。

當然，蘊福與魏盈芷的情況也好不到哪裡去，兩人身上原本整整齊齊的衣裳早就縐巴巴、髒兮兮的，頭上紮著的花苞頭也亂糟糟的，別著的頭花早就掉到地上，還被人踩了好幾腳，頓時不成樣子了。

沈昕顏趕過來的時候，看到的便是這樣的一幕。

「都給我住手！」她不知道自己是如何才壓下那股怒火的，只恨不得將那兩個膽大包天的小傢伙拎過來揍一頓。

「壞蛋！」雖然被夏荷從混戰中抱了起來，魏盈芷還是不解氣地去踢被春柳拉開了的魏敏芷。

魏敏芷氣得險些又要撲上前，虧得春柳用力將她抱住。「三姑娘、三姑娘！」

見到這時候女兒還不忘再踢人家一腳，沈昕顏再也忍不住了，將女兒從夏荷懷中拉過來，揚起手用力在她屁股上打了一記。

「啪」的一下清脆響聲，魏盈芷眼睛裡瞬間便湧上了淚水，打了幾個滾卻沒有流下來。

「夫人不要打盈兒，是我不好！」蘊福一見，連忙跑過來求情。

沈昕顏氣笑了，拉過他，同樣毫不手軟地在他屁股上打了一巴掌。

蘊福一聲不吭，乖乖地站著任由她打。

那廂，得到消息趕來的方氏同樣氣得直往女兒身上打。

「是她先動手推騏哥兒的！」魏敏芷被她打得好不委屈。

一聽居然還扯了兒子，方氏怒火衝天，忙拉過魏承騏一看，果然見他的屁股上沾了塵土，看著明顯是被人推倒在地。

「我、我沒事，沒事的！」魏承騏有些害怕，縮了縮脖子道。

「是妳先動手推騏哥兒的？」沈昕顏嚴厲地瞪著魏盈芷。

魏盈芷梗著脖子大聲道：「誰讓他冤枉人來著！」

「妳動手推人還有理了？」沈昕顏一陣頭疼，再對上方氏那像是要吃了女兒的眼神，只覺得頭瞬間就更疼了。

「大嫂，此事是盈兒不對——」

「妳不必說了，是我家騏哥兒自找的，好端端的跑來做什麼！」方氏打斷她的話，拉著兒子轉身就走，走出幾步見女兒沒有跟上來，又喝道：「還站在那兒做什麼？嫌沒被人打夠？」

魏敏芷不服氣地瞪了魏盈芷一眼，又重重地哼了一聲，邁著腿追了上去。

魏盈芷衝著她的背影做了個鬼臉，也哼了一聲。「我才不怕妳哩！」

只是，當她回過身來看到娘親嚴肅的臉時，驀地有些害怕地往蘊福身後縮了縮。

蘊福連忙張開雙手將她護在身後。「夫人，您不要怪盈兒，不關她的事……」

「回去！」沈昕顏虎著臉，一手拉著一個。

兩個髒兮兮的小傢伙被她拉著走，沈慧然連忙跟了上去。

「你們哪個說說到底是怎麼回事？還有妳，好好的為什麼要去推騏哥兒？」沈昕顏勒令兩個闖禍的小傢伙端端正正地站好，板著臉問。

魏承騏是出了名的乖巧懂事，沈昕顏自然不相信以他的性子會主動挑事，故而根本連想也不用想，必是自己的女兒有錯在先。

魏盈芷鼓著腮幫子，卻是一句話也不肯再說。

「夫人，其實不怪盈兒……」蘊福囁嚅著想要解釋。

沈昕顏卻瞪他。「當然，此事你也有錯！」再望望嘸著嘴巴、梗著脖子的女兒，不知為何心裡便冒出了一團火，連忙深呼吸幾下壓住了，一拂衣袖就往外走。「既如此，你倆便跪著好好反省，什麼時候想明白了，什麼時候再起來！慧兒，咱們走。」順手牽起姪女的手，頭也不回便離開了。

「姑姑……」沈慧然想要求情，可一看她沈著的臉，什麼話也不敢說了。

「跪就跪！」直到沈昕顏的身影再也看不到，魏盈芷才輕哼一聲。

春柳無奈地戳了戳她的臉蛋，起身將軟綿綿的墊子鋪在地上，讓兩個小傢伙跪下，這才拉著夏荷走了出去，順手將門帶上。

屋裡雖沒有旁人，但蘊福仍是規規矩矩地跪著。

魏盈芷卻只是跪了一會兒便一屁股坐到了墊子上，摸著小肚子苦哈哈地道：「蘊福，我肚子餓了！」剛剛「大戰」一場之後，感覺吃下不久的早膳都消耗光了。

「我兜裡有點心，妳吃著墊墊肚子。」蘊福連忙將藏在身上的蝴蝶酥取出，一打開小布兜，那香香脆脆的蝴蝶酥早已碎成了渣渣。

魏盈芷嫌棄地別過臉。「碎了，我不要！」

蘊福撓撓耳根，挑出最大的那塊往她嘴邊送，哄道：「這塊大一點，先吃了墊肚子，要不會餓壞的。」

魏盈芷還是不要，蘊福好脾氣地哄了她好一會兒，這才勉強地張開了嘴，「啊嗚」一口咬住了。

沈昕顏自然也從沈慧然口中得到了事情的真相，頗為頭疼地捂了捂額角，只是，看到身邊的姪女，再想想那個極其護短的女兒，不知怎的便想到了上一輩子。

上一輩子她的女兒也是這麼一個相當護短的性子，不過那個時候她護的對象是她的慧表姊，亦似今日這般，只要感覺有人欺負了她要護的人，不管不顧便要出手教訓對方。

她長長地嘆了口氣，突然沒有了心情，勉強說了幾句便讓沈慧然回屋了。

「將上回世子爺拿回來的那方白鶴長方硯，以及前些日玲瓏閣送來的蝶戀花粉翠頭花，妳再瞧著添些什麼東西，一起送到長房去。」半晌，她吩咐秋棠。

秋棠點點頭，明白她的用意。

長方硯是給四公子的，頭花想來是給三姑娘的。不管如何，此事都是四姑娘有錯在先，哪怕大夫人不好怪罪，但自家夫人卻不好真當什麼事也沒有發生。

「若四姑娘知道她這一衝動，便將她喜歡了很久的頭花給推沒了，不知要怎樣懊惱呢！」她笑著道。

沈昕顏輕哼一聲。「就是要磨磨她的性子！」

秋棠失笑搖頭，福了福身便退了出去。

第十五章

「蘊福，她們真的不管咱們了，都這般久了也不給咱們送吃的。」東屋內，魏盈芷踩著繡墩，將窗戶推開一道縫，直往外瞅，見外面侍女們來來往往，卻沒有人給自己送吃的，不禁有些委屈地道。

仍舊老老實實地跪在墊子上的蘊福安慰道：「不會的不會的，夫人很快便會讓人給咱們送吃的了，盈兒妳再等等。」

魏盈芷小大人似的嘆了口氣，一邊從繡墩上爬了下來，一邊好不苦惱地抱怨道：「我肚子都快要餓扁了……」

「那咱們好生向夫人認個錯？」蘊福想了想，建議道。

「不行！要是向娘認了錯，她一定會讓我們向三姊姊和騏哥兒賠禮道歉，我才不要呢！」小姑娘堅決不肯。

「可是、可是打人是不對的啊……」蘊福對著手指頭，喃喃地道。

魏盈芷沒有聽到他的話，整個人在墊子上滾來滾去，口中不停地道：「我想吃棗泥糕、想吃梅花糕、想吃青團子、想吃蓮花酥……啊，還想吃香噴噴的雞腿！」

她每唸一樣，蘊福便嚥一回口水，竟也覺得肚子咕咕地叫了起來。

「蘊福、盈兒……」

窗戶突然被人敲響，緊接著便聽有人在外頭喚著他們，兩人對望一眼。

魏盈芷歪著腦袋認了認，隨即「呀」的一聲叫了出來。「是哥哥！」

話音剛落，窗戶便被人從外頭推了開來，隨即「咚」的一聲，一個身影從窗外跳了進來。

「噓，別出聲。」魏承霖作了個噤聲的手勢。

魏盈芷立即雙手摀嘴，眼睛閃閃亮地盯著他從懷中掏出的油紙包，一陣誘人的香味撲鼻而來。「是香噴噴的雞腿，還有包子！」魏盈芷眼睛更亮了。

魏承霖笑著招呼兩人來吃。

蘊福嚥了嚥口水，臉上卻還有幾分遲疑。「夫人知道了會不會不高興？」

「無妨，有我呢！」魏承霖摸摸他的腦袋瓜子，笑著將一只肉包子塞進他手中。

「哥哥你真好！」小姑娘吃得嘴巴一片油光，笑得一臉滿足，甜甜地道。

魏承霖含笑替她擦了擦嘴巴。「慢慢吃，莫要急。」

另一邊，見春柳掩著嘴走了進來，沈昕顏放下茶盞，拭了拭嘴角問：「妳偷笑些什麼？那兩個闖禍精怎樣了？莫非還嫌棄妳送去的東西不好吃？」

「我的東西可還沒送進去呢！」

「還沒送進去？」沈昕顏皺了皺眉。小孩子可餓不得，現時已到了他們平日該用膳的時辰了。

「我剛想裝作『瞞著夫人悄悄送飯進去』，沒承想大公子比我動作更快些，早就將東西送進去了，這會兒四姑娘和蘊福正吃得香呢！」

霖哥兒？沈昕顏有些意外。

「這還不只呢，我將東西送到長房時，剛好看見大公子從那邊出來，後來一打聽，方知大公子親自去向三姑娘與四公子賠禮道歉了。」秋棠不知什麼時候走了進來，笑著道。

「大公子可真有兄長風範！」春柳感嘆一聲。

沈昕顏的眼神有些複雜。

兒子代女兒向別人賠禮道歉這種事，上輩子他也做過不少回，可賠禮道歉回來後便是喝斥女兒的刁蠻任性，似如今這般體貼地給被罰的女兒送吃的，這還真真是兩輩子頭一回了。

「夫人，我瞧著也差不多夠了吧？此事雖說是四姑娘有錯在先，只是歸根到底還不是大夫人作孽在前，若她不利用四公子的名義來誣衊蘊福，四姑娘何至於會那樣待四公子？」春柳想了想，小聲地勸道。

沈昕顏搖搖頭。她哪是因為此事罰女兒的，只是想要磨一磨女兒。這種樂於當棒頭槌的性子若再不改改，將來可如何是好？會維護自己親近之人自然是好，可卻得改一改方式，不能像個炮仗一般，一點就爆。

「盈兒為什麼要推騏哥兒？妳之前和騏哥兒不是一直玩得挺好的嗎？」魏承霖一邊替妹妹揉著肚子，一邊問。

魏盈芷哼了一聲。「才不和他一起玩了！他是個壞蛋，冤枉蘊福拿他的東西，我不要和撒謊精一起玩！」

魏承霖揉肚子的動作緩了緩，想到這兩日聽到的一些閒言碎語，心中已經有了計較。

「妳又如何得知是騏哥兒冤枉了蘊福，而不是旁人借著他的名做的？譬如，蘊福多吃了一塊紅豆糕，他卻跟母親說是妳吃的，那事實上便真的是妳多吃了嗎？」

「蘊福才不會這樣呢！」

「我才不會這樣呢！」

異口同聲的反駁響了起來，魏承霖啞然失笑，對上兩張同樣氣鼓鼓的小臉，忙道：「是哥哥說錯話了。那盈兒覺得哥哥說的這番話可有道理？」

小姑娘皺著小眉頭想了想，這才不甘不願地道：「好吧，哥哥說的有道理。」

魏承霖捏捏她鼓鼓的臉蛋，繼續問：「那妳可曾親耳聽到是騏哥兒冤枉了蘊福？」

「沒有。」魏盈芷老老實實地回答。

「那便是了。妳與騏哥兒一處玩了這般久，可覺得他會是那種做了壞事，卻要冤枉別人之人？」

魏盈芷托著下巴認真地想了好一會兒，這才搖搖頭。「不會。」

「那騏哥兒沒有做錯事，妳卻推了他，這樣做是不是錯了？」

魏盈芷扭扭捏捏的，噘著嘴好半天才哼哼唧唧地道：「……是。」

魏承霖繼續哄她。「那做錯了事，是不是應該認錯？」

魏盈芷將身子扭得更厲害了，吭吭哧哧半天卻再沒一句話。

「盈兒，咱們做錯了事，應該向夫人認錯，還要向四公子和三姑娘道歉的。」蘊福拉著她的手，認認真真地道。

魏盈芷的嘴巴噘得更高了，好一會兒才嘀咕道：「可是三姊姊也推了我呀！她還弄壞了我最喜歡的頭花呢……」那還是爹爹給她買的呢！這才沒戴幾回就弄壞了。

蘊福想了想，覺得她說的好像也有道理，遂望向魏承霖。

魏承霖摸摸鼻子道。「妳三姊姊之所以會推妳，那是因為妳先推了騏哥兒啊！比如旁人若是欺負了蘊福，妳是不是也會衝過去幫蘊福？」

「那是當然的了！」魏盈芷毫不猶豫地點頭，挺了挺小胸膛，驕傲地道：「誰敢欺負蘊福，我就要他好看！」一邊說，還一邊握著小拳頭揚了揚。

蘊福感動得眼淚汪汪。「盈兒……」

魏盈芷拍拍他的肩膀。「沒法子，誰讓你沒有我高呢！」

「……」蘊福發誓，從明日起每頓要再多吃一碗飯，再也不要當小矮子了！

魏承霖努力忍著笑意。「是啊，旁人欺負蘊福，妳便要人家好看，那現在妳欺負了騏哥兒，三妹妹身為騏哥兒的姊姊，自然也會護著他啊！」

魏盈芷兩道小眉毛再度皺了起來，好半天才不甘不願地道：「好、好吧，我向他們道歉便是。」

魏承霖終於鬆了口氣，一手將她拉了起來，再伸手去拉蘊福。「那咱們現在便先去找母親認錯。」

看著兒子帶著女兒和蘊福尋過來時，沈昕顏難掩詫異之色。

她還以為以這小丫頭的脾氣，只怕還要再僵持一陣子，沒想到居然這般早便想明白了。更讓她感到驚奇的，便是拉著女兒和蘊福一起來的魏承霖。看這情形，難不成還是霖哥兒勸服了那個壞脾氣的丫頭？

「夫人。」

「母親。」

「娘……」到底還是有些不自在，魏盈芷扭扭捏捏地喚了聲。

沈昕顏故意虎著臉。「這是想明白了？」

「想明白了！夫人，這件事是我們錯了，等一會兒我和盈兒便去找三姑娘和四公子，向他們道歉！」蘊福忙道。

「是這樣嗎？」沈昕顏望向女兒。

「……是。」雖然不自在，但既然答應了兄長，魏盈芷還是老老實實地應下。

「母親，我先帶蘊福和妹妹去找三妹妹和騏哥兒。」魏承霖道。

沈昕顏點點頭，沒好氣地點了點女兒的額頭。「快去快回。」

本就是孩子間的打鬧，由孩子領著去道歉是再適合不過了，不得不說，兒子這番舉動甚是合她的心意。

魏承霖帶著蘊福和魏盈芷上門向兒女道歉，方氏自然也不好說什麼，神色淡淡地吩咐下人將他們帶去了魏敏芷處。

魏敏芷一見那兩人便氣得想衝上前，只一看到魏承霖的身影，動作立即頓住了。說起來，她還是有些怕這個大堂兄的。或者說，府裡的孩子，便沒哪個不怕他的。

有魏承霖坐鎮著，魏敏芷和魏盈芷雖然不甘不願，但表面看來還是和平地接受了彼此的道歉。

而魏承騏那處便更好辦了，一看到蘊福出現，魏承騏便先跑了過來，拉著他的衣袖結結巴巴地解釋。「蘊、蘊福，我沒有、沒有冤枉你，那、那不關、不關我的事。」

蘊福撓撓耳根。「四公子，我知道不關你的事，也沒有怪你啊！」

「可是、可是四妹妹……」

「盈兒。」見妹妹噘著小嘴站在原地一動也不動，魏承霖皺眉喚了聲以示提醒。

魏盈芷終於磨磨蹭蹭地走了過來。「對、對不住啦，我不該推你的！」

「不、不要緊！」魏承騏眼睛一亮，露出個既羞澀又歡喜的笑容，一會兒像是想到了什麼，「噔噔噔」地往裡間跑，再出來的時候，手上便捧著一碟精緻的桃花糕，熱情地招呼著。「四妹妹、蘊福，來吃這個，可好吃了！是桃枝姊姊親手做的喔！」想了想，發現漏了魏承霖，連忙加了句。「大哥哥也來吃吧！」

待晚間魏雋航回來時，沈昕顏便向他提到了白日的事，語氣略帶抱怨地道：「盈兒那丫頭的性子也不知像誰，真真是讓人少操會兒心都不行！虧了敏丫頭和騏哥兒是自家人，若推的是旁人，只怕這事情便難了了。」

「小孩子嘛，哪有什麼隔夜仇？這一刻還打著架，不定下一刻又親親熱熱地一處玩了，也就是大人們愛小題大作，瞎操心。」魏雋航不以為然地道。

「你說誰小題大作瞎操心了？」沈昕顏沒好氣地瞪他。

魏雋航反應過來，連忙打了個哈哈掩飾過去，迅速轉移話題。「陛下打算從各勛貴世家中挑選些出色的孩子，進宮與皇子們一同受教，咱們的霖哥兒也在人選當中。」

沈昕顏怔了怔，倒也沒有太過意外。雖然時間有些對不上，不過此事上輩子也是發生過的，總歸此事於兒子來說利大於弊。

元佑帝膝下共育有三名皇子。二皇子乃淑妃所出，今年八歲；三皇子生母為麗妃，今年七歲。而皇長子的身分卻有些尷尬，他的生母乃元佑帝的元配妻子，從前的瑞王妃趙氏。論理他應是名正言順的元配嫡子，可趙氏卻在元佑帝登基之前便死了，至今也沒有被追封為皇后，以致造成了皇長子如今非嫡非庶的尷尬身分。

見她神情淡淡，魏雋航猜不透她的意思，斟酌著問：「妳的意思呢？」

「這是好事啊，若是選上了，霖哥兒等於入了陛下之眼，將來的前程必是有的。只是這事你得先看看父親的意見，畢竟這些年霖哥兒一直是由他教導著的。」

「我已經跟父親提過了，父親他並沒有意見。」

事實上，英國公得知後相當激動。

沈昕顏自然也知道英國公不會有意見。

「既如此，我便提前做好準備，宮裡畢竟不同家中。」

見她平靜地說著她作的安排，魏雋航有些詫異，本還以為夫人會有些不捨的，沒想到居然這般爽快便應下了，倒省了他不少口舌。

「可聽說大約什麼時候要進宮？」沈昕顏問。

「七日後。」

「時間倒也算是充裕。」沈昕顏點點頭，忽地想起明日與許素敏之約，忙道：「明日我有事要出去一趟。」

「我陪妳去吧，左右明日我也無事。」魏雋航隨口道，想了想又加了句。「可方便嗎？若是不方便的話便罷了。」

「哪有什麼方便不方便的？世子親自護送，我可是求之不得。」沈昕顏啞然失笑。

「陛下這是打算培養魏承霖？那魏世子怎麼辦？」京中某處宅院，世人均以為早已死去多年的前瑞王妃趙氏皺眉問。

若是魏承霖在朝上立了起來，魏世子不但不能出頭，便是連如今的密探之首的地位也保不了。畢竟，沒有哪位皇帝會將明暗兩處最重要的位置交給一對血脈相連的父子。

「奴婢不知，不過此事魏世子也是同意了的。或者，陛下想讓魏公子進宮保護大皇子？」

趙氏搖搖頭。「不會。」

想到宮中的兒子，她的心忍不住一陣抽痛，對當年自己做的那件蠢事更是悔恨不已。她當年怎麼會以為先帝仁宗會替兄長洗清冤屈？她怎麼就沒有想到，兄長根本就是先帝為誠王置的替死鬼！而她呢？她居然拿著兄長交給她的證據去找先帝申冤，結果，不但沒能替兄長洗去冤屈，反而險些送了自己的性命！

世人誰能想像得到，瑞王妃趙氏並非「病逝」，乃是被先帝「賜死」的！

父親臨死前的悲憤控訴猶在耳邊，母親靈前懸樑，嫂嫂與姪兒「意外」而亡，不過頃刻間，偌大的一個家便徹底散了。

可她不能死，身為趙氏之女，她不能讓兄長白擔了那等污名，不能讓父母死不瞑目。她要活著，哪怕只能活在黑暗當中，只要還有一口氣，她便要活著，活著看誠王那老匹夫的下場！

仁宗，仁，真是好生諷刺！

怎麼會不仁呢？為了維護自己的兒子，為了維護皇族的顏面，不惜將那滔天的罪過推到忠心的臣子身上。誠王，真真也是夠「誠」，為了掩蓋罪行，連孤兒寡母都不肯放過！可憐她的姪兒，她甚至還沒能見他一面……

「夫人，陛下來了。」有侍女進來輕聲稟道。

趙氏深深呼吸幾下，將那悲憤的情緒掩下，半晌，起身迎了出去。

魏雋航沒有料到沈昕顏要去見的人是許素敏，乍一聽聞眼前這風姿綽約的婦人，便是喬六口中那一位毫不猶豫地割了白眼狼夫君命根子，將之送到某種窖子裡的許夫人時，他簡直不敢相信自己的眼睛。

「民婦許氏見過魏世子。」許素敏也沒有想到魏雋航居然親自將夫人送過來，迎上來之時，看到從馬車上走下一個男子，她初時還嚇了一跳，又見男子回身將她候著的沈昕顏扶了下來，她才確定了對方的身分。

原來這便是京城中有名的紈袴世子。

瞧著對方這一表人才，扶著妻子下車的動作也頗為體貼，單從表面看來，還真瞧不出哪裡紈袴了。

「許夫人不必多禮。」魏雋航攏嘴佯咳一聲，又對沈昕顏道：「夫人與許夫人有事自忙去，我到前頭那長亭處坐會兒賞賞風景。」

「若是賞風景，不怕世子爺笑話，小婦人這莊子裡的景色，比之外頭毫不遜色，世子爺若不嫌棄，便請到裡頭一賞？」許素敏哪會讓他到外面吹風，忙邀請道。

「那便恭敬不如從命了！」魏雋航哈哈一笑，乾脆地回道。

沈昕顏自然也不願讓他一個人在外頭候著，對許素敏這般安排很是滿意。

夫妻二人隨著許素敏進了府，許素敏先吩咐了身邊得臉的大管家好生招呼著魏雋航，又客套了幾句，這才帶著沈昕顏進了東邊的廂房處。

「若早知世子爺護送妳過來，我便將喬六公子也請來了。」落了坐，許素敏才笑著道。

沈昕顏笑笑。「無妨，總會有機會見上一見的。」

兩人又說笑了片刻，許素敏方將早就準備好的契紙和溫泉莊子的設計圖紙、施工方案等等取出，一一詳細地向她解說。

這是自己兩輩子頭一回主動要做的投資，沈昕顏自然是非常重視，有哪些不明白的也主動提出來，而許素敏亦耐心地向她解答。

兩人一問一答，均是相當投入。

沈昕顏越聽便越是興奮，越聽越是佩服眼前的女子，尤其是看著她對自己描繪未來藍圖時那閃閃發亮的雙眸，一股敬佩之情不禁油然而生。

這個女子是不一樣的，她根本不需要攀附任何人，她的獨立，她的自信，哪怕身處逆境，也依然無損她身上的光芒，也依然可以讓自己過得很好。

她想，若是自己能有她一半的能力與魄力，上輩子絕對不會落到那般下場。

「……我想過了，第一期便先將這溫泉莊子建好，先看看成效；若是達到咱們的目標，那接下來的第二期咱們再好生計劃，但是，卻是不能全部投在這溫泉上，畢竟它賺不了一年四季的錢。」許素敏滔滔不絕地說著她的打算，直到感覺身邊的女子好久沒有出聲了，這才止了話，抬眸望去。

這一望，便對上了一張毫不掩飾對自己的欣賞的臉龐。

饒得她一向臉皮厚，可被這麼一個姿容秀美、溫婉端莊的尊貴女子看著，竟也生出了幾分不自在來。

她清清嗓子掩飾那絲詭異的不自在。「世子夫人可有什麼別的建議或意見？不妨說出來，咱們再好生斟酌斟酌。若是一時討論不出個丁卯，改日我再與喬六公子細細研究一番，順便聽聽他的高見。」

「不必了，我信得過夫人，也對夫人的這方案相當滿意。」沈昕顏搖搖頭，端過桌上已經有些微涼的茶水呷了幾口，而後提起一旁的毫筆，蘸上侍女早就磨好的墨，在那張已經落下了喬六公子與許素敏姓名和指印的契約上，簽下了自己的名字，又打上手指印，接過秋棠遞過來的濕帕子拭去手指上的朱砂。

「夫人果然是個爽快人！」許素敏意外她的乾脆俐落，但更感激她幾乎毫無保留的信任。只覺得，便是為了回報對方這份信任，她也一定要將這莊子搞得有聲有色。

自有侍女過來將桌上的東西收拾妥當，再奉上香茶糕點。

「夫人嚐嚐這茶，味道如何？」許素敏親自替她倒上茶，含笑問。

沈昕顏細細啜了一口，用帕子拭拭嘴角，正想要說幾句萬能的場面話誇讚一下，不知為何，在看到對方那含笑的雙眸時，那些話便又嚥了回去，相當坦率地道：「其實我對茶並無什麼研究，上等茶與劣等茶倒是能分得清楚，上等茶與中等茶也能分，只這上等茶與上等茶嘛……著實難以辨出個丁丁卯卯來。」

許素敏愣了愣，沒有料到她會說出這麼一番話來，只片刻便拍掌大笑。「我今日可總算遇到一個同道中人了！」

沈昕顏同樣怔了怔，片刻，也不由得笑了。

兩人相視而笑，不知不覺間，彼此間的距離近了不少。

「夫人……」

「夫人……」

異口同聲，兩人同時怔忡，隨即均「噗哧」一聲笑了出來。

片刻，許素敏方道：「這夫人來夫人去的，叫著著實彆扭，若是世子夫人不嫌棄，咱們便以姊妹相稱如何？」

「自然是好！我如今二十有六，不知夫人？」

「我虛長妳幾歲，便厚顏自稱一聲姊姊了！」許素敏笑道。

「許姊姊。」沈昕顏隨即喚了聲。

「沈妹妹！」

兩人再度相視而笑。

「許素敏，妳這個毒婦，妳一定會不得好死的！毒婦，還我夫君！還我兒子！許素敏……妳會不得好死……放開我！許……唔唔唔……」

突然，一陣女子淒厲的咒罵從遠處隱隱傳來，片刻之後，又像是被人給摀住了嘴，將那些咒罵之話摀了回去。

許素敏的臉色頓時沈了下來，她身後的侍女更是惱得要死，伏低身子在她耳邊道了句「我去處理」，便退了出去。

無意間好像聽到了些陰私事，沈昕顏與秋棠都有些不自在，方才還言笑晏晏的屋子，如今卻是溢滿了尷尬。

半晌，許素敏才淡淡地道：「妳既喚我一聲姊姊，有些事我也不願瞞妳，妳且瞧瞧……」一邊說，她一邊起身，指著遠處花樹後隱隱透出的一個身影。

沈昕顏順著她的指引望過去，隱隱可見一個身著藍衣、作婦人打扮的女子，被兩名僕婦死死地摀著嘴拖著走，那婦人劇烈掙扎著，可到底掙不過對方，不過一會兒的工夫，身影便徹底消失了。

「不怕妳笑話，那人口中的夫君，正是與我許素敏拜過天地、拜過高堂、簽過婚書的男人。很可笑吧？自己的丈夫居然在外頭還有一位『夫人』，並且還生下了兩個兒子！」許素敏冷笑。

沈昕顏徹底愣住了。

許素敏輕彈了彈指甲，不緊不慢地繼續道：「只不過，我許素敏從來便不是能吃虧之人。當年是他自個兒求著要娶我，便是入贅也不在意，後來卻又變成了我棒打鴛鴦，生生拆散了他們這對有情人。有情人？嗤，這世上能讓我許素敏吃悶虧之人還未出生呢！吃我的、住我的、用我的，到頭來竟想謀我性命、奪我家財，以便與他那有情人一家團聚？真當我是吃素的不成？」

沈昕顏直聽得心驚膽戰，已經從她話裡透出的意思當中，猜到了上輩子她之所以會失去雙腿的原因，原來竟是被最親近的枕邊人所背叛！

「他不是日日夜夜與有情人顛鸞倒鳳，好不幸福嗎？我便讓他從今往後夜夜作新郎……噢，不對，也許是夜夜當新娘……誰知道呢！」許素敏一副渾不在意的表情。

沈昕顏聽得整顆心都揪起來了。什麼叫「夜夜作新郎」?什麼叫「也許是夜夜當新娘」?這是什麼意思?

「至於那兩個小雜種,倒也挺有意思的,果真是白眼狼養出的一對小白眼狼,為了保住小命,連親爹娘都不要了,還跪伏在仇人跟前乞憐擺尾。」說到這裡,許素敏低低地笑了起來,表情之愉悅,像是聽到了什麼好笑之事。

沈昕顏瞪大了眼睛,不可思議地道:「難不成……難不成妳還將那兩個孩子留在身邊?」

許素敏的神情明顯僵住了,愕然地望著她。這人的關注點是不是錯了?她難道不應該大聲指責自己心狠手辣嗎?再不濟,也會臉色大變地拂袖而去,從此與自己劃清界線,最好老死不相往來吧?

見她只望著自己不說話,沈昕顏急了,扯著她的衣袖道:「妳可真真是瘋了!兔子急了也會咬人,妳將這兩個孩子留在身邊,不是給自己埋下禍根嗎?」

許素敏好一會兒才反應過來,再一聽她的話,終於沒忍住笑了,不答反問:「妳不害怕嗎?與我這般心狠手辣的毒婦合夥,說不定哪日我生了歹意,來個謀財害命什麼的?」

沈昕顏還沒有反應,身後的秋棠已經快步上前將她護在身後,一臉警覺地瞪著許素敏。

許素敏哈哈大笑。「有意思、有意思,妳這丫頭有些意思!」

沈昕顏無奈地拉了拉秋棠,示意她退後。

秋棠抿抿嘴，微微退了半步，只仍死死地盯著許素敏，就怕她會對主子不利。

許素敏見狀，笑得更厲害了。

「好了好了，妳別再逗她了！」沈昕顏沒好氣地道。

許素敏拭了拭笑出來的淚花，這才道：「妳還真當我是傻子不成？真會留下這兩個禍根？我讓他們父子團聚去了！」本來想著斬草除根的，後來想想又覺得忒沒意思，乾脆便讓他們父子團聚了。

父子團聚？沈昕顏有些不解，但也沒有細問。

倒是許素敏呷了口茶後問：「妳便不覺得我這手段過於狠毒了嗎？」

沈昕顏順手替她續了茶水，聞言淡淡地道：「我並非當事者，沒有經歷過當事者的憤怒與痛苦，故而也沒有權利去評判這手段狠毒與否。」

自然，她也沒有那份閒心去同情那「一家四口」。

什麼是惡？什麼是善？經歷過一回「惡毒婆婆」的人生，她早就已經區分不了了，也不願去區分。

許素敏深深地望著她良久，才笑道：「妳這性子倒也有些意思，說妳柔順溫和吧，對著我這種別人口中的『毒婦』也可以面不改色；說妳膽大心狠吧，連夫君在外頭置的外室也一聲不吭地接了回府，還給對方一個名分。」

聽她提及那「外室」，沈昕顏有些不自在，因為或許牽扯到魏雋航背地裡做的一些事，她也不好明言，唯有笑了笑，低下頭去假裝細細品著茶水。

見她如此反應，許素敏頗有些恨鐵不成鋼，以為她這是打落牙齒往下嚥，委曲求全，不得不退讓。

「妳們這種高門大戶出身的女子，就是太將男人放在眼裡了，以致什麼委屈都得自己受著，如此這般憋著憋著，不知什麼時候便要把自己給憋死了！」

沈昕顏啞然失笑，又聽她繼續道——

「一輩子都圍著兩個人轉，一個是丈夫，一個是兒子，丈夫令妳失望了，便投向兒子，若這兒子也令妳失望了，估計這輩子也就悲劇了。」

沈昕顏笑容微凝，恍然覺得許素敏這話居然相當精闢地概括了她的上一輩子。

一輩子都圍著丈夫與兒子在轉，丈夫讓她失望，便將所有的目光投向了兒子，可最終，她的兒子也讓她失望了。結果呢？那一輩子不就是一齣悲劇嗎？

「好了，不說這些晦氣話，妳自己心裡有主意便好，只記得，不管什麼時候，都要將自己放在心上。這女子嘛，自己都不疼愛自己，難不成還想著等別人來疼？這回好生賺一筆，日後也有些錢傍身，同時也可以給妳家小姑娘湊一份豐厚的嫁妝。妳可別學那些假清高的，說什麼視錢財如糞土，那樣我可是要啐妳的！」許素敏玩笑般道。

沈昕顏好笑。「姊姊太瞧得起我了，我也不過塵世間一俗人，哪有什麼清高可言？」

她連令人厭棄的瘋子都當過，還說什麼清高不清高？

許素敏大笑。「同是塵世間一俗人！」

那邊兩人相談甚歡，這廂魏雋航屏退左右，坐於亭中自斟自飲。郊外的清風徐徐而來，夾雜著青草的清新，偶爾傳來幾聲不知名的鳥兒鳴叫，倒也頗有幾分趣味。

「哎，妳過來一下，廚房裡的柴火快沒有了，妳到柴房裡搬些過來。」

忽聽不遠處有女子的聲音響起，他也沒有在意，只抬眸往聲音響起處瞥了瞥。

隨即，視線頓住，雙眸微瞇，盯著不遠處那名身穿灰布衣裳的婦人，只見那婦人朝著一名婢女打扮的女子躬了躬身，像是應下了什麼，而後拖著腳步，一步一步往另一方向走去。

魏雋航沒有錯過她那一拐一拐的腿，但更在意的是對方那張略顯蒼老的臉，總覺得這張臉似是有些熟悉，彷彿在什麼地方見過……

他擰著濃眉陷入沈思當中，努力在記憶裡搜刮著能與之對應的臉，直到記憶深處某張臉龐浮現，他陡然起身，眼中盡是不可思議。

是她？她還活著?!

對，一定是她，不會有錯！若是她還活著……

眼中眸光頓時大盛。這個人還活著，那代表著當年趙全忠一案終於有了突破口。

一想到這裡，他便有些坐不住了，只恨不得立即便回去派人來詳探到底是怎麼回事？趙府少夫人的侍女到底是如何逃過了當年誠王的追殺？對趙全忠一案的內情知道多少？可有有力的證據？

不急不急，今日他是來陪夫人的，其餘諸事暫且放一邊，待送夫人回府之後再作安排，總歸這一回一定不會再放過任何線索。

耐著性子等候了片刻，他便有些坐不住，乾脆起身背著手在莊子裡四處走走，以緩解內心的焦躁。

「……丈夫令妳失望了，便投向兒子，若這兒子也令妳失望了，估計這輩子也就悲劇了。」走著走著，突然聽到某處廂房裡傳出許素敏的聲音，細一聽，他的臉頓時便變得有些古怪。

莫怪那喬六會說出「近墨者黑」這樣的話來，這許夫人的言行舉止確實有些「獨特」。隔一會兒又聽裡面傳出女子愉悅的笑聲，當中的一道聲音，他自然認得出正是自己的夫人。

夫人這般溫婉的女子，竟與那般離經叛道的許夫人相處得這樣好，確是讓他意外。他原本以為這兩人不過是純粹的生意合作夥伴，卻沒有料到私底下竟有這般好的交情。

許素敏引著沈昕顏從屋子裡出來時，乍一見背手立於庭中的魏雋航，神情先是怔了怔，再看看他古怪的臉色，頓時便明白，這人想必是聽到了方才她說的那些話。

饒得她一向膽大臉皮厚，可被人家夫君當場撞見她欲教壞人家的夫人，心裡總是有幾分虛。

不過，許當家終究是許當家，什麼大風大浪沒有經歷過？只須臾的工夫便掩飾好了，清咳了咳，若無其事地道：「世子來接夫人了？當真是巧，民婦正打算送夫人去與你會合呢！」

「煩勞許夫人了！」她裝傻，魏雋航自然也不會拆穿她，笑盈盈地向她拱了拱手，又客氣了幾句，這才朝同樣有幾分不自在的沈昕顏道：「夫人可還有事？若無事了，咱們便回府吧？」

沈昕顏抿抿雙唇，頷首道：「好！」

夫妻二人便辭別了許素敏，啟程回府。

「其實，許姊姊那人挺不錯的，雖然有時說的話比較『特別』，卻沒有惡意，你不要放在心上。」車廂裡，沈昕顏有些擔心他聽見許素敏那些驚世駭俗之言後，會對她有了不好的觀感，從而也會影響到日後她與許素敏的交往，遂小聲地解釋道。

魏雋航輕撫著光滑的下巴，若有所思地道：「我倒覺得她那番話甚是有理，今日聽她這般一說，我才發現自己到底有所疏忽了……」

這萬一將來他真的比夫人先去……那時候霖哥兒想必也已經有了自己的妻兒，原本的精力必然會分出部分在妻兒身上，那麼留給夫人的自然也會少了。

思前想後，他還是覺得，好像將夫人交給誰都不能讓他徹底放心，哪怕是霖哥兒，他與夫人嫡親的孩兒。

「什麼疏忽了？」沈昕顏不明白他的話，只是聽到他說許素敏那番話甚是有理，心裡也稍稍鬆了口氣。

「不，沒什麼。」魏雋航搖搖頭，定定地凝視著她片刻，直望得她渾身不自在，低下頭去仔仔細細地打量了一下自己。

「怎的這般看著我？可是我身上有哪處不妥？」

「夫人，我覺得許夫人有句話說得相當有理，女子無論什麼時候都要將自己放在心上。」魏雋航盯著她的眼睛，一臉認真地道。

沈昕顏呆了呆。「什、什麼？」

「我覺得妳與許夫人一起合夥做生意是個相當不錯的選擇，女子的眼光也可以放得遠些、寬些。」

「你到底想說什麼？」沈昕顏被他弄糊塗了。

魏雋航深深地望了她片刻，忽地笑了，親暱地撫了撫她的鬢角。「無事，日後妳想做什麼便放心去做吧！府裡之事……」他神色略有幾分遲疑，可最終還是道：「妳若是想掌中饋，我尋個機會向母親提一提，不管怎樣，妳都是未來的主母，最為名正言順不過。」

沈昕顏吃驚地瞪著他，簡直不敢相信自己所聽到的。

好歹也做了兩輩子大長公主的兒媳婦，她不會不知道大長公主歷來是不許男子插手內宅之事的，想必也打小便這般教導魏雋霆與魏雋航兄弟二人。

上輩子的魏雋航始終貫徹著大長公主的教導，輕易不會過問內宅之事。當然，還有一部分原因是她從來不會向他提，無論在大長公主和方氏處受了什麼委屈，在魏雋航跟前，她都會將一切掩飾住。

並非因為她怕魏雋航為自己擔心，而是打心底就沒有對他說的意思。畢竟，上輩子的她從來就沒有將這個夫君視作她的依靠。

她覺得有些不是滋味。若是上輩子他們夫妻間親近些，她對他多一分信任，會不會就少許多遺憾？

她低低地嘆了口氣，輕輕握著他那寬厚的大掌，柔聲道：「不必了，如今這樣便很好。府裡之事有大嫂和三弟妹，我只需看管好咱們的福寧院和霖哥兒兄妹便好。」

魏雋航大掌一翻，反握著她的，眉頭還是緊緊皺著。「妳不必擔心我，我有法子能讓母親同意。」雖然母親初時必會相當不悅，不過他也並非沒有辦法可以說服她。

沈昕顏搖搖頭。「你不必如此，我說不用便是真的不用。如今三房共理府中諸事已經是最妥當的安排了，相信母親也是這樣的想法，你又何苦再就此事惹她老人家生氣？再說……」她微微一笑，嗔了他一眼。「如今我要管咱們家裡諸事，霖哥兒進宮後雖說減了不少事，但盈兒那丫頭卻是越發難管了；還有蘊福，他如今又要跟著呂先生唸書，還要跟吳師傅習武，處處打點都免不了。再加上過陣子我還想重新再理一理自己的嫁妝鋪子，許姊姊這邊也不能全然丟開手，這裡裡外外諸事已經讓我忙得不可開交，若是再掌中饋，只怕日後連個透氣的時間都沒有了。」

比起上輩子這個時候的她，這輩子她要管的事、擔的責任可是多了許多。不過雖是忙碌了不少，但整個人卻感到相當充實。至少，她不會再將自己的全部視線投在一個人身上。

魏雋航一想，也覺得有道理。這萬一累壞了夫人，到時候心疼的還不是自己？

「不過，中饋畢竟是一府主母……」想到外頭那些傳言，他還是有幾分遲疑。

沈昕顏只一聽便知道他在擔心些什麼，有些好笑，卻又有些感動。

「外頭那些長舌婦所言，你又何必放在心上？好與歹我們自己清楚便是，難不成一定要現給外人瞧著才算是好嗎？況且……」她微微瞇起雙眼，似笑非笑地道：「外頭都說我嫁了位不成器的紈袴夫君，事實上便真的如此嗎？」

魏雋航沒有想到她兜了一圈居然將話頭兜到自己身上了，只得乾笑幾聲，眼神游移，不敢看她。

沈昕顏無奈地搖搖頭，沒好氣地瞪他一眼，卻也沒有再說什麼。

魏雋航仔細打量她的臉色，沒有發現生氣的跡象，暗暗鬆了口氣。忽又想到她方才提到女兒越發難管，忍不住分辯道：「盈兒再乖巧不過了，尤其是自蘊福來了之後，吃東西也不怎麼挑嘴了，唸書習字、針黹女紅，哪樣不是勤勤懇懇地學著？」

沈昕顏板著臉。「怎的不難管了？你也不想想這短短不到一個月的時間，她鬧了幾回？好好的姑娘家，貞靜嫻雅沒學到半分，吵鬧打架倒是從不落後，這般衝動的性子若再不約束，將來可還得了！」

見她臉色不好看，魏雋航不敢再說，摸摸鼻子縮了回去。

「如今在家中，個個都縱著她、讓著她，越發讓她沒了顧忌，這將來若是嫁了人，誰還會這般無條件地寵著她？到時候吃虧的還不是她自己？」

「她還小呢，怎的就想到日後嫁人了……」魏雋航小小聲地反駁。

「難不成你還想將她一輩子留在家中當老姑娘？」沈昕顏沒好氣地道。

「這倒不會，父母總有年老離世之時，兄弟也總會另有自己的重要之人，留著她一輩子在府中，將來苦的還不是她一人嗎？」魏雋航忙正色道。

沈昕顏怔了怔，再看他這副一本正經的模樣，不知怎的便想到了前世周家父子那句話——我的女兒／妹妹便是一輩子不嫁人也不要緊，我自會養她一輩子！

她垂下眼簾，少頃，故作輕鬆地道：「不過一句戲言，你便是說要將她留著一輩子不嫁也不要緊，說不定小ㄚ頭聽到了會更加喜歡爹爹呢！」

魏雋航皺眉。「明知道不可能之事，說它來做什麼？只是將來盈兒的夫君可是要好生挑選，得選一個能包容、愛護她，家裡頭又乾乾淨淨的……」

聽著他認認真真地唸著對未來女婿的基本要求，沈昕顏終於沒忍住，笑了出來。「你方才還說『她還小呢，怎的就想到日後嫁人了』，這會兒倒是自己較真起來了！難道你一早就在心裡計較著你未來女婿？」

魏雋航愣了愣，撫額無奈地笑了。「可不是，我這可真真是糊塗了！」

簽下了契約，與許素敏合夥一事已經成了定局，沈昕顏便暫且將此事拋下，開始整頓自己名下的商鋪。

經過上一回那錢掌櫃之事後，她便改了規定，要求各鋪的掌櫃由原來按季度上繳當季的收益，改為按月上繳。

她算了算，這樣改動之後，收上來的銀兩較之以往要多出不少。當然，她也並沒有放棄重新物色人選的打算。

而自從許素敏處回來之後，她便發現魏雋航又開始恢復了早前那種早出晚歸、難以見到人影的狀態。只是一問明霜，卻道世子爺每晚都會歸來，只是因為天色已晚，不便打擾夫人歇息，故而一直歇在書房處。

知道他並沒有留宿外頭，她便稍稍放下心來。只是魏盈芷一連數日不見爹爹的身影，不時還會問上一問，沈昕顏只得隨意尋了個由頭哄了她過去。

這日是魏承霖進宮的日子，該打點的沈昕顏已經打點好了，該叮囑的英國公與大長公主也叮囑了不少，故而一大早魏承霖來辭別時，她只是叮囑了幾句諸如要謹言慎行之類的話。

魏承霖等了半晌不見有下文，雙唇抿了抿，眸中閃過一絲不易察覺的失望。

就是這麼幾句了嗎？想到蘊福頭一回要去跟呂先生唸書時，母親拉著他，不放心地叮囑來叮囑去，還仔仔細細地替他整理衣裳，生怕他衣著會有哪處不得體而失禮於人前，如今輪到自己，便只是這麼簡單的幾句叮囑嗎？

「快去吧！時候不早了，若是晚了可就不好了。」見他站著一動也不動，沈昕顏有些不解，催促道。

「……好，孩兒去了。」他掩下滿懷的失望，行禮告辭。

走出一段距離，他止步回身，怔怔地望著身後不遠的正房，看到蘊福拉著妹妹的手歡歡喜喜地走了進屋，不過一會兒的工夫，屋裡便傳出來母親的笑聲。

不知為何，他突然覺得心裡有些堵，也有些說不清、道不明的，更奇怪的是心底冒出的一種悵然若失之感。

「大公子，該啟程了！」見他站著不動，一旁的小廝忍不住小聲催促。

「走吧！」終於，他搖搖頭，將這種感覺扔開，轉身，大步離開。他又不是蘊福與妹妹那般的小孩子，整日愛膩在母親身邊，他已經長大了……

「夫人，殿下請夫人過去。」蘊福與魏盈芷相繼離開後，便有大長公主身邊的下人來請。

沈昕顏道了句。「我這便去。」放下手上的帳冊，吩咐秋棠收好。「可知母親有什麼事要吩咐？」路上，她隨口問。

「大夫人昨日便將鑰匙與帳冊交還給了殿下。」引路的侍女微微笑著回答。

沈昕顏當即了然，原來如此。

當日方氏允諾過得幾日待事情交接好了，便將鑰匙和帳冊交還大長公主，這一等便是數日，其間楊氏不止一次來尋她，打的是聯合她給方氏施加壓力，逼得方氏盡早將鑰匙和帳冊交出來的主意，只是每一回她都尋了理由打發掉了。

明知道會惹惱大長公主，她是瘋了才會去做。至於到時候方氏會交出一份什麼樣的帳冊，那也不是她應該關心的，上面的帳做得好與不好，也不在她的考慮範圍。

方氏掌著中饋多年，又一直視公中之物為她長房所有，故而根本不用多想，這公中的帳必定會有問題，關鍵是大長公主願不願意計較？

不過瞧著大長公主對長房的看顧，估計便是知道了也只會睜隻眼、閉隻眼。

楊氏見她裝聾作啞，心裡惱得很，可也拿她一點兒辦法也沒有。

如此一來，交還鑰匙和帳冊之事一拖再拖，終於拖到了今日。

沈昕顏到的時候，方氏與楊氏早就已經在了，見她到來，彼此也不過是簡單地招呼過便罷。

「大嫂做事可真真是細緻周全，花了這般長的時間整理，想必都將所有事安排妥當了吧？」楊氏似笑非笑，意有所指。

方氏瞥了她一眼，卻是一句話也沒有說，完全沒將她放在眼裡，看得她只恨不得撓花方氏的臉。

讓妳得意！我倒要瞧瞧，若是讓大長公主發現了妳虧空一事，看妳還能不能狂得起來！

沈昕顏找了個位置坐下，看著方氏如此鎮定的模樣，猜測著莫非她真的將虧空給補上了？或者是她很有把握能將假帳做得天衣無縫？

「都來了？我便將各房差事分派下去吧！」大長公主由侍女扶著從裡間走了出來，在上首的軟榻上落了坐，掃了妯娌三人一眼，開門見山便道。

「母親，這帳不用查一查嗎？」見她居然提也不提帳冊一事，楊氏有些急了。

「我早已命人查過了，怎麼，難不成妳還有些什麼意見？」大長公主冷著臉望向她，眼神卻是相當凌厲。

楊氏向來有些怕她，一見她這個眼神便不由得打了個寒顫，一句話也再說不出來。

沈昕顏當即了悟。看來大長公主心知肚明，卻是打算輕輕揭過了。本也在她的意料當中，故而她也沒有太過於意外。

大長公主一直注意著沈昕顏，見她神情淡淡，只道了句「但聽母親安排」便再無話，頓時鬆了口氣。

方氏表面瞧不出什麼，袖中的雙手卻死死地攥著，直到聽見大長公主終於緩緩地分派差事，這才放下緊懸著的心。好了，這帳冊總算是蒙混過去了！

沈昕顏不出頭，楊氏自然也沒法，只能眼睜睜地看著再讓長房脫一層皮的機會從眼皮底下溜走，心裡恨得要死，除了暗暗罵著大長公主的偏心眼、沈昕顏的蠢笨外，一點法子也使不出來。

至此，三房共理府中事便算是正式定了下來。

「恭喜大嫂，今後可總算是多出了時間安心教導騏哥兒，好好地培養母子之情了！」離開大長公主處，楊氏還是沒忍住，一臉假笑地道。

「也恭喜三弟妹再添麟兒，待小姪兒滿月那日，大嫂我必會奉上一份厚禮。」方氏笑得真誠，不疾不徐地回道。

楊氏臉色一僵，氣惱地瞪著對方揚長而去的背影，雙眸恨得像是要噴出火來。

沈昕顏輕咳了咳。「三弟妹，我還有事，先告辭了。」生怕楊氏拉著她說些有的沒的，她連忙尋了個理由，也不等楊氏反應，便急急帶著春柳走了。

「這回居然不是夫人您懟三夫人，我覺著有些不習慣。」直到再也看不到楊氏的身影後，春柳忽地感嘆了一聲。

沈昕顏一個踉蹌，險些沒站穩，連忙抓住她的手臂穩住了身子。

「妳胡說些什麼呀！」她有些哭笑不得地在春柳嘴角處擰了一把。

春柳嘻嘻地笑了幾聲，一溜煙便跑開了。

三個兒媳離開後，大長公主有些無力地靠在榻上，長長地嘆了口氣，臉上佈滿了失望。

「如今個個都把我當老糊塗了！」

她身旁的徐嬤嬤不敢說話，垂著頭，體貼地替她按捏著雙腿。

想到那本天衣無縫的帳冊，大長公主又是一聲長嘆。

徐嬤嬤不欲見她這般模樣，忙轉移話題道：「今日大公子進宮伴讀，也不知怎樣？不過以大公子的聰慧，想來不會比任何人遜色才是。」

聽她提到了最出色的長孫，大長公主的臉色總算是好看了。「霖哥兒這孩子向來是個極懂事的，也不算是辜負他祖父多年來的教導了。」

提到長孫，自然而然便又想到了多日不見影的長孫之父，她不禁皺了皺眉。「雋航這些日到底在做什麼？整日不著家，我前些日子還說他終於收了心，安安分分了，這才沒幾日，又故態復萌！」

「世子又不是三歲不懂事的孩子，想必在外頭也有事，殿下何必憂心？」

大長公主搖搖頭，忽地發狠道：「過幾日我豁出這張老臉，也要到陛下跟前替他求份差事，免得他整日閒得往外跑！若是又惹出個外室來，便是他父親饒他，我也絕對不會再放過他！」

徐嬤嬤笑笑，卻是不好再說什麼。

第十六章

「故態復萌」的魏世子如今正在城中某處宅院裡翻閱著陳舊的卷宗，良久，他才長嘆一聲道：「先帝為了誠王可真是昧著良心了，三百四十條人命，再加上一個趙家。」

誰也不會想到，當年震驚朝野的岳平山一案，真正的罪魁禍首並非當時的知府趙全忠，而是先帝——仁宗皇帝的長子誠王。

趙全忠不過是被誠王所嫁禍、仁宗順勢敲定的替罪羊。

當年一場突如其來的暴雨，岳平山出現大範圍的山體滑坡，山下百姓無一倖免，三百四十條人命一朝喪，朝野震驚。

原以為只是天災，孰料卻被人告發，岳平山之所以會出現滑坡，並非天災，乃是人為。只因有人聽信岳平山藏有金礦之謠言，私下派人開採，挖空山體，才導致這場禍事。

朝廷震怒，派出欽差徹查，一查便查到了彼時的知府趙全忠頭上，可憐趙全忠根本連分辯的機會都沒有，在重重的「人證、物證」之下，最終被先帝下令處斬。

再後來，趙全忠的妻兒在上京的途中發生意外，待瑞王派出之人前去接應時，卻只在山底下尋到趙少夫人和部分僕從血肉模糊的遺體，至今仍有不少人的遺骸無處可尋，包括趙全忠的獨子。

「自己的嫡親血脈，自然心疼些，誰讓那趙全忠倒楣呢，怎的偏偏就在那處當了知府。」喬六公子冷笑道。

先帝在位時，誠王便屢次犯下不可饒恕之大錯，是先帝一再姑息，才最終釀成了岳平山之禍。偏他到死，也依然要維護誠王，讓繼位的皇孫瑞王立下誓言，善待諸位叔伯。

喬六公子覺得，瑞王登基後給他擬定的這個「仁」字，真真是再恰當不過了！

「此事我心裡已經有了些頭緒，待會兒你與我一同進宮，看看陛下的意思，再仔細斟酌可有疏漏之處？老匹夫苟活了這麼多年，也是時候該清算清算了。」魏雋航合上卷宗，淡淡地道。

那樣一個寬厚溫和的男子，最是光風霽月不過，可最終卻落得了一個被世人唾罵的下場，何其無辜。

「娘，爹爹去哪兒了，怎的好些日都不來？」再一次沒能在娘親處見到爹爹，魏盈芷一臉的失望，悶悶不樂地抱著沈昕顏的臂道。

沈昕顏摸摸她的腦袋。「爹爹有事忙呢，等他忙完了便會回來了。」

話雖如此說，她心裡也沒有譜，魏雋航在外面到底是做什麼的，從來沒有人能說得清楚。她相信，大概連英國公與大長公主也不知道，他們的兒子還瞞著他們不少事。

沈昕顏心中隱隱有一個猜測，也許他是在替一個大人物做事，至於這個大人物是誰，潛意識裡她便不敢細想。

「唉……真真是匹沒籠頭的馬！」小姑娘小大人似地嘆了口氣，學著大長公主的語氣道。

沈昕顏被她逗樂了，捏了捏她的臉蛋。「叫妳話多！帕子可繡好了？妳慧表姊還等著妳給她繡一方帕子呢！」

沈慧然日前便被靖安伯派人接了回府，臨行前魏盈芷信誓旦旦地向她表示，要親手繡一方帕子給她，故而沈昕顏才有此言。

小姑娘又是一聲長嘆。「唉……這花兒可不是那般好繡的！」

沈昕顏沒忍住，「噗哧」一聲笑了出來，乾脆摟過她直呵她的癢，逗得她格格格地笑個不停，母女倆一時鬧作一團。

「夫人、夫人……」

夏荷急急的腳步聲伴著她的叫聲傳了進來，也讓沈昕顏止住了逗弄女兒的動作。「出什麼事了？」她連忙問。

「沒出什麼事……哎，有事有事，不過不是咱們的事！」

夏荷又是擺手、又是搖頭，倒讓沈昕顏越發糊塗了。

「那究竟是什麼事？」秋棠沒好氣地問。

夏荷喘著氣道：「有人、有人來向大夫人提親了！」

「啊?!」
「什麼?!」
「不會吧?!」
屋內眾人訝然，魏盈芷從娘親背後探出小腦袋問：「什麼是提親？」
沈昕顏幫她整整頭上的花苞，吩咐孫嬤嬤將她帶出去。
魏盈芷滿心不願，但到底不敢違背娘親的意思，唯有噘著嘴，讓孫嬤嬤牽著走了出去。
「說吧，到底是怎麼回事？怎的說有人向大夫人提親了？」待女兒離開後，沈昕顏忙不迭地問。
夏荷鬆開拍著胸口的手。「不是不是，不是向大夫人提親，是向方姑娘提親，只是大夫人是方姑娘的長姊，故而冰人（注）才尋到了咱們府裡。」
春柳拍了拍胸口。「被妳嚇了一跳，還以為是向大夫人提親呢！」
噢，原來是向方碧蓉提親！沈昕顏等人恍然大悟。
「提的可是徐家的公子？」沈昕顏問。
「不是不是！妳們猜是哪家上門提的親？」夏荷一臉的神秘。
「快說快說！」春柳是個急性子，可沒耐心和她猜，拉著她便問。
「是周首輔家的公子！」夏荷無奈，直接便道出了答案。
周首輔家的公子？沈昕顏這下真的意外了。

這是怎麼回事？怎的不是徐尚書家的公子？那首輔夫人待方碧蓉是何種態度，她可是親眼見過的，怎麼可能會同意讓兒子娶方碧蓉？

「真的是周首輔家的？妳沒有聽錯吧？」春柳一臉懷疑。她可是清清楚楚地記得瓊姝郡主生辰那日，那位周二夫人是如何羞辱方姑娘的。雖然周二夫人不過是那周公子的嫂子，但據聞首輔夫人對她極為看重，想來兒子的親事也多少會聽聽她的意見。

「這種事能胡說的嗎？」夏荷不高興地瞪她。

沈昕顏自然也相信夏荷不會拿這種事來開玩笑，只是心中到底對這門親事的來源不解。照理，這方碧蓉應該是與徐尚書府的公子訂下親事才對，今生怎的會與周首輔府扯上了關係？

人逢喜事精神爽，得了這麼一門大好的親事，方氏整個人的氣色都好了不少，一掃前段時間心中的鬱氣，便是偶爾聽了楊氏的酸言酸語也渾不在意，只一心向父母去信稟報這個天大的好消息，同時積極籌備著親事。

畢竟雙方的年紀都擺在這兒，這親事可拖延不得。

方碧蓉到底不是國公府中人，如今不過是客居，與周府那邊交換了庚帖之後，便回了久無主子在的平良侯府待嫁。

注：冰人，指媒人。

平良侯雖然不便回京，可是平良侯夫人卻是無礙的。收到了長女的來信後，夫妻二人大喜過望，對著信激動了大半日，只覺得終於快要熬出頭了。周首輔乃百官之首，向來深得陛下信任，只要他出手相助，回京便是指日可待之事！

首輔家的嫡公子即將迎娶平良侯府嫡女一事終於在京中傳開了，一時間，多年來門庭冷落的平良侯府，再度迎來了一批又一批的貴客，讓平良侯夫人終於體現到了一把揚眉吐氣之感。

「據說這門親事乃是周首輔拍板定下的，首輔夫人一直不同意，可她一個婦道人家又哪裡拗得過周首輔，唯有憋屈地認下了這門親事。」楊氏撇撇嘴，一臉的不屑。「還未進門便先惹了婆婆厭棄，日後這日子怕是再也不好過了，真真是可憐！」說到這裡，她的臉上帶著掩飾不住的幸災樂禍。這會兒瞧著風光，只待日後過門之後，怕是只有哭的分了！

「這有什麼？首輔夫人再有什麼不滿，難不成還能越得過首輔大人去？沒瞧見這親事已經定下了嗎？」沈昕顏不以為然。

只要周首輔認可她，首輔夫人再怎麼不滿也不敢做得太過；還有那位周五公子，只要他肯護著妻子，旁人再怎樣也沒用。

再者，憑著方碧蓉的手段，前世都能在徐尚書府中殺出一條血路，穩住了在府中的地位，這一世想來也不會例外才是，她可從來不敢小瞧了方碧蓉的能力。

「話雖如此，只是我還是想不明白，這方姑娘怎的就入了周首輔的眼了，以致他不顧夫人的反對，仍是堅持定下這門親事？」楊氏大惑不解。

「焉知不是周五公子有意，請求父親替他作主呢？」沈昕顏緩緩地道。

「妳這樣一說倒也有理。方姑娘那花容月貌，便是女子瞧了都不得不誇一聲好顏色，更別提那些個公子哥兒了。」楊氏無奈地道。

沈昕顏笑笑。若論顏色好，如今的方碧蓉比日後的周莞寧還是遜上一籌。

「親妹妹出了頭，別提大嫂這會兒多高興了，整日裡眉開眼笑的，連臉上的褶子都快要笑出來了。怎的好事全都落到長房頭上去了？真真是氣死人！」楊氏酸溜溜地道。

好事嗎？沈昕顏對此還是保留意見。方碧蓉進了周府，成了首輔夫人的嫡親兒媳，可周府嫡系在將來可是會被庶出的周懋一房壓下去的。

只不過……想到方碧蓉日後會成為周莞寧的五嬸、周夫人溫氏的妯娌，不知怎的她就充滿了期待。

上輩子那位周五公子娶了哪府上的姑娘她記不大清楚了，但想必那一位定沒有方碧蓉那般的好手段，就是不知日後方碧蓉對上溫氏，哪方會勝算大一點？

楊氏離開後，秋棠走了進來，低聲稟道：「我私底下打聽了一下，是那日大夫人帶著方姑娘到廟裡還願，雖說是還願，其實是與徐尚書夫人約了在那處相見，估計是為了方姑娘與徐家公子的親事。」

「既如此，這親事怎的就變成了周五公子與方碧蓉了？」沈昕顏更加疑惑。

方氏這一世再次搭上徐夫人她一點兒也不意外，徐家那位病公子上輩子娶的便是方碧蓉，這輩子如無意外，本應亦是如此，卻不知為何周五公子橫空插了一腳？

「聽綠兒那丫頭說，好像是那日方姑娘曾經與她走散過，待綠兒尋到她時，便發現她有些不大對勁，袖子好像被什麼東西劃破了。至於方姑娘與她走散後發生過什麼事，綠兒便不大清楚了。不過，聽聞周家公子與方姑娘訂下親事後，徐夫人曾與大夫人有了些口角。」

沈昕顏蹙著眉沈思。難不成是在那短短的時間裡，方碧蓉有了什麼機遇，這才使得她最終攀上了首輔府？就是不知她遇到了什麼人，是周首輔，還是那位周五公子？

不過如今看來，這方碧蓉與周五公子訂下親事，貌似惹了徐夫人不快？莫非徐、方兩家本是準備訂親的，不想方家卻反悔，反與周家訂了親？若是如此，也莫怪徐夫人會不高興了，這不是生生被打臉嗎？

徐府好歹也是勛貴之家，徐尚書又是朝堂上炙手可熱的人物，與他們結怨可不是什麼好事啊！

她依稀記得，前世徐尚書可是官運亨通的，到後來周首輔為母守制時，他直接便入了內閣，說不定日後也會成為內閣首輔。

對這門親事，大長公主心裡也是頗為複雜。明明早前長媳還在她跟前說著與徐尚書府的親事，甚至還約好了徐夫人相看，哪想到相看回來後，訂的卻不是徐府的公子，反而是周府的公子。

她不知道這當中出了什麼變故，只是看著長媳歡天喜地準備著方碧蓉的親事，心裡那鋪天蓋地而來的失望卻是怎麼也抵擋不住。

人生在世，凡事得講個「信」字，更不必說婚姻如斯大事。明明與徐府有了口頭約定，轉頭卻又毀了約，攀上了首輔府，如此出爾反爾，著實令人……

她長長地嘆了口氣，情緒之低落，便是聽聞多年未見的閨中姊妹平良侯夫人已然回京，不日將上門拜訪，亦無多少喜悅之色。

此時的平良侯府內，方碧蓉對著銅鏡梳著滿頭如瀑青絲，唇邊漾著志得意滿的笑容。

首輔夫人又如何？周二夫人又如何？但凡她想做的，便沒有什麼是做不到的！

她們瞧不上自己，認為自己配不上她們家的公子，她偏要堂堂正正地嫁進去！

不過，想到那溫文爾雅的男子，她臉上的神情有幾分恍惚。

原來他便是當朝首輔，不承想竟是這般年輕。那通身的氣派，實乃平生罕見，周五公子站在他身邊，可真是被他給比下去了……她低低地嘆了口氣。

「姑娘，齊公子又傳信來了，想約妳明日一見。」正在此時，貼身侍女香兒走了進來，壓低聲音稟報。

方碧蓉臉一沈，低低地罵道：「這都什麼時候了，還見什麼見？如今滿京城的眼睛都盯在咱們府上，我哪能抽得了身去！」

「可是姑娘，齊公子這已經是第三回約妳見面了，若是再拒了他，他將事情全抖出來，只怕……」香兒擔憂地道。

方碧蓉的臉色更加難看了，氣得死死絞著帕子，最終還是從牙關擠出一句。「讓他等我消息！」

香兒領命退了出去。

屋裡只剩下她一人，方碧蓉重重地將手上的梳子拍在梳妝檯上。「什麼破落戶的東西，倒想拿捏起我來了！」

此時的她，臉上再沒有當日康郡王府百花宴上，初見齊柳修時的怦然心動、情絲纏繞。本就不過是一面之緣，加上因了此事又吃了沈昕顏的虧，更是被方氏死拘著，那點心思早就漸漸淡了。

若不是後來知曉齊柳修因為她而丟了原本的好差事，搞到如今不上不下，滿身的學問再也派不上用場，她心裡生了幾分愧疚，必然也不會再與他走到一處去。

也虧得前段時間方氏被沈昕顏逼得步步後退，也沒有太多的心思盯著她，她才尋得到機會與齊柳修聯繫上。沒能與他聯繫上，便得不到他的幫助，那日也無法「偶遇」上周首輔，自然更不會「因緣巧合」地救了他一命。

誰說只能英雄救美的？她偏要來一齣美人救英雄！唯一可惜的是，這英雄早已有妻有兒，年紀又長她許多，雖然位高權重，奈何君生得太早。

她有些鬱悶地揉了揉額角。

卻說魏雋航這日終於得了個空，便打算早些回府。

恰好此時黑子走了進來，見他正收拾著書案，隨口便問：「世子這是打算回府了嗎？」

「嗯，如今萬事俱備，只欠東風，這東風要如何吹得起來，也不在我的職責範圍之內。這般長的日子沒有陪我家小姑娘，只怕小姑娘都不肯親近我這當爹的了！」說到此處，他便更加急切地想離開了。

「對了，世子爺，有件事想向您說說。」黑子叫住他。

「何事？」

「貴府大夫人之妹已與首輔府的五公子訂了親事，此事您可知道？」

「我又不聾不啞，如何能不知？」魏雋航沒好氣地道。

他每日都會回國公府的，對府裡發生之事又怎會不知道？只不過方家姑娘又不是他的什麼人，他便懶得理會罷了。

「那你可知這兩家親事是如何定下的？」黑子一臉的神秘。

「如何定的？」魏雋航興趣缺缺。

「不得不說，平良侯府那位姑娘真是有兩下子，居然有法子買通周首輔身邊的人，先是演了一齣美人救英雄，再演一齣公子小姐初見傾心，嘖嘖！」

魏雋航不是蠢人，只一聽他的話便明白了。「這英雄便是咱們的首輔大人，公子則是那位周五公子？」他瞪大了眼睛，有些不可思議。

能被誠王捧出來，還能將首輔之位坐得穩穩的，這位首輔大人自然不會是普通人，又豈會輕易被這般俗套的把戲所矇騙？他說出了疑問。

「所以我才說這位方姑娘有兩下子，夠聰明，又有膽色，虧得她是女流之輩，若是生為男子，尤其是與咱們為敵的男子，怕是不好對付。」黑子感嘆道。

魏雋航嗤笑一聲。「你錯了，正因為她是弱質女流，才會顯得出她這小聰明。」他早就已經歸心似箭了，一撩袍角走出門外。

這段日子總是早出晚歸，也不知夫人會不會惱了自己？前段時間好不容易夫妻二人才親近了些，若是因此又生分了，他可真是想哭都沒處哭了。

盈兒那丫頭，這般久沒有陪她，不知會不會也惱了？霖哥兒在宮中的情況也一直無暇過問，回去之後得尋個機會問問。還有福小子……

母親那兒就不必說了，回去之後必定會有一頓責罵，改日還得想想法子哄哄她老人家高興。

心裡掛念著家人，他的步伐便不知不覺地加快了許多。

福寧院中，沈昕顏正在指點著女兒繡花，忽見春柳與夏荷二人有些激動地掀簾而入，四隻眼睛閃閃發亮地盯著自己，直盯得她心裡發毛。

「妳、妳們有什麼話想說？」她遲疑著問。

「夫人，妳的小日子遲了七日了！」春柳迫不及待地回答。

「不對不對，應該是八日才是！」夏荷急忙糾正。

「是嗎？妳們不說我還不曾留意。」沈昕顏想了想，好像確是遲了幾日，大概是因為近來事多，忙得昏天暗地的，這才打亂了日子吧！

見她一點兒也不開竅，夏荷急了。「夫人，八日啊八日！妳不覺得有什麼嗎？」

「知道了，我會注意休息，不會累著的，妳們便放心吧！」沈昕顏重又將注意力放在難得認真地繡著花的女兒身上，隨口回了句。

「夫人！」夏荷急得直跺腳。

春柳乾脆上前幾步，湊到她的身邊小小聲地道：「夫人，莫不是有了身孕吧？」

身孕？沈昕顏呼吸一窒，下意識地撫上腹部。她從來就沒有想過這一樁事！

「不、不會吧？」她的腦子一片空白，心跳一下急似一下，茫然地道。

「怎麼不會？我說就會！」春柳喜滋滋的，忙催著夏荷。「快快快，快去請大夫！」

「我馬上去、馬上去！」夏荷一轉身就往外跑，沈昕顏連叫住她的機會都沒有。

「娘，什麼是身孕？」魏盈芷不知什麼時候停下了手中的動作，眨巴著烏溜溜的大眼睛，好奇地問。

「誰有身孕了？」恰好走進來的魏雋航一聽便先愣住了。

「是娘啊，春柳說的。」魏盈芷下意識地回答，只一認出問話之人是她的爹爹，立即高興地撲了上前，異常清脆響亮地喚：「爹爹！」

魏雋航反射性地接住她，整個人還是有些懵，呆呆地望著沈昕顏問：「夫、夫人，妳、妳有身孕了？」

沈昕顏點點頭，緊接著又搖搖頭，神情一片茫然。

她有身孕了？可能嗎？上輩子她只生過兩個孩子，這輩子也從來沒想過還有機會懷孕。

「太好了！哈哈哈，我又要當爹了！」魏雋航大喜，一把將女兒舉得高高的，朗聲大笑。

魏盈芷尖叫一聲，隨即格格格地笑了起來。

沈昕顏撫著腹部，怔怔地望著樂作一團的父女倆。

「夫人，妳可覺著有哪裡不舒服？可請了大夫？有沒有什麼想吃的……」魏雋航抱著女兒來到她的身邊，臉上閃耀著歡喜的光芒，一連串的問話冒出來。

「有身孕便是我要有小弟弟了，對嗎？」魏盈芷忽閃忽閃著眼睛插話。

「對！盈兒很快便會有小弟弟或者小妹妹了！」魏雋航沒忍住，又是一陣哈哈大笑，重重地在女兒臉蛋上親了一口，緊接著又一臉緊張地問：「夫人妳累不累？要不我扶妳進去歇息歇息？再不然我幫妳按捏按捏肩膀……不行不行，我手不知輕重，萬一按疼了妳可如何是好？」

沈昕顏緩緩地轉過臉來，看著他臉上毫不掩飾的緊張與歡喜，再看看同樣一臉期待的女兒，抿了抿雙唇。

她真的又要當母親了嗎？她仍是覺得有些不可思議。

「夫人夫人，大夫來了、大夫來了！」急性子的夏荷扯著老大夫的袖口，拉著他快步走了進來。

春柳緊緊地跟在她的身後，便是一向沈穩的秋棠，臉上也帶著掩飾不住的急切。

一會兒後，老大夫緩緩地收回探脈的手，不緊不慢地道：「夫人的身子並無大礙，想是近來勞累過度，以致有些氣血不足，需安心調養一陣子。」

「啊？只是這樣嗎？那、那夫人有沒有身孕？」春柳愣了愣。

「想來老朽學藝不精，並沒有探出有滑脈之象。」老大夫捋著花白鬍子道。

「先生說笑了，先生醫術之高明，便是咱們國公爺也是讚不絕口的。」秋棠率先反應過來，忙道。

待秋棠親自引著老大夫離開，春柳與夏荷二人悶悶不樂地退下之後，魏雋航才終於回神。

「原來不是有孕啊……」他的語氣帶著無法掩飾的失望，只一想起方才老大夫之言，那些失望立即便拋到了九霄雲外，一把抓住沈昕顏的手，不容反對地道：「大夫方才所說的話妳可都聽見了？勞累過度以致有些氣血不足，需要安心調養一陣子。妳手頭諸事暫且放一放，先把身子調養好再說！」

他難得有這般態度強硬的時候，沈昕顏下意識地點了點頭。

「爹爹，我的弟弟呢？」一直安安靜靜地坐在一旁的魏盈芷忽地大聲問。

魏雋航撓撓耳根，胡扯了個理由哄道：「妳弟弟他有些懶，還沒有來呢！」

小姑娘皺著小眉頭，小嘴動了動。

魏雋航生怕她再問出些他招架不住的話，連忙帶著她走至外間，喚來孫嬤嬤領著她去找蘊福玩。

外間響著魏雋航耐性地哄著女兒的聲音，沈昕顏輕撫著小腹，良久，微不可聞地吁了口氣，一直提著的心也終於落到了實處。

她沒有懷孕，沒有……

她輕輕地靠著床頭，說不出心裡是什麼滋味，像是失望，又像是慶幸，但更多的卻是鬆了口氣。

她並非不願意再度為他孕育生命，只是沒有信心，更沒有把握可以做好母親這個角色。那一輩子慘痛的經歷，早就將她的信心打擊得潰不成軍。

她是那樣失敗的母親，又拿什麼來承擔一個上輩子沒有出現的孩子的將來？

「怎麼了?可是哪裡不舒服?」返回的魏雋航見她滿臉鬱色,擔心地問。

「沒有。」沈昕顏搖搖頭,拉著他在身邊坐下。「今日怎的這般早便回來了?外頭之事都忙完了?」

魏雋航眼簾微垂,到底沒有再拿胡話蒙混她,只含含糊糊地道:「暫且是告一段落了。」

也不知什麼時候起,夫妻二人像是對他在外頭之事有了共識一般,她不會多問,而他也不願再以謊言矇騙。

「孩子……日後總會有的,唯今最重要的還是妳先養好身子,其他的莫要多想。」見她仍是難掩鬱色,以為她是失望孩子之事,魏雋航柔聲安慰。

沈昕顏勉強衝他笑了笑,自然不可能會告訴他,其實沒有身孕,她反倒鬆了一口氣。片刻,她略有些遲疑地問:「若是我日後再不能有孕……」

當年她生女兒的時候身體即已受損,大夫雖說調養數年便好,但她上輩子後來卻是沒有再懷過另外的孩子。今日雖然鬧了一場誤會,但到底也讓她將曾經有些擔心的話問了出來。

魏雋航卻是一臉的不在乎。「若能再有自然是好,若是不能亦是命中注定,強求不來。況且咱們都有霖哥兒和盈兒兄妹倆了,還有蘊福也算是咱們的孩子,如此便也夠了。」

能再生一個孩子當然很好,雖然有時候看到夫人重視兒女多過自己心裡會冒酸氣,但孩子怎麼說也是他與夫人血脈的延續,自然是不怕多。

「若是喜歡孩子，日後讓霖哥兒與他媳婦多生幾個便好了。」想到夫人一向喜歡孩子，他又加了一句。

讓兒媳多生幾個？不知怎的便想到她上輩子的孫兒、孫女。不得不承認，周莞寧確是個有福氣之人，一生便是兩個，還是一男一女的龍鳳胎，如此福氣，滿京城也挑不出幾個來。

只是很可惜，她的這對孫兒、孫女自來便不親她。

有時候她想，或許命中注定她與周莞寧八字不合，便是成了婆媳，也依然親近不起來，以致連周莞寧生的孩子，對她也是如此。

這一日，是平良侯嫡女方碧蓉出嫁的日子，終於得以重回京城的平良侯喜形於色，滿室的喜慶，敲鑼打鼓，鞭炮聲聲。「新郎官來了、新郎官來了」的歡叫聲從外頭傳進來，看著儀表堂堂的女婿大步而來，他滿意地捋鬚頷首。

這一門親事當真是結對了，若非周首輔出手，只怕如今他還流放在外呢！

沈昕顏做為女方親戚自然也在場，看著一身喜慶打扮的方碧蓉拜別父母親，人坐上了喜轎，她終於確定，這輩子有許多事都不一樣了。

「知道嗎知道嗎，外頭出了大事！」

身邊忽地一陣竊竊私語，讓正打算離開的她不由得止了步。

「什麼大事？」

「前頭南大街處，有對父子攔下刑部尚書的轎子告狀呢！」

「喔，這有什麼，戲文裡不是常演嗎？」有人不以為然。

「那你可知他們狀告何人？狀告當朝誠親王，說他心懷貪念，私採金礦，致岳平山下三百四十名無辜百姓一朝命喪！」

「不是吧?!」

一片譁然，便是沈昕顏也震驚不已。

她縱是內宅婦人，也是聽聞過岳平山慘案的。一夜之間數百條人命便沒了，後來朝廷派人徹查，發現導致慘劇的罪魁禍首竟是當地的知府，先帝龍顏大怒，涉事官員丟官殞命，無一倖免。

沈昕顏對此事印象頗深，除了因為它牽連甚廣外，還因為那名知府乃當年瑞王妃一母同胞的兄長。這位趙知府被斬後，趙府先後又傳出趙老爺、趙夫人離世的消息，緊接著趙少夫人母子在回京途中也出了意外，母子俱亡。

好好的一個家族，頃刻間便家破人亡，瑞王妃承受不住這個打擊，沒多久也一病去了。

可憐那般風華絕代的女子，就此香消玉殞。

事隔多年，如今竟然有人再度提起此事，「狀告當朝誠親王」。難不成這誠親王才是真正的罪魁禍首？

「真的假的？當朝親王竟也敢告，難不成連性命也不要了？」

「真也好，假也好，聽說那父子倆跪在尚書大人轎前，把頭都磕破了，要請尚書大人為冤死者申冤，將作惡者繩之以法呢！」

「後來怎樣了？尚書大人可接了他們的狀紙？」

「好像是接了。這刑部尚書素有鐵面無私之名，這對父子找上他也算是找對了！」

「誠王爺可是先帝之子、當今聖上的親叔父，是隨隨便便兩個不知打哪兒來的刁民能告的嗎？」

「你管他能不能告？反正這狀紙遞上去了，眾目睽睽之下，官府怎麼也得給人一個交代才是！」

……

終於，議論聲越來越響亮，聚集之人越來越多，一臉喜慶的平良侯也注意到了這不同尋常的一幕，喚來下人一問，臉色頓時就變得相當難看。

大好的日子鬧出這樣一齣，只怕首輔府裡吃酒的諸位貴人也沒有心思留下了，到時候宴不成宴……他在心裡咒罵著，可還是忙使人到外頭打探消息。

「二嫂，妳說這事到底是怎麼回事？難不成真是誠王做的？」楊氏小小聲地問。

沈昕顏作了個噤聲的手勢，壓低聲音提醒道：「禍從口出！」真也好，假也罷，都不是她們可以多言的。

楊氏也知道事情嚴重，頓時便不敢再說。

因出了此等大事，不少人都提前告辭離開，連宴席也不吃了。英國公府作為平良侯府的姻親，大長公主與平良侯夫人又是多年的姊妹，自然不好提前退席，只是到底心裡存了事，勉強地再留了半個時辰便也啟程回府了。

「到底出了什麼事？好好的怎會冒出那樣一對父子來，還要狀告誠王殿下？」馬車上，沈昕顏扯了扯魏雋航的袖口，小小聲地問。

魏雋航臉色凝重，聞言只是含糊地道：「怕是當年岳平山一案確實另有內情吧。」

沒想到皇帝表兄居然用了這樣的法子來重提當年之事，也不知他們是從何處尋來的這對父子，只怕是要吃些苦頭了，誠王那人豈是省油的燈？

不過也幸好準備的證據還算充分，刑部尚書又是那等一根筋只認死理之人，便是先帝在時也要讓他三分，由他對上誠王，確是最好的選擇不過了。

聽他如此說，沈昕顏定定地望著他半晌，想到前段時間他的早出晚歸，忽地生出一個念頭——難道早前他忙的便是此事？就算不是，只怕也與此事有些關係吧？

如若是真的，今日這一齣只怕是準備已久，為的便是要在眾目睽睽之下扯出誠王與岳平山一案來。

魏雋航心中藏了事，並沒有注意到她探究的目光，濃眉緊緊地皺著，心裡七上八下的，總是放心不下。只是，他本就只是負責搜集各類消息、證據，至於這些證據要如何使用，那就不在他的職責範圍，更不是他能過問的。

良久，他揉揉額際，決定相信皇帝與他手下那些人的佈置。

乍一對上沈昕顏探究的眼神時，他便先嚇了一跳，下意識地問：「為何這般看著我？」

沈昕顏深深地望著他良久，望得他渾身不自在，這才輕聲問：「我只問你一句，此事不管結果如何，對你可有影響？」

魏雋航心裡「咯噔」一下，突然就明白，他的夫人想來是猜到了什麼，只不過不願多問罷了。他低低地嘆了口氣，握著她的手柔聲道：「妳放心。」

至於放心什麼，他沒有明說，而她也沒有再追問，只是點了點頭，將身子靠過去，枕著他的肩膀閉目養神。

魏雋航摟著她，順手扯過一旁的毯子覆在她的身上，也合上了眼睛。

回到府，夫妻二人正要回福寧院，便有英國公身邊的僕從迎了上來，恭恭敬敬地道：「世子爺，國公爺請您過去一趟。」

魏雋航點點頭，對沈昕顏道：「父親叫，我過去一趟，妳先回屋，累了便先歇息，不必等我。」

「你去吧。」沈昕顏應下。

望著他匆匆離開的背影，再看看夜色，她微不可聞地嘆了口氣。

只怕今夜有許多人要睡不著了。

上一輩子並沒有出現過百姓攔轎狀告誠親王之事，故而她也不清楚，此事發展到最後會有什麼後果，會不會影響國公府、影響大長公主，影響朝局？

「夫人，該回屋了，此處風大。」見她久久站著也不動，春柳小聲催促道。

沈昕顏回過神來，邁步便往正房方向走去，走出幾步又停了下來，想了想，轉了個方向。

「夫人這是想去哪兒？」春柳不解地跟上。

「去瞧瞧顏姨娘。」沈昕顏回答。

顏姨娘？春柳有瞬間的呆滯，只很快便想起來，這顏姨娘還是不久前世子爺在外頭置的外室，如今被抬了進府，正式成了府上的姨娘。

這顏姨娘自進府後便一直安安分分的，既不惹事，也不如三房那些姨娘一般，削尖腦袋往爺身邊湊，久而久之，便成了一個如隱形人般的存在。

若非今日沈昕顏提起，春柳都快要忘了這麼一個人。

「夫人怎的想去瞧瞧她？」春柳不解。

「她總歸也是世子爺之人，平日裡又是個好靜的，我也有好些日子不曾瞧過她了，反正這會兒得空，便去看看吧！」沈昕顏隨便扯了個理由回答。

也是方才她才猛然醒悟，其實這輩子她遇到的第一個變故便是這個顏姨娘。

上一輩子魏雋航身邊除了大長公主給他的通房外，一個妾室也沒有。至於外室，那更是沒影的事。

可這一輩子卻莫名其妙地多了個來歷不明的「外室」，再加上魏雋航對這個「顏氏」古怪的態度，她隱隱生出一個想法——這個「顏氏」會不會與魏雋航在外頭所辦之事有關？或者說，與今日老漢父子攔轎狀告誠親王有關？

「世子夫人來了，還不讓顏姨娘出門相迎？」到了南院那顏氏居住之處，見那名為「玉薇」的侍女正在挑著廊下燈籠裡的燈芯，春柳略提高音量道。

「玉薇」聞言望了過來，對上沈昕顏的雙眸，慌忙上前見禮。

沈昕顏緊緊地盯著她，秀眉微微蹙了起來。明明是同一張臉，為何她總覺得眼前這個「玉薇」與那日初進府的「玉薇」有些不一樣？到底是哪裡不一樣了……

「夫人？」見她久不讓起，春柳奇怪地喚。

「免禮。顏姨娘可在屋裡？」沈昕顏定定神，問道。

「妾顏氏見過世子夫人。」房門「吱呀」一聲，便被人從裡頭推了開來，緊接著顏氏的身影出現在眼前。

沈昕顏自又是一番客氣。

「玉薇，倒茶。」顏氏引著沈昕顏進了屋，請她在上首落了坐，這才吩咐「玉薇」。

「夫人請用茶。」

沈昕顏順手接過，不經意間掃了那玉薇一眼，忽地靈光一閃，終於記起眼前這「玉薇」與剛進府時有什麼不一樣了！

是眼睛！

她猶記得那名為「玉薇」的侍女雖然相貌平平，可卻有一雙相當漂亮的眼睛，讓人為之一嘆。可眼前這位「玉薇」，容貌還是那副容貌，那雙眼睛卻大為遜色，與當日那位判若兩人。

可是，明明長得一模一樣的啊！

她突然生起一個念頭——難道此「玉薇」非彼「玉薇」？

見她一直盯著自己的侍女，顏氏心裡生出一股不妙之感，輕咳了咳，引回沈昕顏的注意，這才緩緩地道：「不知世子夫人有何要事吩咐？」

「沒什麼要緊事，就是想起妳進府也有一段時間了，恰好今晚路過此處，便想著來瞧瞧妳過得如何？這般日子了，可住得習慣？丫頭、婆子們侍候得可還盡心？」沈昕顏收回探究的視線，迎向她含笑問道。

「多謝世子夫人關心，妾身一切安好，丫頭、婆子們侍候得也算上心。勞夫人一直記掛著，是妾身的不是。」顏氏忙道。

沈昕顏不著痕跡地打量著屋裡，見屋裡擺設雖是簡單，但該有的一應周全，便是奉上的茶，用的也是今年府裡才進的一批上好茶葉，足以見得，這顏氏並沒有受到什麼苛待。

「聽顏姨娘的口音，像是京城人氏？」她試探著問。

「不，妾身乃岐陽人氏，只是自幼便隨父母居於京中，故而才學了這京城口音，倒是家鄉口音至今仍是半吊子。」顏氏挺直腰身，鎮定地回答。

「原來如此。」沈昕顏點點頭，隨口又問了她幾個問題，均得到了相當完美的應答。

見窗外天色不早，她不欲久留，遂起身告辭。

顏氏主僕親自送了她出院門，直到看著沈昕顏與春柳的背影融入濃濃的月色當中，顏氏才難掩憂慮地對身邊的「玉薇」道：「今夜怕是引起世子夫人懷疑了。」

「怎會如此？我瞧著姊姊的回答並沒有出錯，與世子爺當日交代的一般無二啊！」一旁的「玉薇」不解。

想到沈昕顏離開前那飽含深意的一眼，顏氏搖了搖頭。「想來便是應對得太完美了才讓人懷疑。」太完美了總有一種早就做好了準備，只等著對方來問之感。「不說了，總歸世子夫人不是咱們的敵人，猜到便猜到吧，反正如今夫人已經不在府中了，待事成之後咱們也可以離開此處了。」

「玉薇」想了想，確是如此，不禁高興起來。「果真這般就好了！姊姊妳不知道，整日對著這張不屬於自己的臉，真真是一點兒也不習慣。還有，姊姊對著我叫著姊姊自己的名字，總是讓人覺得怪怪的。」

顏氏無奈地拍了拍她的腦門。這丫頭，以為她對著別人喊自己的名字就會習慣嗎？只是不得已為之罷了，難不成真的讓夫人給魏世子當姨娘？哪怕只是名義上的，陛下主子會同意才怪了！

想到今晚沈昕顏的意外來訪，顏氏不由得皺眉。

若非事出有因，世子夫人絕不會這般突然上門來，而且瞧她方才的表現，倒像是來試探的。難不成她是在懷疑什麼？

顏氏心裡有些不安，總覺得今晚必是發生了什麼大事，這才使得一向不怎麼理會自己的世子夫人到來。

「夫人好端端的去顏姨娘處做什麼？」從春柳處聽到此事，夏荷疑惑。

雖然這顏姨娘進門以來從不惹事，更不曾往世子身邊湊，可夏荷對她也難有好感。一個會給別人當外室的女子，會是什麼正經女子才怪了。

「我也不知，就是坐了一會兒，問了幾句話便回來了。」春柳也是一頭霧水。

屋內，沈昕顏心不在焉地梳著長髮。

那「玉薇」到底是怎麼回事？有沒有可能已經換了一個人了？自己不可能會認錯，那樣漂亮的一雙眼睛，只要曾經見過不可能會忘得了。

一個人的容貌可以改，但短期之內眼睛卻是騙不了人的吧？

只不過，好好的為什麼要掩飾身分？原來的「玉薇」去了哪裡？不過是一個侍女……等等，真的是侍女嗎？

她突然生出一個大膽的想法。會不會那一位「玉薇」根本就不是什麼侍女？或者說「主非主，僕非僕」，身為「主子」的顏氏未必真的就是「主」，而身為「僕」的「玉薇」也未必真的就是「僕」！

好像只有這樣才解釋得清楚，為什麼顏姨娘還是那個顏姨娘，而侍女「玉薇」卻已不是原來那位「玉薇」。

她頭疼地揉了揉額角，只覺得快要被自己給繞昏頭了。

總之，顏氏這對主僕不大正常！她在心裡下了結論。

「夫人，世子爺身邊有人來報，說一時回不來，請夫人先行安歇，不必等他。」秋棠掀簾而入稟報。

「知道了。」

出了那樣的大事，國公爺能不重視才怪了。雖然他這麼多年均賦閒在家，可對朝堂之事向來關注。

儘管此事不過是一對尋常百姓父子攔轎告狀鳴冤，可他們要告的卻是當朝親王、當今皇帝的叔父，這當中會不會牽扯上什麼陰謀，誰也不清楚。

敢來告狀，說不定已經存了死意，便是豁出性命也要這般做，若非冤情重大，便是有意陷害，而不論是哪一樣，都足以引起朝野上下的震驚。

最有意思的，是這對父子選擇的時機。首輔府娶媳，幾乎朝廷上說得上話的官員都到場了，這消息根本連捂都捂不住，迅速傳遍朝野。

越多人關注，刑部的壓力便越大，徇私枉法的可能相對就越小，真相便越是有可能還原出來。不過如此一來，今夜的這對新人心裡怕是要不怎麼痛快了，自己大喜之日被人這般一攪，賓客也留不住了。

她不由得對方碧蓉生出幾分同情來。比之上輩子的順風順水，這輩子這姑娘實在太不容易了，且千辛萬苦才尋來的一門好親事，女子一生最重要的日子，就這樣被攪亂了。

暮月

第十七章

身為內宅婦人，對前朝之事知道的有限，攔轎告狀一事也不過是當成茶餘飯後的談資來聽，沈昕顏雖然也關注著事情的進展，奈何受身分所限，到底知之甚少。

倒是楊氏不知從何處聽到些消息，不時尋她說上幾句。

「妳是沒瞧見，那日從平良侯府回來後，大嫂的臉色一直不見好看。嘖嘖，大喜日子這樣被衝撞了，往後大夥兒提到那日，只知道有對膽大包天的父子攔轎狀告當朝親王爺，誰還記得她平良侯府的姑娘嫁入首輔府？」楊氏一臉看笑話的表情。

沈昕顏笑笑，沒有接她這話。

楊氏也不在意，又神神秘秘地道：「二嫂可知，聽聞那對父子被請進了刑部，陛下下了旨意，讓大理寺與刑部重審當年岳平山一案，誠王得知後大鬧金殿，鬧得可厲害呢！」

「喔？誠王居然鬧上金殿？那後來如何？」沈昕顏來了興致。

「陛下一言九鼎，既然下了旨意，那便斷斷不會更改，如今大理寺與刑部官員已經著手辦案了。聽說那對父子手上有很多有力的證據，足以證明當年岳平山一案真正的罪魁禍首是誠王，那趙知府不過是被誠王陷害當了替罪羊。」說到此處，楊氏一臉可惜道：「可憐那趙知府，白白丟了性命。」

何止是丟了性命，根本就是家破人亡！沈昕顏暗道。

「對了對了，我還聽說了一個重大的消息。」楊氏突然湊到她身邊，興致勃勃地道：「據聞瑞王妃還沒死呢！」

「什麼？瑞王妃沒死？」沈昕顏吃驚地瞪大了眼睛。

對自己給對方帶來的衝擊很是滿意，楊氏笑了笑，故作神秘地繼續道：「我也是昨日才聽來的。據說瑞王妃當年因為娘家之事悲傷過度，病情加重，沒幾日便閉了眼，連太醫都認為她已經死了，沒想到卻在快要入殮時又有了氣息，被瑞王請來誦經的一位高僧發現，將她救活了過來。王妃雖然性命暫且救回來了，只到底還是損了身子，而且又一直昏迷不醒，若是再有個什麼不測，讓瑞王大悲大喜之後，再度大悲……所以瑞王身邊的幾位忠心臣子便避人耳目，將王妃送到了慈雲山孤月師太處醫治。聽說幾日前王妃已經醒過來了，莫不是冥冥之中聽到了兄長的冤情？」

沈昕顏久久說不出話來。此事太過於詭異了！

已經死去多年之人突然傳聞又活了過來，任憑誰聽了也會覺得意外至極。

「此事到底是真是假？可有人見過瑞王妃？」她忍不住問。

「外頭都傳揚開了，說得是有鼻子有眼睛的，還說陛下不日將以正宮皇后之禮將她迎回宮中。」頓了頓，楊氏忽地笑得一臉幸災樂禍，壓低聲音道：「二嫂，妳說，若是瑞王妃回宮，那宮裡的周皇后成了什麼？難不成還要從皇后變成妃子嗎？哎喲喲，若真是如此可丟死人了，還不如從一開始便不當這皇后呢！」由皇妃到皇后是大好之事，可若是由皇后變成皇妃，那可不是什麼令人高興之事了。「只可憐咱們的方妹妹，原本好好的皇后弟媳，這會兒全泡湯了！」她掩著嘴吃吃地笑了起來，神情是說不出的愉悅。這下她倒要看看，長房那位還怎麼高興得起來！

沈昕顏徹底呆住了，只覺得腦子都有些轉不過彎來。

瑞王妃沒死，不日將會被陛下迎回宮中，而周皇后很快連皇后之位都要沒了？

這都是些什麼事？她活了兩輩子可都沒聽說過啊！

上輩子直到她死，周皇后還穩穩地坐在皇后之位上，雖然並不怎麼受寵，但好歹還是中宮之主啊！

若不是有周皇后始終在背後撐腰，那首輔夫人與周二夫人還未必能讓溫氏及周莞寧母女吃癟呢！

「不過些捕風捉影之事，三弟妹倒信以為真了。這些話在我這裡說說便罷，可千萬莫要在母親跟前提，免得她老人家惱。」她定定神，好言相勸。妻妾互易可不是什麼體面之事，大長公主到底是皇室中人，未必會樂意聽到這些傳言。

「我又不是那等沒腦子的，這些話哪敢在母親跟前提？也就與二嫂說說罷了。」

忽地，一陣孩童特有的「噔噔噔」腳步聲傳了進來，楊氏抬眸一看，認出是那名為蘊福的孩子。

「這孩子倒長得一副好模樣，往日竟不曾覺得，看來跟在名師大儒身邊還是有些好處的，難怪叫蘊福，比我家釗哥兒、越哥兒有福氣多了，能讓那呂先生收下。」楊氏受了蘊福的禮，仔細打量了他一番，酸溜溜地道。

「三弟妹說笑了，只是這孩子有幾分運氣，投了呂先生的脾氣，可不敢比釗哥兒、越哥兒。」沈昕顏替蘊福整整領子，聞言笑笑地道。「盈兒唸了你大半天了，快去吧！」說完，她又對蘊福道。

看著蘊福行禮離開，楊氏才收回視線。「二嫂待這孩子真好，比當初待霖哥兒也不差多少了，若是不知道的，還以為你們是親母子呢！」

「許是我與這孩子命中有緣，加上又是惠明大師所託，自是不敢掉以輕心。」

搬出惠明大師，自然又想到大長公主當日的禁口令，楊氏也不敢再說什麼。真真是人比人氣死人，怎麼她家那兩個混小子就沒有這樣的好運氣呢？不過再轉念一想，長房的騏哥兒也同樣入不得那古怪先生的眼，她心裡那股氣頓時就又順了。

因魏氏一族離開朝堂已久，與皇室的關係僅限於大長公主，故而岳平山一案帶來的紛爭並沒有給英國公府造成影響，除了大長公主偶爾想到那些關於瑞王妃還活著的傳言時，會有幾分鬱結，旁的倒也沒有什麼了。

沈昕顏雖然也關注著事態的發展，不過她一個婦道人家，除了聽聽流言，也沒有別的渠道。倒是魏雋航近來又將注意力投回了府中，再不像前段時間那般整日不著家。

如此一來，京城中的風風雨雨倒像被隔絕在英國公府外一般。

這日，魏承霖照舊一大早便過來請安，想到那些關於瑞王妃的傳言，沈昕顏不放心地叮囑道：「如今滿城風雨，宮裡頭想必也不大平靜，你在裡頭只管著好生唸書便是，其餘之事莫要理會。」

魏承霖點點頭。「母親放心，孩兒都知道。」

雖然深知這個兒子年紀小是小，但性子一向穩重，可如今什麼「瑞王妃還活著」、「誠王陷害忠良」這些事上輩子並沒有發生過，沈昕顏也不知道最後事態會嚴重到何種地步，而魏承霖又是闔府當中唯一一個在宮裡之人，她又哪可能完全放心得下？

越想越不放心，再轉念想到瑞王妃的親兒，如今的皇長子，她又不放心地問：「你與諸位皇子關係如何？可與哪位走得近些？」

瑞王妃還活著的話，大皇子受到的關注自然便多了，在這節骨眼上，誰跟他走得近，難免也會受到些關注。可這關注卻未必是好，不定還會惹上什麼是非來，若再嚴重些，許還會波及府裡，這可是她萬萬不願意看到的。

魏承霖有些詫異，沒想到身為內宅婦人的母親也會問出與祖父及父親一般的話來。

「孩兒對三位殿下都同樣謹守君臣之禮，並沒有特別與哪一位走得近些。」他老老實實地回答。

沈昕顏想了想，換了種說法再問：「那你覺得這三位殿下性情如何？」

「大殿下與孩兒同歲，年又最長，性子自是沈穩些，平日多是不聲不響地讀書習字，對所有人都是一視同仁，也不見與哪一位親近些；二殿下較為活潑好動；三殿下年紀最小，難免有些嬌氣。」他想了想，認真地回答。

沈昕顏了然。三個皇子，對皇長子評價之言最多，也說明對他的關注最多。看來這輩子兒子還是會如上輩子那般，日後或許與皇長子走得近些。

罷了罷了，上輩子他親近皇長子，最後還能步上青雲路，這輩子……想來也應該不會例外才是。

她在心裡這樣安慰著自己，片刻，終究還是有些放心不下。「外頭關於大皇子生母瑞王妃的傳言，你可曾聽過？」

魏承霖遲疑了一下，仍是點了點頭。「聽過。」

事實上，宮裡已經傳遍了。各宮嬪妃不時到鳳坤宮去，意欲從周皇后處得到確鑿消息。畢竟當年瑞王夫婦的恩愛可是有目共睹的，若是她還在世，陛下的心被勾了去，日後還能有她們的好日子過嗎？

當然，這其中也不乏等著看周皇后笑話之人。

到宮裡短短這些日子，初步見識了後宮嬪妃的爭鬥，魏承霖再一次深深認識到，妻妾著實不宜過多。這女子多了，拈酸吃醋、綿裡藏針、含沙射影倒也是輕的，重的如宮裡那位貴人娘娘，年紀輕輕把命都給丟了。

還是如父親、母親這般便好，福寧院乾乾淨淨的，沒有那麼多煩心事，母親的日子也能過得自在些。

沈昕顏有些頭疼地揉揉額角。連早出晚歸、根本沒有什麼機會接觸到外間流言的兒子都聽過，可見這些話宮裡也傳開了。不管傳言是真是假，瑞王妃是不是仍在人世，只如今後宮之主卻仍是周皇后。

「你祖父是如何囑咐你的？」出了這麼大的事，她不信英國公沒對孫兒有所囑咐。

「不聽不言，不迎不避，不偏不倚，尋常視之便可。」魏雋航老老實實地將英國公叮囑他的話道來。

沈昕顏啞然，半晌，頷首道：「你祖父所言甚是。你本就不過一個孩子，進宮也只是為了唸書，其他事不必理會。」

魏承霖想說自己不是孩子了，可不知怎的，對著母親那溫柔的臉龐，見上面漾著明顯的擔心，那些話便一下子噎了下去。「好，孩兒知道。」做孩子也沒有什麼不好的，像蘊福、像妹妹，能得到母親那麼多的關心與愛護。

正這般想著，便見蘊福與魏盈芷手拉著手走了進屋，兩個小傢伙認出他，四隻黑白分明的眼睛頓時綻開了亮光，異口同聲地喚「哥哥」。

他覺得心裡對這兩個小鬼的那點嫉妒一下子就消散了不少。

「吳師傅開始教我打拳了，等會兒我打給你看看好不好？」蘊福揪著他一方衣角，滿臉期待地道。

「哥哥、哥哥，我會繡帕子了，改天我給你繡一方可好？」魏盈芷扯著他一邊袖子，撲閃撲閃著長長的眼睫道。

沈昕顏好笑。「見天許給人家帕子，我數數妳已經許了幾個人了？祖母、爹爹、娘、蘊福、慧表姊、外祖母、大舅舅、越哥兒，如今再加上妳哥哥，這要繡到何年何月才能兌現啊？」

魏盈芷瞪大了眼睛。「許了這麼多人了？」

沈昕顏「噗哧」一聲便笑了。

魏承霖也是忍俊不禁。敢情這丫頭見人便許，卻從來沒有數過自己已經許出去多少方帕子了？

「夫人數漏了，四姑娘還許了給我一方呢！」春柳忽地插嘴。

「啊？還有？」小姑娘眼睛瞪得更大了，樂得眾人哈哈大笑。

「從今往後可不許再整日四處亂跑了，老老實實待在屋裡，先將妳許給人家的帕子都繡出來再說。答應了別人的事便一定要做到，要不就是撒謊騙人，就是撒謊精！」沈昕顏笑咪咪地道。

魏盈芷為難地皺了皺小鼻子，小大人似的嘆了口氣。「好吧！」

見她這副模樣實在是可愛，沈昕顏忍不住捏捏她鼓鼓的臉蛋，輕笑出聲。

「盈兒不要怕，慢慢來，我的那方最後得空了再繡也不要緊。」實誠孩子蘊福安慰道。

「本來也打算最後才繡給你的啊！」魏盈芷嘀咕。

「妳呀，就只會欺負蘊福！」沈昕顏捏著她的鼻子搖了搖。

「哥哥！」魏盈芷避開她的魔掌，笑著回身一頭扎進兄長懷裡。

魏承霖笑著摟著她。

看著兄妹二人這般親密，沈昕顏的眼神有些許複雜，像是欣慰，又像是心酸，就是不知這樣的親密能維持多久……

魏承霖的心思自來敏感，雖然被妹妹鬧著，可注意力其實一直投在母親的身上，自然也發現她異樣的眼神，有些不解。

也不知從什麼時候開始，母親的臉上便會不時浮現這種表情，明明在笑，可笑容卻讓人瞧著有些心酸；有時眼睛明明是看著自己，可眼神卻又相當悠遠，彷彿透過自己在看另一個人。

他不喜歡母親露出這樣的表情、這樣的眼神，像是被人傷透了心，卻又拿對方無可奈何，是一種掙扎著想要釋然，卻又偏偏逃脫不得的無奈……

岳平山一案越鬧越大，牽連下獄的官員越來越多，原本不可一世的誠王如今也被圈了起來，而關於瑞王妃未死的傳言則是愈演愈烈。

沈昕顏本來是擔心魏雋航會被牽扯進內，只見他每日留在府中不再外出，這才徹底放下心來，遂又將心思投入她的生意裡頭。

前不久她終於物色到了適合的人選，打算慢慢將他們培養起來，日後也算是多了一層保障。

還有便是日前許素敏託人送了話，只道他們的溫泉莊子已經開始動工了，目前一切進展順利，相信應該能夠按期完工。

所有事都朝著好的方向發展著，對未來，她開始有了期待。

這日，她正比對著帳冊時，夏荷進來稟報，道大長公主請世子夫人前去見客。

她愣了愣。「是什麼客人到了？」

「平良侯夫人。」夏荷微不可見地撇了撇嘴。又不是世子夫人的母親，有什麼必要特地前去見客？

沈昕顏見狀也沒有多說，換了身衣裳便去了。

「這位便是世子夫人？前段日子忙得不可開交，都不曾有空與妳們仔細見上一見。」平良侯夫人親切地拉著她道。

沈昕顏抿嘴笑笑，輕輕掙脫她行了禮。「見過侯夫人。」

「都是親戚，何須多禮。」

「妳多年不在京城，親戚間不常走動，便是再親的日後也會疏遠了。今日難得妳來，便讓妳好好見見她們這些晚輩，認個臉熟，免得將來在外頭見著了也不認得。」大長公主笑道。

「正是這個道理！妳我姊妹自是不講究這套，可小一輩的還是要多走動走動才是！」平良侯夫人同樣笑道。

「別瞧她們母女臉上笑得燦爛，內裡不知怎麼急呢！聽說周首輔告病在家，這首輔府的風光眼看就不在了，虧她們還眼巴巴地把女兒嫁進去！」趁著沒人留意，楊氏走到沈昕顏身邊，壓低聲音道。

沈昕顏訝然。告病在家？在這節骨眼上？

事實上，平良侯確實是急了，雖然得周首輔出手相助順利調回了京城，可他的差事卻還沒有著落。

原本以為和周首輔成了親家，這差事也就不用急，只靜候首輔府的佳音便可。哪裡想得到這頭兩家親事剛成，那頭京裡便出了大事，到後面更是牽連了周首輔。告病在家？在這節骨眼上，又是朝廷重臣，這一告病，便等於是脫離了朝政，怕是從此以後便只能一直這般「告」下去了。

畢竟，擠走一個首輔，內閣便空出了一個位置，等著入閣之人可不在少數。

所謂病急亂投醫，周首輔是真病了還是假病了他無從得知，他唯有想著讓妻子多走走大長公主這邊的路，說不定能從中探到陛下的心思。

畢竟因為誠王之事，已經牽連了不少官員，多少雙眼睛盯著那些空缺，若非如今朝廷局勢未明，只怕早就施展渾身解數，打算補個肥缺了。

「我聽說啊，那方碧蓉回門那日都是冷冷清清的。我就說嘛，還沒進門便遭了婆婆厭棄，哪會有什麼好日子過？再加上屋漏偏逢下雨天，那周首輔如今又告起了病，闔府中人都沒心思理會她了。」楊氏心中得意，小小聲地繼續道。

沈昕顏不動聲色地打量著方氏，見她臉上雖然在笑著，但那疲態卻是怎麼也掩飾不住。還有平良侯夫人，瞧著明顯比方碧蓉出嫁那日憔悴了許多，看來最近也不怎麼好過。

有大長公主在，她們這些晚輩便只須陪坐一旁，偶爾說上幾句討喜逗趣的話便可以了。

「怎的不見霖哥兒？我都許多年不曾見過他了。當年我離京時他還是那麼小小的一團，這會兒想必都長成小大人了吧？」說話間，平良侯夫人像是不經意地提及。

「他這會兒還在宮裡頭呢，怕是沒那般早回來。」大長公主含笑回答。

「宮裡頭？我當年便說這孩子有出息，果不其然！」平良侯夫人笑得一臉欣喜。

「小孩子家家，哪談得上有出息、沒出息？不過就是比他幾個兄弟略長幾歲，懂事幾分罷了。」大長公主謙虛地說著，臉上的笑容卻是相當愉悅。

平良侯夫人察言觀色，不禁擔心地望了一旁的女兒一眼。

與大長公主這麼多年的交情，自然對她的性子也是有幾分瞭解的，一瞧她在提及霖哥兒時臉上的表情，便足以看得出那孩子相當得她的心。

莫怪二房能將世子之位坐得這般穩，有這麼一個爭氣的兒子，便是老子紈袴些也算不得什麼了。

將心裡那些憂慮撇開，她定定神，笑道：「姊姊這話我可就不同意了，不知有多少年紀比霖哥兒大的孩子，卻沒有他半分的懂事呢！」不願再違著心意誇讚這孩子，她話鋒一轉，略有些擔心地道：「只如今宮裡宮外那些傳言……多少雙眼睛盯著宮裡呢，霖哥兒一個孩子在裡頭，又沒有大人照應著，會不會……」

「殿下、世子夫人！不好了，大公子出事了！」話音未落，便有侍女急急進來稟報。

「大公子出什麼事了?!」大長公主與沈昕顏同時問出聲。

「大公子受了傷，被宮裡的公公送了回來，如今世子爺已經將他抱回了福寧院。」

「快去！」一聽長孫受傷，大長公主哪還坐得住？連平良侯夫人也忘了，匆匆地就往外走。

沈昕顏緊緊跟在她的身後，一顆心都提到了嗓子眼。

楊氏自然也不會錯過看熱鬧的機會，亦隨即跟了上去。

倒是平良侯夫人母女有些遲疑，對望一眼，想了想，還是跟在了眾人身後。

「這到底是怎麼回事？好端端的怎會受了傷？太醫怎麼說？可有大礙？」看著躺在床上小臉蒼白的魏承霖，見他半邊胳膊被白布包得嚴嚴實實的，大長公主又是心疼、又是惱怒，壓低聲音喝問一旁的兒子。

魏雋航忙道：「母親莫要慌，太醫已經仔細診斷過了，就是胳膊上受了些傷，得好好養一陣子。陛下也賜下了許多珍貴的藥材，又派了太醫專門替他診治。至於是如何受的傷……宮裡頭孩子多，一時不留心碰著、磕著也是難免的。」說到後面，他便有幾分含糊。

大長公主不是蠢人，掃了一眼平良侯夫人母女及楊氏，知道他不願在眾人跟前明說，想來這當中必有些緣故，故而也不再問，轉過身去心疼地撫著昏睡中的長孫。

「姊姊莫要擔心，陛下既然派了太醫專門診治，想來很快便會痊癒的。」平良侯夫人勸道。約莫也知道自己不適宜再留下，她又勸了幾句場面話便告辭離開了。

大長公主記掛孫兒的傷勢，也無心再招呼她，便命方氏代為送她一程。

楊氏到底也是知趣的，安慰了幾句後便也告辭了。

沈昕顏緊咬著下唇，臉色有些發白，緊緊地盯著床上虛弱的兒子，片刻，顫著手輕碰那帶著些微涼意的小臉，也沒有注意聽魏雋航與大長公主的話。

「說吧，霖哥兒到底是怎樣受的傷？別說小孩子不留心碰著、磕著那一套，霖哥兒是個什麼樣的性子你我心知肚明，絕非那等胡鬧的孩子。」大長公主板著臉問。

「是三殿下，他不知為何處處針對起大殿下？大殿下年長，性子又沈穩，自然不會與他計較，只是三殿下的性子……霖哥兒也是為了護著大殿下才遭了罪。」魏雋航沒有瞞她。

大長公主冷笑。「三殿下不過七歲的孩子，縱然平日調皮些，也不會這般不知輕重，想來是給人當了槍使。本宮平日不言不語，個個都當本宮死了不成？竟敢欺負到本宮頭上來！」氣到了極點，連多年不曾用過的自稱都冒了出來。本來不願蹚這趟渾水，可如今被人這般欺負，她若再一聲不吭，這大長公主的顏面何存？「來人，備轎，本宮要進宮！」

魏雋航暗地嘆了口氣，但也知道母親的脾氣，不敢相勸。趁著大長公主回去更衣，連忙上前環著沈昕顏的肩好生安慰。「不必擔心，太醫都說了無礙，只是傷了骨頭，故而得休養一段時間。」

「嗯。」

沈昕顏低著頭，他瞧不清她的表情，但也知道她一向疼愛兒子，如今見兒子受傷而回，心裡必定相當難受。有心想要再陪陪他們母子，只是又不放心大長公主，唯有無奈地道：「等我回來。」言畢，在她額上親了親，再看看兒子，這才轉身大步離開，打算護送大長公主進宮討公道。

沈昕顏怔怔地望著床上的兒子，目光再緩緩地落到那隻受了傷的胳膊上，入目是一片刺目的白，刺得她眼睛酸意難當。

「……母親，不要擔心，我沒事，一點兒也不疼，真的！」耳邊忽地響起小少年略帶急切的聲音，她眨了眨有些矇矓的雙眸，卻發現自己不知什麼時候流出了眼淚。

她連忙伸手拭去，按住掙扎著欲起身的兒子，責怪道：「你受了傷，莫要亂動！」

「好……」魏承霖乖巧地應下，重又躺了回去。「母親，我真的不疼的，太醫已經替我敷了藥，用的還是宮裡頭療傷的聖藥，過不了多久便會沒事了。」怕她再擔心，他忙又道。

「嗯。」沈昕顏低低地應了一聲，見他雙唇有些乾，起身倒了碗溫水，又過來小心地扶著他靠坐在床頭處，這才坐在床沿，親自餵他喝水。

「母親，我自己來便好……」魏承霖有些不自在，想要奪過碗自己喝，卻在對上她板著的臉龐時縮了回去，聲音也越來越小，再不敢有二話。

沈昕顏餵他喝了水，又替他拭拭嘴角的水漬，意外地發現他耳朵紅紅的；再細一看他的臉，見原本還有些蒼白的小臉，如今竟浮現了幾分不自在的紅，她啞然失笑。

魏承霖察覺她的笑意，臉蛋又紅了幾分，訥訥地說不出話來。

沈昕顏再也忍不住輕笑出聲，原本有些鬱結的心情頓時便好了幾分。

「母親餵你喝水，這般便羞了？你小的時候，母親還替你洗過澡、穿過衣服呢！」

魏承霖更加不自在了，脖子縮了縮，好半天才有些不依地喚了聲。「母親……」語氣卻是帶著他自己也沒有察覺的撒嬌。

沈昕顏臉上笑意微凝，定定地望著眼前這個脹紅著臉、微微噘著嘴的小少年，只覺得有些陌生。

兩輩子太長，長到她已經想不起她的兒子曾經也有對她撒嬌的時候。是還在牙牙學語之時，還是蹣跚學步那會兒？抑或在他被英國公抱去後，偷偷跑回來尋自己的時候？

魏承霖不知她的心思，只是難得母親這般溫柔細緻地對自己，雖然有些不自在，畢竟自己不是小孩子了，可心裡頭的歡喜卻是怎麼也擋不住。

他想，反正他也是母親的兒子，偶爾當一回小孩子，被母親疼愛著應該也不要緊吧？

這般想著，他偷偷往沈昕顏那邊挪了挪，想要靠她近一些。誰讓平常挨著母親坐的不是蘊福就是妹妹呢！

香香的，是母親的味道……

好聞的熟悉馨香撲鼻而來，他抿了抿嘴，偷偷地又挪了挪。

沈昕顏沒有察覺他的動作，緊盯著他那受傷的胳膊，想摸摸，但又怕弄疼他，不禁皺了皺眉。「好好的怎會受了傷？還傷到了骨頭這般嚴重！」

魏承霖緊緊挨著她，有些暈陶陶地道：「是三殿下受人挑釁，故意針對大殿下——」

「所以你便替大殿下擋了災？」沈昕顏打斷他的話，滿眼的不贊同。

「也不是，那個時候有些混亂，孩兒也沒有注意到，待察覺的時候已經衝了出去了。」魏承霖察覺她語氣中的不悅，連忙解釋道。

沈昕顏的秀眉擰得更緊，板著臉教訓。「總而言之，以後再遇到這樣的事，你先把自己給保護好了。一屋子的宮女、太監，難不成還輪得到你一個小孩子家出頭護主？說不定人家還怨你搶了他們一個立功露臉的機會呢！」

瑞王妃若是真的還活著，回宮便是板上釘釘的事，到時候皇長子在宮中的地位勢必會提幾個階，自然有奴才削尖腦袋想往他身邊湊。

魏承霖雙唇微動，想要說些什麼，但最後還是沒有說，只是乖乖地點點頭。「孩兒知道了。」

怎麼母親教導的話與祖父教的完全是兩種意思？祖父教導他要忠君、護君，大殿下是君，他是臣，自然無論何時都要護著大殿下。

可母親卻教他首先要把自己給保護好了，護主這樣的事輪不到他出頭。

他一直覺得祖父教導的都是至理，可如今聽聽母親的話，好像也是有些道理的。

難得見他這般乖巧地應下自己的話，沈昕顏滿意地點了點頭，順手將他身上的錦被拉了拉，幫他蓋得密實些。

「既然受了傷，那便好生在家裡休養，宮裡的事有你祖母和父親，也不用再回你自己院裡了，便在母親這裡養傷，有什麼需要拿過來的，吩咐下人們去取。總之，一切事都往後挪，先將自己養好！」沈昕顏不容反駁地道。

「好，都聽母親的。」頭一回見一向溫溫和和的母親，態度這般強硬地對自己，魏承霖有些陌生，但這感覺也不錯，遂連聲應下。

又不放心地叮囑了一番，再喚來侍候的下人們仔細敲打一通，見魏承霖臉上露出幾分倦意，她這才隔著錦被輕拍了拍他。「若睏了便先睡會兒。」

「我不睏。」平日都是看著母親溫柔耐心地照顧著妹妹，如今輪到自己，他有些不捨得這般快便睡去。

明明眼皮重到都快要撐不起來了，居然還說不睏？沈昕顏無奈，卻又有些好笑，伸手捏了捏他的臉，輕斥道：「快些睡，都睏成什麼樣了！」

見他還是固執地死撐著，她乾脆伸出手去覆在他的眼睛上。

魏承霖努力睜了睜眼睛，片刻，又緩緩地合上，沒有受傷的右邊胳膊偷偷從被子裡伸出來，悄悄地揪住她衣角一處，而後，終於安心地睡了過去。

察覺他的呼吸漸漸變得均勻，沈昕顏便打算起身離開。剛從床沿上站起，發現自己的衣角被人揪住，一低頭便看到這樣的一幕，不禁怔了怔。

定定地望著揪著自己衣角的那隻小手，再看看已經陷入沈睡當中的兒子，她低低地嘆了口氣，復又坐了回去。

屋內陷入了靜謐當中，她的視線始終緊緊盯著安眠的小少年，用眼神細細地描繪他的臉龐，漸漸地從這張還帶有幾分稚氣的臉，一點一點地在腦海中勾勒出他成年後的模樣。

也許真的是誰養的孩子長得像誰，她的兒子不像她，也不像他的父親，倒是肖似他的祖父，尤其是成年之後身上那股沈穩威嚴的氣度，與英國公更是似了十足十。

兒子上輩子這個年紀是什麼樣的，她也記不大清楚了，有一點卻很肯定，那便是絕不會似如今這般親近自己，更不會對她做出這種依賴的動作。

也許是因為這輩子他們一家人相處的時候比較多，或者還有一些其他什麼緣故，不管怎樣，這樣變化她很是樂見，但心裡也難掩那種複雜難辨的感覺。

若是上輩子他們之間多些相處，她再主動些，氣再壯些，是不是便不會有後面的母子離心？若是她盡心盡力維護、經營好母子之情，又怎會懼旁人的挑撥離間？

她揉揉眉間，再看看依舊好眠的魏承霖。看著睡夢中的少年微張著嘴，眉頭微微皺著，不禁伸指輕輕將那處皺褶撫平，低低地道：「這才多大年紀，便整日皺眉了，若是長大了……」

長大了依舊愛皺眉。

上一輩子，英國公、魏雋航先後離世，偌大的一個國公府重擔便落到了年輕的他身上，縱然身沐聖恩，可若不付出相應的努力、盡善盡美辦好差事，又哪會有後來英國公府的榮耀與輝煌？

她的這個兒子的確無愧於他祖父多年的悉心栽培，甚至比他的父親、比他早已過世多年的大伯父還要出色。

她一直這般靜靜地陪伴著熟睡的魏承霖，待春柳進來稟，道大長公主與世子爺回府了，她望望天色，恍然發現，自己居然就這般坐了一個時辰。

心裡始終記掛著進宮的那對母子，她輕輕地將自己的衣角從魏承霖手中扯出來，原本平整的衣角早就被他揪得縐縐巴巴的。她撫了撫，稍稍將那縐褶撫平，叮囑了下人仔細侍候著，這才帶著春柳離開。

「陛下賜了許多名貴藥材下來，聽聞又下旨申斥了淑妃，責備麗妃教子不善並將其禁足宮中，再從重處罰了二皇子和三皇子，便是皇后娘娘也吃了一頓排頭。」路上，春柳一一稟道。

沈昕顏訝然，又有些感嘆。

大長公主果然是大長公主，不出手便罷，這一出手便叫後宮鼎立的「三足」個個折損，狼狽不堪。尤其是二皇子的生母淑妃，被下旨申斥，可謂面子、裡子都沒有了。

三皇子惹的事，她這個二皇子生母卻被罰得最重，這與明明白白地告訴世人，就是她從中挑撥三皇子對付長兄的有何不同？

陛下如此毫不留情，除了給大長公主一個交代外，只怕還有別的用意……難道這是在替迎瑞王妃回宮開路？她突然冒出這樣一個想法。

屋裡，大長公主的怒氣，早在看到元佑帝如此乾脆俐落的一連串動作時便已經消了，見沈昕顏進來，忙問：「霖哥兒怎樣了？」

「睡下了，我離開的時候還不曾醒來。」

「也罷，便讓他好生睡一覺。小小年紀每日天不亮便要起來，宮中規矩多，學業又繁重，便是鐵打的估計也吃不消，更不必說他一個孩子，讓他睡吧！」大長公主有些心疼。

國公爺是個硬脾氣，他鐵了心要培養長孫，旁人連置喙的餘地都沒有。當年看到小小的一個粉團子一邊委委屈屈地抹著淚，一邊顫顫巍巍地扎著馬步，她心疼到不行，也勸過他，不如等孩子過了五歲再開始，哪想到他卻斷然拒絕，根本聽也不願聽她的話。

這麼多兒孫，若論起來，終究還是長孫最讓她心疼。

「陛下也下了旨意，讓霖哥兒安心養傷，課業什麼的不要緊，一切等傷好了再說。」魏雋航道。

夫妻二人又陪著大長公主說了一會兒話才告辭離開。

「宮裡頭的情況到底怎樣？陛下這一回雷霆手段，固然替皇長子與霖哥兒作了主，但不管怎樣，霖哥兒經此一事，只怕也得罪了二皇子和三皇子，日後在宮裡行走怕是……」回到屋裡，沈昕顏難掩憂色。

「無妨，陛下心裡清著呢！況且，霖哥兒若是連這小小的阻礙都過不去，日後又如何能撐得起國公府的門庭？」魏雋航並不怎麼放在心上。

沈昕顏皺眉，不悅地道：「日後是日後，這會兒他還不過是一個孩子，哪能抵得住奸滑之徒的算計？這萬一下回再弄出個什麼來，你瞧母親會怎樣！」

上輩子兒子受過的傷、受過的算計還少嗎？只那會兒府裡萬事都只能靠他頂著，她便是再心疼，也束手無策。

「放心放心，他是我的兒子，難道我還會害他不成？妳放心吧，待過些日子一切塵埃落定，瑞王妃回宮，所有事便不一樣了！」

「瑞王妃回宮?!那些傳言果然是真的？」沈昕顏吃驚地瞪大了眼睛。

魏雋航這才發現自己只顧著安慰夫人，卻不料說漏了嘴，心中暗悔，只又慶幸說的並不是什麼秘密之事。儘管如此，他還是打了個激靈，深深覺得自己水準大降，險些連最基本的保密要求都達不到了。

好在等事情一了，他便決定辭去差事，從今往後老老實實地當他的國公府世子爺，旁的事不再理會了。

「是真的，瑞王妃並沒有死，如今陛下已經將她安頓好了，只等時機一到，便迎她回宮。到時候宮裡的天都變了，不說淑妃與麗妃，便是皇后也再翻不起什麼風浪。」既然說漏了嘴，他便不打算再瞞著，老老實實地回答。

「這麼說，這些年來你一直暗中替陛下做事？」哪知沈昕顏卻從他話中聽到了破綻，直接問道。

魏雋航被她打了個措手不及，呆呆地望著她，半天不知反應。

「看來我猜對了！」沈昕顏挑眉又道。

魏雋航臉色古怪，理智上告訴他，應該立即想一個完美的藉口糊弄過去。

可情感上，看著夫人難得露出這般俏皮的可人模樣，他只覺得心裡癢癢的，哪還記得去想什麼完美的藉口？

哎呀呀，笑得太勾人了，好想用力咬一口……不，是親一口！

事實上，他的動作遠比他的理智要快。待他反應過來時，已經一把將夫人摟在了懷中，用力地在她臉上親了一記。

沈昕顏哭笑不得地推開他，摸摸臉上濕熱的那處，嗔了他一眼。「好好的發什麼瘋？讓丫頭們瞧見了笑話！」

魏雋航眸光閃閃亮地望著她，笑容歡喜，卻是什麼話也沒有說。

沒有否認，那便是默認了？沈昕顏了然，也不再追問。

看來她的夫君果然瞞住了世人。不過也沒有什麼好奇怪的，最親近之人都被他瞞過去了，外人又算得了什麼？

間接得到了答案，她便不再糾結這些事，甚至心裡還生出一種「世人皆醉我獨醒」的詭異優越感來，尤其是想到連英國公和大長公主都不知道之事，她居然知道了，不禁抿了抿雙唇，抿出一個有些得意的笑容來。

哎呀呀，又來了、又來了！就是這種有些調皮、像是孩子做了什麼壞事沒有讓大人察覺的小得意，看得人心裡癢癢的，像是有根羽毛不停地在他心尖上輕拂。

忍了又忍，最後還是沒有忍住，他猛地伸出手去，在她臉蛋上戳了戳。軟綿綿的、暖呼呼的，手感真真是好極了！

沈昕顏拍掉他作惡的手，眼波流轉，嗔道：「越發沒個正經了，若讓母親瞧見了又要啐你！」

魏雋航笑呵呵的，一點也不惱，背著手跟在她的身後，看著她井井有條地將差事一一分配下去，又叮囑夏荷注意著兒子那邊的情況。

魏承霖受了傷，國公府唯一一個還在宮中走動之人便沒了，越發隔絕了外頭的種種紛爭。

待沈太夫人病重的消息傳過來時，沈昕顏大驚失色，雙腿一軟，險些沒站穩，還是魏雋航眼明手快地抱住了她。

「怎會如此？好好的怎會病了？」她抖著唇，不敢相信所聽到的。

明明上輩子母親一直好好的，直到先後遭受外孫女、孫女死亡的雙重打擊，支撐不住病倒在床，半年之後才終於撒手人寰。

「備車往靖安伯府！」魏雋航當機立斷，大聲吩咐道。與其在此空擔憂，倒不如親眼去瞧個分明。

不過一會兒的工夫，夫妻二人便坐上了往靖安伯府的馬車。

「到底發生了什麼事？好好的母親怎會突然病倒？」看著病床上像是一下子老了好幾歲的沈太夫人，沈昕顏的心都揪起來了，抹了一把眼淚走了上前，拉著靖安伯問。

靖安伯臉上一片頹然，喃喃地道：「是我連累了母親……」

「到底出了什麼事？大舅兄不妨直言，如有能幫得上忙的，我與夫人必會全力相助。」魏雋航安慰性地拍拍妻子的手背，鎮定地問。

靖安伯臉色發白，望望焦急的妹妹，再看看難得沈穩的妹婿，終於緩緩開口。「當初梁氏做下的孽，如今報應要來了。日前京兆尹黃大人請了我到府衙，說是接到舉報，我府上有人私放印子錢，還拿出了部分證據。因我與他曾有一點交情，他便私下允我尋找證據證明清白，否則將會秉公辦理，將此事上奏天子。你我皆知，此事乃千真萬確，梁氏雖然已不是我府中人，但當初她放印子錢時，仍是伯府夫人，我又如何去尋證據證明清白？母親得知此事後氣急攻心，一下子便病倒了。若她老人家有個什麼三長兩短，我便是天大的罪人，無可饒恕了！」靖安伯淚流滿面。娶妻不賢，累及滿門，可憐老母親臨老還要因為他這個不肖子而受累！

魏雋航疑惑地皺起了雙眉。

當初那事他已經命人將尾巴清理掉了，難不成還有漏網之魚？況且，此事怎麼聽來怎麼古怪。既然有了證據，那直接拿人審問便是，再不濟也直接上奏，以皇帝表兄對放印子錢的痛恨，必然會從重處置。

沈昕顏雖然不懂官場中事，可也不妨礙她覺得事有古怪，只是一時倒想不出古怪之處為何？加上心憂母親病情，也顧不上許多，忙問：「大夫怎麼說？」

「氣急攻心引發舊疾，若是調養得好，熬過此關便無性命之憂，否則……」靖安伯痛苦地合上了眼睛。

沈昕顏身子一晃，臉上血色頓時就褪了。竟然這般嚴重？

「夫人，太夫人醒了，在叫妳呢！」春柳急急地走了過來道。

沈昕顏一聽，立即提著裙裾快步往裡面走。

魏雋航沒有跟著進去，而是拉著靖安伯，細細問起他被京兆尹喚去的始末，不放過任何一絲蛛絲馬跡。

靖安伯萬念俱灰，哪還顧得上什麼顏面？事無鉅細，有問即答，末了還拉著他的手道：「我這個妹妹一直是個好的，是我這個當兄長的沒用，沒能給她倚靠，只盼著世子莫要因伯府一連串糟心事而怪罪她、厭棄她。」

魏雋航頷首，鄭重地許諾道：「你放心，她是我的妻子，是國公府的世子夫人，我又怎可能會怪罪她、厭棄她？」頓了頓，又道：「大舅兄放心，事情不至於到了無法挽回的地步，不必過於憂心，只安心侍候老夫人痊癒才是。」

靖安伯苦笑，無力地點點頭表示應下。

確確實實犯過的錯，又豈會真的無事？如今只盼著不要連累了其他兩房的兄弟。他自己造的孽，不應該由無辜者來承擔後果。

屋內，沈太夫人緊緊握著女兒的手，有氣無力地道：「母親只怕是不行了，昕顏，妳大哥他……罷了罷了，當日他既然將梁氏的過錯一力擔下，便應該想到會有這個下場。我活到這般年歲，也沒有什麼好遺憾的了，唯有峰哥兒、慧兒他們幾個，到底讓我放心不下。妳兄長是那樣的性子，大廈將傾，他們只怕……母親一輩子沒有求過妳什麼，如今只求妳將來好歹善待他們兄妹幾個，不求日後富貴榮華，但求這輩子能平安度日。」

聽著沈太夫人宛若託孤一般的話，沈昕顏潸然淚下，泣不成聲，唯有連連點頭。

見她應下，沈太夫人終於鬆了口氣，吃力地轉過臉去，不見孫兒、孫女，遂喃喃地喚：「峰哥兒、慧兒、鈺哥兒……」

「快去喊人！」

立即便有丫頭跑著出去，不過一會兒的工夫，沈峰兄妹三人便小跑著衝了進來。

「祖母！」

兄妹三人哭倒在床前。

沈太夫人望望幾個孩子，勉強扯了個笑容，又讓他們一一向沈昕顏見禮，最後才拉著沈慧然的手交到沈昕顏手上，喘著氣道：「峰哥兒、鈺哥兒兄弟倆日後是要撐起門庭的，在外摸爬滾打一番也沒什麼，只有慧兒，沒有生母照料，如今家裡又敗落至此，她一個姑娘家……」

「母親放心，我都知道。慧兒是我嫡親姪女，便是同等親生女兒，盈兒有的，慧兒必也會有。」沈昕顏哪會不知她的心意？嗚咽著應下。

「祖母……」沈慧然直哭得上氣不接下氣。

沈峰年長些，憋紅著雙眼，卻是一滴淚也沒有流下來；年紀最小的沈鈺望望兄姊，又看看最疼愛他的祖母，放聲哭了起來。

外間的魏雋航聽到哭聲，心急如焚，想要進來，又礙於身分，急得團團轉。

好不容易哭聲停了下來，再片刻，沈昕顏一邊擦著淚一邊走了出來，他忙迎上前去，見她哭得眼睛都腫了，心疼地道：「岳母身子不好，最忌哭聲，你們倒好，倒是越發哭得厲害了。」

「是我思慮不周……」沈昕顏吸吸鼻子，甕聲甕氣地回道。

魏雋航嘆了口氣，望了望她身後的兄妹三人，憐惜地拍了拍最年長的沈峰，又抱了抱抽抽嗒嗒的沈鈺，這才問：「岳母大人怎樣了？」

「這會兒覺著有些累，已經睡過去了。」

待魏雋航陪著她回府，又將她安頓好，叮囑兒女和蘊福好生照顧著，這才回到了自己的書房，吩咐一名身材瘦小的僕從幾句。

那人應聲點點頭，悄無聲息地離開。

待次日魏雋航拿到關於那京兆尹的詳細資料，再翻看意外收到的帖子時，這才恍然大悟，原來這一切都是衝著自己來的。

能將首輔之位一坐便這麼多年，連皇帝表兄對他也要忍讓三分，果然有幾分手段，竟不知何時猜到了自己的身分。

既然對方誠心相邀，他自然也不好推辭地前來赴約。

「沒想到京城有名的紈袴世子，竟是如此深藏不露！」本是應「告病」在家中的周首輔，死死地盯著依約而來的年輕男子，冷笑道。

魏雋般衝他笑笑，在他面前坐了下來。

「能讓首輔大人猜得出身分，可見在下還是稍遜一籌。」

周首輔沒有心思和他耍花槍，單刀直入地問：「咱們來做一個交易如何？」

對方這般乾脆俐落，倒是出乎魏雋航所料。「首輔大人請說。」

「我不再追究靖安伯私放印子錢一事，你保我周家滿門安穩。一府換一府，很公平，不是嗎？」周首輔薄唇微抿。如若不是萬不得已，他根本不會放開手上的權力。

可是誠王倒臺了，陛下便是迫於先帝遺命，饒誠王不死，但對與誠王有關聯之人必不會網開一面。這些年他雖然努力撇開與誠王府的聯繫，但他也不能否認，沒有當年誠王的支持，他未必能官至一朝首輔。

魏雋航有些想笑。對方兜了一個大圈子，居然只是為了這麼一個完全是多此一舉的要求！

皇帝表兄雖然痛恨誠王，但也不至於會牽連無辜，周首輔這些年來雖然企圖把持朝政，但他與當年趙全忠一案卻是毫無瓜葛。皇帝表兄便是想治他，也是惱他這麼多年來意欲凌駕皇權之上。

保他周府滿門安穩？這可真是……枉自己方才還誇他手段了得，沒想到事到如今，他竟然還沒有察覺自己府上已經有了一道護身符。衝著周懋這麼多年來的忠心不二，皇帝表兄再怎麼也會對他的生父網開一面才是。

見他一直不說話，以為他不同意，周首輔冷笑道：「世子想必也清楚，朝廷可是明令禁止放印子錢的，如若我將此事捅出去，靖安伯府便也到頭了。世子是個有情有義之人，想必不會眼睜睜地看著尊夫人的娘家遭此大罪吧？」

魏雋航摸著下巴，做出一副深思的模樣。「私放印子錢，禍害百姓，便是因此獲罪也是罪有應得……」

周首輔心裡「咯噔」一下。難不成他這步棋走錯了，眼前此人真的會見死不救？他不信這個邪，咬著牙又道：「那世子便不曾想過，靖安伯府若是獲了罪，英國公府能不受牽連？令公子行走於宮中，難不成便不怕流言蜚語？」見魏雋航的神情明顯有些猶豫，周首輔心思一定，知道自己這番話起了作用，繼續道：「世子再想想，靖安伯府獲罪，若尊夫人知道世子明明可以挽救，卻偏偏見死不救，夫妻之間勢必生出嫌隙，便是令公子與令千金，將來只怕也會覺得世子行事不講情面。」

魏雋航的雙眉皺得更緊了，猶猶豫豫片刻後，狀若平靜地道：「首輔大人如何便知我能保得住貴府？畢竟陛下的心思可從來不是旁人能猜得到的。」

「旁人或許沒有這個能力，但我相信世子必定會有。世子這麼多年來無懼閒言閒語，一心一意替陛下做了那麼多事，在陛下心中必然有一定的分量。若世子出面，陛下瞧著世子多年的扶持，總會給幾分顏面才是。」見對方一咬牙，像是終於下了決定，周首輔心口一緊。

「不曾想過我在首輔大人心中竟是這般有能力之人。」魏雋航點點頭。「既如此，那……成交！」

直到「成交」二字響在耳畔，周首輔才徹底鬆了口氣。

兩人擊掌，便算是達成了交易。

留得青山在，哪怕沒柴燒？想他門生滿天下，又用心經營這麼多年，便是一時蟄伏，日後總也會有起復之時。只待陛下處置了誠王，查明自己根本沒有牽扯進誠王那些大逆不道之事中去，念在他多年兢兢業業的分上，再加上宮中女兒的出力，未必不會賜下恩典。周首輔在心裡這般安慰著自己，努力忽視心底因為即將失去權勢而帶來的空落落。

直到那道挺拔的身影離開後，想到對方最後那個意味深長的眼神，周首輔心裡七上八下的，總覺得自己好像作了個錯誤的決定。

第十八章

沈太夫人的身體一直不見起色，沈昕顏憂心忡忡，每日得了空便往伯府跑，所幸大長公主也是個明理之人，對此並無二話，還吩咐人將早前元佑帝賜下的珍貴藥材，勻了部分讓她帶去給沈太夫人。

知道母親因為外祖母的病而情緒低落，魏承霖便主動承擔起了照顧妹妹的職責，說是照顧，實際上是「看管」，畢竟如今府上除了沈昕顏和英國公，小丫頭誰也不怕。

英國公向來不怎麼理事，魏盈芷見他的次數也有限，所以數來數去，最怕的還是娘親。不過兄長的話，小姑娘總也是會聽的。而性子使然，魏承霖雖然較之早前溫和了不少，但板起臉教訓人的樣子甚似英國公，也能輕易便唬住魏盈芷，讓她再不敢作怪。

沒有後顧之憂，沈昕顏便一心一意照顧著母親的病。

這日，她照樣餵了沈太夫人吃藥，又看著她沈沈睡了過去，這才起身出了裡間。

行至正堂處，見裡頭聚集了二房和三房的夫妻，靖安伯一張臉微微發白，可最終還是點了點頭，無力地道：「既如此，那便分家吧。只是，母親如今身子不好，東西先分清楚，但人還是住在一塊兒吧，此事先瞞著母親，莫讓她知道了憂心。」

「大哥，並非我們不孝不義，只是前大嫂惹來的禍事，大哥顧及舊情肯擔下，我與三弟卻是……還請大哥莫要責怪才是。」沈老二遲疑了一會兒，終是有些不忍地道。

「是啊，大哥，當日你便不應該那般容易饒過那個賤人，竟還讓她將嫁妝分毫不少地帶走，要我說，當初你便應該先休了她，而後直接送她到官府，如此一來不就能撇清咱們府的關係了嗎？再不濟——」

「再不濟便一碗藥灌下去，直接讓她病逝，一了百了，是不是？」

突然響起的女子聲打斷了沈老三未盡之語，他回頭一看，見不知什麼時候沈昕顏來了，正將自己的話聽得分明，不禁訕訕地閉了嘴，再不好多說什麼。

沈昕顏心中失望至極。早知道二房和三房靠不住，卻不承想他們竟然涼薄如斯。

明知母親如今重病，再受不得半點刺激，他們卻要在此關鍵時候提出分家，何嘗不是怕連累自己？

危難當前先行自保並不是什麼錯，只是母親一向待他們不薄，彼此又是血脈至親，如斯行為，著實令人心寒。

「既然分便分得徹底吧，人也不必留下了。心都不在了，還留人在此做什麼呢？不定還無端惹了怨恨。」她冷冷地道。

沈老二和沈老三訥訥地說不出話來，沈二夫人和沈三夫人更加不敢多話。

靖安伯嘆了口氣，知道自己是留不住他們了，唯有無奈地點頭。「既如此，便分吧！」

許是心裡存了幾分愧疚，加上靖安伯並沒有苛刻他們，又或是怕得罪了沈昕顏，總之，對靖安伯提出的分家方案，兩人並沒有太多的意見，故而這家分得也算是順利。

「二妹妹，並非二哥——」

「既然都分清楚了，我也不妨礙兩位兄長回去整理收拾，就此別過吧！」沈昕顏打斷他的話，福了福身子，淡淡地道。

沈老二欲言又止，知道今日許是將她得罪了，只得無奈地搖搖頭，帶著妻子離開了。

見沈老二吃了癟，沈老三自然也不會自討沒趣，總歸今日的目的已經達到了，再留下也沒什麼意思，說不定哪日還被長房連累得一無所有了呢！

「我叫他們來，本來是想跟他們說，印子錢一事已經過去了。昨日黃大人來尋我，說是魏世子尋到了有力的證據，證明此事與我們靖安伯府無關，還將那些證據都交還給了我。不管這私底下的真相如何，但至少，咱們伯府算是保住了。」靖安伯長嘆一聲，悶聲道。

魏雋航尋到了有力的證據？沈昕顏心中一動。

「大哥這輩子一事無成，但能看到妳嫁得良人，世子待妳這般上心，我也總算是放心了。大長公主與國公爺都是厚道之人，只妳身為人媳，萬事都要以夫家為重，母親這裡有我看顧著，妳便安心回去吧！」靖安伯沒有注意她的表情，嘆息著又道。

哪家婆婆能許媳婦隔三差五便往娘家跑的？大長公主做到這分上，也是相當難得了。還有魏世子，不聲不響地私底下做了這麼多事，替他們沈氏一族度過了危機，如此大恩，只怕此生無以為報了！

沈昕顏多少也明白他的心思，只是心裡因為魏雋航所為帶來的觸動更大，聞言也只頷首應下，又不放心地去瞧了瞧沈太夫人，見她仍然睡得安穩，叮囑了侍候的婢女幾句，這才吩咐下人準備車馬回府。

坐上回府的馬車裡，也不知今日是什麼日子，車駕行駛得相當慢，春柳著人一問，方知前方路口聚集了不少百姓。

「彷彿是說岳平縣那邊送來了萬民請願書，請求陛下處死誠王，以慰亡者之靈，百姓正議論紛紛呢！」春柳小聲回道。

萬民請願？沈昕顏有些意外。「只怕陛下未必會准。」她搖搖頭道。

先帝過世前曾遺命當今天子要善待諸位叔伯，此事早就被宣揚得人盡皆知，故而哪怕誠王罪過滔天，迫於先帝遺命，陛下最多也不過是將他圈禁起來。

春柳不解。「可是這麼多百姓請願……前頭還有當年死難者的親人，跪在路邊請求行人支持呢！」

沈昕顏揉揉額際，嘆息道：「且先瞧瞧宮裡的意思吧！」

此事鬧出來，朝堂必會有一番爭議，哪怕她一個內宅婦人，也能想到朝臣們的爭執。無非分為兩派，一方死守先帝遺命，一方堅持順應民意。就是不知最後哪方會得勝了？

因路上堵塞，待回到國公府時，足足比平常多花了兩刻鐘。

循例，她先到大長公主處問安，一一回應了大長公主對沈太夫人的關切，離開前，迎面遇到方氏，彼此間客氣地見了禮，並無二話。

日前周老夫人——周首輔生母病逝，依制，周首輔需守孝三年，如此一來，也算是徹底斷了平良侯盼著憑藉他之力，回歸朝堂的希望。

滿腔希望回京，到頭來卻是竹籃打水一場空，平良侯夫婦及方氏心中的憋屈可想而知。更讓方氏絕望的是，曾經被她們婉拒了的徐府，徐尚書憑藉著威望及天子的重視，已經準備入閣了！什麼叫撿了芝麻丟了西瓜，如今便是了。

沈昕顏回到福寧院正房時，進門便見魏雋航正將蘊福抱在懷裡，握著他的小手教他作畫，一旁的魏承霖不時插幾句話；魏盈芷托著下巴，一會兒看看爹爹，一會兒又望望哥哥，最後將視線落在蘊福的那幅畫上。

心裡因為娘家諸多煩心事而帶來的鬱悶，彷彿一下子便煙消雲散了。

「母親！」魏承霖率先發現了她，忙迎了上前。

沈昕顏看看他吊在脖子上的胳膊，關心地問：「今日可換了藥？傷口癒合得怎樣？」

「已經換了，太醫說癒合得不錯，再休養一陣子便好。」自傷後一直住在福寧院，難得的是英國公也沒有表示反對的意思，魏承霖只覺得這段日子是他這麼多年來最舒心的。

有隨和的父親、溫柔的母親、可愛的妹妹，還有乖巧的蘊福，雖然兩個小鬼有時候挺煩人的，可是看著他們吵吵鬧鬧，不過片刻的工夫又和好，他便覺得頗有意思。

更有意思的是，越哥兒每回捉弄蘊福，妹妹便像隻護短的小貓炸起了毛，三人又是一番鬧，鬧得半晌，待秋棠喚一聲「吃點心了」，便立即安靜下來，一溜煙朝著秋棠跑去。

他今日才知，原來小孩子都是這般貪嘴逗趣的！

而此時的魏盈芷與蘊福也看到了她，連忙圍了上前，左一句「夫人」、右一句「娘親」地喚，屋裡頓時好不熱鬧。

沈昕顏耐心地聽著女兒吱吱喳喳地說著她今日又學了什麼繡法，還差多少便又可以繡好給祖母的帕子了；蘊福則搖頭晃腦地學著先生的模樣對她背著新學的詩。

雖然這段日子已經看過很多回了，但是看著這兩個小鬼頭這般逗趣，魏承霖還是止不住想笑，不過心裡還是有些羨慕。他小的時候可沒有機會將學到的詩對母親背一遍。

哄好了兩個小的，又陪著他們說了會兒話，這才讓魏承霖領著他們到外頭玩。

「今日怎的這般早就回來了？岳母大人的病情如何？可有好轉？」鬧騰的小傢伙們終於離開了，魏雋航才有機會與沈昕顏說起體己話。

「母親的病還是老樣子，只今日卻多吃了半碗粥，瞧著精神還算不錯。只是府裡頭……」沈昕顏輕嘆一聲。「幾位兄長把家給分了。」

魏雋航愣了愣。在沈太夫人病重的時候分家？他自然相信此事絕不會是靖安伯提出的，想必是二房和三房那兩位提的吧？娘家兄弟如此涼薄，難怪夫人心情鬱鬱。

他環著沈昕顏的肩，安慰道：「分便分了吧，心都不在，強留下來也沒意思。」

「我也是這般對大哥說的。既然二哥和三哥都已經生出了這樣的心思，倒不如便如了他們的願，也免得將來還要落個埋怨。」

「確是這個道理，妳能這般想便好。」

「對了，我聽大哥說，是你私底下搜集了證據，證明伯府與私放印子錢一事無關？」想到兄長說的那件事，沈昕顏轉過身來對著他，緊緊盯著他的雙眸問。

魏雋航不避不閃，坦率地道：「是啊，是我幹的！」

他這般乾脆地承認，沈昕顏倒不知該說什麼好了，唯有呆呆地「喔」了一聲。

見過溫婉的她、生氣的她、鬱結的她，甚至是俏皮的她，可卻從來沒見過她這般傻傻呆呆的樣子，魏雋航心裡喜歡得不行，忍不住伸手在她臉上捏了捏。

這傻傻呆呆的模樣，與盈兒那丫頭倒有些相像，果然不愧是母女，連發呆都這般可愛惹人憐。喜滋滋地想著，趁著沈昕顏還沒有反應過來，又湊過去在她臉上「啾」了一記，這才笑咪咪地看著她終於回神。

沈昕顏的臉騰的一下便紅了，捣著被他親到的地方，羞赧難當地道：「你、你做什麼呀？人家好好跟你說話呢！」真是的，兩輩子的夫妻了，怎麼不知道他還有這般無賴的一面？

魏雋航哈哈一笑，生怕她羞到極點便會惱，忙環著她安撫道：「好好好，那妳還有什麼想說的？說出來我一併回答了。」

沈昕顏在他肩上捶了幾下，見掙脫不開，便也隨他了。再想想回府路上聽到的那些事，她又問：「我聽說岳平縣百姓上了萬民請願書，請求陛下處死誠王？」

「確有其事。」魏雋航的下頷抵在她的髮頂處，鼻端縈繞著髮上的淺淺馨香，懶洋洋地回答。

「那你覺得陛下可會允了他們所願？」

「會！」

斬釘截鐵的回答，讓她愣住了。

「會？你是說陛下會處死誠王？可是先帝的遺命……」她懷疑地問。

當然會，如若不會，那他們這麼多年來的辛苦豈不是白費了？魏雋航暗道。不過這些事就沒有必要說出來讓夫人吃驚了。

「事在人為，只要想做，總會有辦法的，妳且等著瞧便是。」

沈昕顏狐疑，不過聽他這般一說，不知為何她下意識地就相信了。

「險些給忘了，遲些日子還要到首輔府去呢！」沈昕顏猛地記起首輔府的白事，一起身，只聽「哎喲」一聲，瞬間便見魏雋航抱著下巴，痛得眼淚都快要飆出來了。

「對不住、對不住！都怪我一驚一乍的。」

「嘶……不、不要緊。」夫人給的，便是再痛也不能說啊！

這般用力地撞上去又哪會不痛？沈昕顏自然不信他的鬼話，正想吩咐春柳取藥來，魏雋航一把拉住她。

「多大點兒事，還要上藥？讓盈兒那丫頭知道了還不定怎麼取笑呢！」

沈昕顏仔細看看被撞到的地方，除了有些紅之外倒也沒有什麼，又聽他這般說，沒好氣地嗔了他一眼。

「這周老夫人去得倒也是時候，陛下還想著要不要一直讓周首輔這般病著呢？如今不用想了，守制三年，三年後是什麼光景，那就不是他周首輔所能預料的。」一痛意緩解後，難得夫妻二人這般靜靜地坐著說話，魏雋航一邊把弄著沈昕顏的衣帶，一邊閒閒地道。

沈昕顏對朝堂之事無甚興趣，聞言也只是「嗯」了一聲便再無話。

隨即，她便想到了一件事——周首輔要守制三年，那身為周家子孫的周懋一房豈不是也要回京了？

這輩子改變的事太多，她已經無法再沿著上輩子的記憶去猜度日後之事了。

雖然想到或許又要對上那一家人，不過心裡已經不會再有那種如臨大敵之感，哪怕心裡還是恨的，但是至少不會如上一回時那般激動。

這輩子已經改變了那麼多，她也該有個不一樣的人生，不該再被那家人左右情緒。

想明白這點，她重又低下頭去，認真地疊著女兒的小衣裳。

隔得幾日，朝堂上便傳出消息，元佑帝堅持謹守先帝遺命，不肯賜死誠王。他剛放了話，另一封萬民書又被八百里加急送了上來，不只是岳平縣，甚至連周邊的縣城百姓也上了萬民請願書，請求陛下賜死誠王，以告慰無辜亡靈。

元佑帝仍是不允，只道人無信則不立，先帝遺命不能違。

再接著，大理寺那邊又查出誠王當年帶兵征戰時，曾以百姓人頭充數冒領軍功。頓時，朝堂一片譁然，民怨滔天，萬民書一封又一封地呈到御案上。

可元佑帝仍是堅持「先帝遺命不能違」，為此，就著是「守遺命」還是「平民怨」，朝野上下展開了激烈的爭論。

沈昕顏縱然無暇理會外間事，也從丫頭、婆子口中得知，如今整個京城到處都在開辯論會，你來我往、口誅筆伐，各不相讓。

她有些不解，但好像又有些明白。

「如今各處酒樓、飯館，凡是能聚人的地方都在辯論，個個都爭得面紅耳赤，只恨不得將對方說趴下來。沒想到平日瞧著文質彬彬的書生公子，吵起架來，與街頭的大嫂、大嬸們也沒什麼兩樣，瞧著可有意思了！」夏荷眉飛色舞地說著她今日所見。

「竟將滿腹經綸的讀書人比作罵街的婦人，妳這丫頭，小心犯了眾怒！」沈昕顏好笑地道。

夏荷吐吐舌頭，哧溜一下便跑掉了。

魏雋航不以為然地道：「這比喻倒也沒錯，這讀書人吵起架來，不定比罵街的婦人還要厲害呢！」

也虧得皇帝表兄能想得出這樣的招數，只怕辯到最後，便是「皇帝揮淚斬皇叔」了。

果然，隔得小半個月，元佑帝在朝臣及眾位當代大儒的再三請求下，痛哭著下旨賜死了誠王，當年參與造就趙全忠冤案的一眾官員無人倖免，不是斬首便是流放，嚴重的還被抄家。

元佑帝深感自己違背了先帝遺命，隨後下了罪己詔，更欲起駕前往皇陵向先帝告罪。一眾朝臣跪了滿殿，懇請陛下收回成命。元佑帝一再堅持，最終在朝臣三番四次的勸阻之下，改為齋戒三月。

轟轟烈烈的岳平山慘案及趙知府冤案，到此正式落下了帷幕。

而當今天子寧願自己受違背先帝遺命之罪，亦要為民申冤的一連串舉動，得了百姓愛戴、百官敬服、清流學子誇讚。一時間，聲望達到空前地步。

對此，魏雋航不得不對金鑾殿上的那位寫個「服」字！

而掛起了白布的周府，也迎來了一批又一批上門弔唁的賓客。

沈昕顏自然亦在其中。

周老夫人病逝，周首輔守制三年，便相當於提前退出了朝堂，曾經盛極一時的首輔府，在滿室白布的映襯下，不禁生出幾分淒涼來。

周首輔未至知天命之年，正是應該在朝堂上大放光芒的時候，如今除非天子奪情起復，否則便要等三年之後才有重回朝堂的可能。

可是哪怕到時重回朝堂，他還能官至首輔嗎？

大長公主身分貴重，這樣的場合也輪不到她出面，故而這次到周府弔唁，還是沈昕顏妯娌三人。

若是尋常人家，方氏未必會出現，可因為這次是她嫡親妹子的夫家，加上最近平良侯府一連串的不順，她也迫切想與方碧蓉商量著日後之事，順帶著探一探這周府的去向。

落了進二門的青布小轎，也真是巧了，剛好平良侯夫人亦是這個時候下轎，幾人自又是一番客氣。片刻之後，沈昕顏和楊氏由周府的侍女引著到了廳裡，而方氏與平良侯夫人則由方碧蓉的侍女香兒領著離開。

更巧的是，侍女剛引著沈昕顏進了廳，迎面而來的便是周府的大夫人溫氏。

溫氏見是她，上前見了禮。「世子夫人。」

沈昕顏客氣地回了禮，一會兒便有丫頭來回溫氏，說是東廳那邊缺了茶盞，二夫人讓人來回她。

溫氏道了聲「失陪」，便急匆匆地離開了。

沈昕顏了然地望了一眼她離開的方向。

看來這周府的內宅爭鬥已經開始白熱化了，連帶著此等重要的場合，居然還弄出這種不應該出現的差錯。也不知過世了的周老夫人看到這一幕，會不會氣活過來？

「如此場合，竟連個茶盞都得找上主子出面，這周府內宅到底亂成什麼樣了？」楊氏咂舌。那首輔夫人呢？竟然也不管管，這讓賓客們瞧見，得多丟臉啊！

「妳沒瞧著這偌大的廳裡，作陪的主人家還是未出嫁的府中姑娘嗎？這是怎麼了？老夫人這才剛過世，這府裡內宅就亂成這般模樣了？」

有婦人的議論聲傳到耳邊。

「如今老夫人過世，闔府男子都要守制，陛下也沒有奪情旨意，這周家人哪，心裡著急，這一急，也就亂了唄！」

「聽妳這般一說，也有幾分道理。」

「方才那位是首輔夫人的大兒媳吧？聽說是庶女出身？真真好模樣，瞧她那身段，還真看不出已經是幾個孩子的母親了！」

「庶女若沒個好顏色，能嫁得進首輔府嗎？」

「人家如今也是正兒八經的知府夫人了，隨夫在外，又沒有上頭婆婆盯著，左右妯娌又不能給她添堵，這日子過得舒適著呢！」

「可如今這一回府，真真是兩眼一黑，像個瞎子一般，一不小心便會踩坑，難怪這內宅會亂成這般模樣……」

周圍的竊竊私語不停地響著，沈昕顏低頭啜著茶水，心裡也是一陣嘆息。

外頭差事沒了，自然在內裡爭起來。這溫氏雖是庶媳，可到底占了個「長」字，而周老大的官職也不算低，若是想爭上一爭，也未必爭不過來。

至於周府嫡系，最大的兩個靠山，一個是周首輔，一個是周皇后，如今兩個都是泥菩薩過江，哪還顧得上府裡這婆媳間、妯娌間的爭鬥。

沈昕顏與楊氏坐了半晌，又與在座的數名夫人閒聊了幾句，便見方碧蓉帶著侍女走了進來，而平良侯夫人及方氏母女倆隔得片刻才進門。

看來是由方五夫人方碧蓉作陪了。

沈昕顏了悟，就不知這是方碧蓉自動請纓，還是周府內宅爭鬥後的妥協之舉？

「好些日子不見，世子夫人一向可好？」方碧蓉行到她的跟前，含笑問候。

「託五夫人的福。」

沈昕顏見她氣色頗好，周府的下人待她的態度也算是恭敬，瞧來在府裡的日子並不似楊氏曾經以為的那樣難過，這讓一直等著看她笑話的楊氏頗為失望。

再看著她應對得體，舉止大方有禮，對著滿堂比她年長、比她有品級的誥命夫人也絲毫不顯怯，不過片刻的工夫，倒是得到了不少誇讚。

準備離開的時候，因方氏臨時想起還有事要交代妹妹，遂滿臉歉意地拜託她與楊氏稍等片刻，這才急急去尋方碧蓉。

引路的周府侍女見狀，便引著她們到不遠處的涼亭處稍作等候。

反正又沒有別的什麼事，沈昕顏並無不可，楊氏亦然。

片刻，小姑娘特有的清脆軟糯聲音在不遠處傳了過來。沈昕顏望過去，便見數名約莫七、八歲的小姑娘從花樹下轉了出來，看著幾人的打扮，猜測著或許是府上的姑娘，直到看見一張熟悉的臉龐，她才肯定了這個猜測。

因在喪期之故，那幾名小姑娘的穿著打扮都比較素淨，儘管如此，沈昕顏還是一眼便認出了當中的周莞寧。

皆因在這些孩子裡頭，周莞寧的容貌著實太扎眼，彷彿是一顆散發著瑩潤之光的明珠，輕易便將周圍人的視線吸引了過去。

尤其是她身上那股柔美的氣質，天生適合作此素雅簡單的打扮，如今雖然年紀尚小，可也漸漸顯出幾分長大之後的姿容來。

「那小姑娘長得這模樣，嘖嘖，再過些年，滿京城的姑娘都要被她給比下去了！」便是一向有幾分刻薄的楊氏，也發出一陣驚嘆。

沈昕顏笑笑，又再度望過去，便發覺周莞寧孤孤單單地走在另一邊，其餘幾名小姑娘或是手拉手，或是緊挨在一起咬耳朵，明顯地將她排擠出去。

對此，她也並不意外。

她這個「兒媳婦」一向沒有什麼朋友，便是初時勉強稱得上是「朋友」的，到後來也總會因為這樣、那樣之事而漸行漸遠。

她收回視線，低著頭，拂了拂不知何時飄落在裙面上的樹葉，突然聽到身邊的楊氏「呀」的驚叫出聲。

她陡然抬頭，沿著她的視線望過去，竟然見周莞寧跌落至一邊的池子裡。

那池子不算大，可對一個七歲的小姑娘來說，也不是輕易能爬得上來的。

她「呼」的一聲站了起來，卻又見不知從何處竄出來一個男孩子，「撲通」一聲跳入池中，硬是將在池裡掙扎撲騰的周莞寧給拉了上來。

而早前與周莞寧一起的那幾個小姑娘，早在看到她落水時便尖叫著跑開了。

自有聽到異響的周府下人趕過來，將渾身濕透了的周莞寧抱了下去。

沈昕顏緊緊地盯著那名救了周莞寧的男孩子，見他不以為然地衝一名管家打扮的中年男子擺擺手，片刻，又像是嘀咕了一句什麼話，然後飛也似的跑掉了。

「嘖嘖，這周府的家教著實太差了，小小年紀便能對自家姊妹下手，若是長大了還得？」從頭到尾目睹全部過程的楊氏，有些不屑地撇了撇嘴。「二嫂妳說是吧？」說完，她又碰碰沈昕顏的胳膊。

「什麼對自家姊妹下手？」沈昕顏已經回神，不解地問。

「原來妳沒瞧見啊？那位長得最出眾的小姑娘，是被最高的那一位給推下去的。」楊氏解釋道。

沈昕顏有些意外，但好像又不是很意外。

「我看啊，八成是嫉妒人家小姑娘長得比她好看！」楊氏直接下了結論。

沈昕顏覺得，她這個理由真的太有說服力了。

「讓兩位弟妹久等了，抱歉，咱們這便回府吧！」方氏尋了過來，一臉歉意地道。

「無妨無妨，妳們姊妹好些日子沒見，自然有說不完的悄悄話，反正我與二嫂也沒有什麼要緊事，略等片刻也沒什麼。」楊氏意有所指。

方氏只當沒有聽到，歉意地笑了笑，妯娌三人便啟程回府。

馬車才駛出一段距離，忽聽車外傳來了一陣陣喧譁之聲，隱隱聽到好像有人在說有聖旨到。

「有聖旨？難不成陛下下旨奪情起復？」楊氏下意識便道。若是如此，那長房和那方碧蓉也太好運氣了吧！

方氏心思一動，同樣想到了這個可能。

沈昕顏並沒有在意楊氏的話，腦子裡一直想著方才救起周莞寧的男孩。

因距離比較遠，她並不是看得太清那孩子的容貌，只知道是一個年紀與她的兒子差不多的孩子，瞧著那身打扮，看來也是大戶人家的小公子。

「居然不是對首輔大人奪情，而是對他那位庶長子？這樣一來，這周府闔府不就只有這位庶長子一人仍在朝堂上了嗎？」

「這首輔府的天要變咯！」

許是車馬、行人太多，馬車駛得有些慢，以致車外行人的議論聲也透過窗，傳了進來。

方氏的臉在聽到這些話時頓時就變了，而楊氏的臉色則有些古怪，像是想笑，但又很努力地憋住。

沈昕顏自然也聽到了，略微有些詫異，不過也就那麼一瞬間便平靜了下來。

上輩子的周懋也是官運亨通，偌大的一個周府，以周首輔丁憂為轉捩點，自此便是庶出的長房逐漸壓下嫡系，成為周府最大的贏家。

而今日那些還刻意針對周莞寧的周家其他姑娘，將來殘酷的現實會教會她們做人。曾經她們最瞧不起的周莞寧，將會是她們日後努力想要巴結的對象。

官至三品卻寵女如命的父親、前程光明猶如護妹狂魔的兄長、身為天子近臣卻愛妻無限度的夫君、象徵祥瑞的龍鳳雙生兒女，以及超一品的國公夫人誥命。

周莞寧，未來將會成為全京城夫人、小姐們羨慕嫉妒的對象。

縱是對她仍舊喜歡不來，沈昕顏也不得不承認，此女確乃天之寵兒，福氣滿滿。

「太夫人、夫人，快走，逆賊朝這邊來了！」

「滾，妳給我滾下去！」

「不，母親……不要……」

策馬而來的戎裝男子，緊緊地抱著懷中哭叫著掙扎的年輕女子，濃濃的白霧襲來又散去，男子的容貌越來越清晰……

沈昕顏驟然驚醒。

她終於想起來今日救了周莞寧的是何人了！便是日後周莞寧的愛慕者，她兒子最大的情敵——鎮國將軍長子慕容滔。

自來絕色佳人總會有不少的愛慕者，周莞寧自然也不例外。

上一輩子，她的兒子可是歷盡千辛萬苦才最終抱得美人歸，自此愛若珍寶，眼裡、心裡再容不下其他人。

她揉揉額際，緩解突如其來的頭疼。

同樣身為女子，她並不認同那等「紅顏禍水」的說法，可身為一個母親，看著兒子幾乎快要折損了所有的驕傲，只為了從「千軍萬馬」中殺出來，迎娶他心悅的那名女子，平心而論，她的心裡是相當不舒服的。

更讓她不悅的是，周莞寧的桃花運，便是在她成婚後仍然斬不斷。不過，縱使因此相當不喜她，可她也無法違心地將「不守婦道」、「招蜂引蝶」這樣的詞安在她的身上。

因為，有些女子便是什麼也不做，僅僅是露了個臉，也能引得男兒為她折腰。

她突然覺得頭更疼了。

「怎麼了？是不是頭疼？」被她驚醒的魏雋航一見她這模樣便急了，就要起身喚人請大夫。

沈昕顏連忙阻止他，拉著他的大掌按在額際處，軟軟地道：「不必勞師動眾，你幫我按捏片刻便好了。」

「頭疼之事可大可小，不能這般輕視。」魏雋航不贊同，可雙手卻已經自動自覺地取代了她的動作，掌握著力度幫她按捏著。

「若是驚動了她們，這大半夜的誰也別想睡了，你幫我按按便好。」沈昕顏靠在他胸膛上，喃喃地道。

魏雋航便有再多的不滿，在看到她這副帶著依賴的柔順模樣時也說不出了。

「世子。」

「嗯？」

「當年你要娶我，母親初時應該並不同意吧？」也許是身邊這人太令她安心，也許是被夢到的前世事所觸動，她合著眼眸低低地問。

「怎麼會！母親聽聞我要娶妳，不知有多高興！」

「騙人，母親的性子我還不瞭解嗎？況且，以那時我們伯府裡的情況，母親又怎會瞧得上靖安伯府的姑娘。」沈昕顏輕聲反駁。

魏雋航啞然失笑。「妳便這般小瞧自己？」

「不是小瞧自己，只是知道高門大戶擇媳，除了品行，門當戶對也是少不了的。我雖出身伯府，只父親早逝，府裡境況大不如前，兄長又不是個多出息的，如何能入得了大長公主的眼？」沈昕顏拉下他替自己按捏額際的手，在他懷裡翻了個身，臉蛋蹭蹭他的胸膛，打了個呵欠，緩緩地道。

「可是，妳也要知道，我雖乃母親親子，卻非承襲爵位的長子，況且又素有頑劣的名聲，母親只求我能早早娶妻，以便能有個人管束我，又哪會看重女方家境門第如何？」魏雋航被她蹭得身子都快發麻了，親親她的髮頂，輕笑著道。

沈昕顏想了想，覺得挺有道理的，也不禁低低地笑了起來，戲謔道：「是啊，你可是有名的紈袴子呢！」半晌，她又問：「若是將來霖哥兒想娶的姑娘，我一點兒也不喜歡，那可怎麼辦？」這個問題，上輩子她沒有機會問他，這一輩子，她卻想聽聽他的答案。

「那就說服他不娶唄！」魏雋航不以為然，順手拉高錦被蓋在她的身上，免得她著涼。

「若是他堅持呢？」沈昕顏追問。

「那就再瞧瞧看。」

「怎麼瞧瞧看？」沈昕顏不死心地再問。

魏雋航打了個哈哈，裝聾作啞地在她唇上飛快親了一記，然後趁她還未反應過來，一把摟住她，「呼啦」一聲扯上被子，將兩人從頭到腳蓋了起來。

「夜深了，該睡了、該睡了，明日還要早起呢！」

沈昕顏如何不知他不過是逃避自己的問題，有些氣結地輕捶他一記，不依地嘟囔。「就會呼嚨人家！」

黑暗當中，魏雋航笑聲愉悅，湊到她的耳邊，嗓音低啞卻又帶著一絲誘人的味道。「妳管兒子將來要娶誰，反正這輩子陪妳到老的又不是他。」說完，將她拉入懷中緊緊抱著，再親親她的額頭。「該睡了。」

沈昕顏的臉蛋緊貼著他的胸口，聽著裡頭平穩有力的心跳聲，突然就生出一種巨石終於落地的感覺，覺得這世上好像再沒有什麼可令人煩憂之事……

然而，現實告訴沈昕顏，這真的是她的錯覺，這世上還是有能讓她煩憂之事。

比如，她那個樂當棒頭槌的女兒。

「越哥兒，你又欺負我家蘊福！」魏盈芷如同炸了毛的小老虎一般，握著小拳頭就要往外衝。

沈昕顏只覺得頭又開始疼了，快走幾步上前，一把抓住她的小胳膊，死死地將她拉住了。

「娘，您瞧，他又欺負蘊福了！」小姑娘氣憤地脹紅著一張小臉，指著不遠處正纏在一起「打架」的魏承越和蘊福，大聲告狀。

「妳沿著這迴廊跑幾圈，待我叫停了，我便替妳教訓越哥兒，打他板子，罰他不能吃點心，還將他那份點心給蘊福，如何？」沈昕顏耐著性子道。

魏盈芷望望外頭暫時未落下風的蘊福，想了想。雖然不明白為什麼娘親要讓她跑圈圈，不過有娘親在，越哥兒待會兒一定會吃教訓的！便點了點頭，老老實實地開始跑了起來。

沈昕顏虎著臉看看她，又望望外頭越打越興起的兩個小傢伙，雙唇抿得緊緊的。

一圈，又一圈，待跑完兩圈後，小姑娘的速度明顯已經大幅下降，氣喘吁吁，圓圓的臉蛋紅通通的，額頭上是一圈又一圈的汗漬。

見外頭本是打在一起的兩個小傢伙已經累得坐在了地上，沈昕顏再看看女兒，這才招呼她過來。

接過秋棠遞過來的帕子，仔仔細細地替女兒擦去汗漬，又替她擦擦手，這才指著那兩個坐在地上哥倆好地勾肩搭背、正在嘻嘻哈哈的小傢伙們道：「妳瞧他們，還需要娘去教訓越哥兒嗎？」

魏盈芷瞪大了眼睛，像是不敢相信自己所見到的。明明方才越哥兒還那樣壞地欺負蘊福呢，蘊福怎麼會和他這般好？

「你們倆過來！」沈昕顏朝著兩個小泥猴招招手，魏承越與蘊福一聽，麻溜地爬了起來，屁顛屁顛地跑過來。

「二伯母！」

「夫人！」

「你們方才在做什麼呢？」沈昕顏又替他們擦臉擦手，耐心地問。

「我們練武呢！瞧瞧誰的功夫厲害！」魏承越有些得意地揚了揚小拳頭。「事實證明，還是我厲害一些！」

「下回，下回我一定可以贏你！」蘊福不服氣地道。

「下回照樣把你打趴下！」魏承越雙手插腰，仰著腦袋瓜，一副睥睨天下的模樣。

蘊福脹紅著小臉，朝他哼了一聲。

沈昕顏吩咐秋棠將他們帶下去換身乾淨的衣裳，這才回過頭來，板著臉教訓女兒。「知道妳錯在何處了嗎？」

魏盈芷撲閃著眼睫，懵懵懂懂地看她，又望望快活地跟著秋棠離開的那兩個小身影。

沈昕顏嘆了一口氣，半蹲在她的跟前，替她正了正有些歪了的頭花，溫柔地道：「越哥兒只是和蘊福比試武藝，可妳一看到他揮拳打蘊福，便不分青紅皂白地要衝上去教訓他，妳覺得，自己這樣是對的嗎？」

魏盈芷紅著臉，蚊蚋般道：「不對。」可下一刻，她又有些不服氣地道：「可是、可是，我又不知道他們在比試……」

「對呀，妳甚至還不知道真正的原因，便忽刺刺地要衝上去。這萬一被妳打到了越哥兒，越哥兒冤不冤？委不委屈？蘊福又會高興嗎？」

魏盈芷吭哧吭哧的，再說不出話來。

「妳會維護自己身邊的人，這很好，只是，凡事不能只看表面，也不能一味地認為是妳護著的那個人被欺負了。假若有朝一日妳看見越哥兒和妳三姊姊打架，妳會幫哪一個？」

「當然是越哥兒了！」魏盈芷毫不遲疑地回答。她最最討厭三姊姊了！

沈昕顏毫不意外她的回答。

自從這丫頭和魏敏芷打過一回架後，雖然在兒子的「坐鎮」之下彼此道了歉，但梁子到底還是結下了，每回見了面，雙方都是先從鼻子裡哼出一聲當作打招呼。

所幸兩人也就只是嘴巴上不饒人，再沒有其他出格的行為，所以不管是大長公主還是她和方氏，全當不知道。

「可如果是越哥兒先欺負三姊姊，三姊姊迫不得已才還手的呢？」沈昕顏又問。

「這個……」魏盈芷為難地皺著小臉。

「所以，盈兒，不管做什麼事都不能衝動，也不能被表象蒙蔽了妳的眼睛。如今妳還小，一時不明白娘說的這些話也不要緊，只記住，日後再發生一些讓妳很生氣、很生氣的事，記得先去跑幾圈，待覺得心裡不那麼氣了，再好好想想，什麼是對的、什麼是錯的，可好？」

魏盈芷似懂非懂地點點頭。

沈昕顏也沒有想過一下子便能教會她，見她乖巧地點頭應下，便微微一笑，捏捏她的圓臉蛋，道：「跟春柳去換身乾淨的衣裳，再跟娘到妳祖母處去。」

「好——」魏盈芷眼睛一亮，拖長尾音回答，隨後蹦蹦跳跳地跟著春柳離開了。

周首輔不是蠢人，天子下旨奪情起復，足以見得他的這個長子，這些年來一直在替陛下做事，陛下對他的信任遠比自己這個當朝首輔要多。

偏偏這麼多年來他一直放任著嫡妻打壓這個庶長子，便是他自己，也為了扶植嫡子多次，而對身陷困境的他置之不理。父子之間雖未至於到形同陌路的地步，但要說什麼父子感情，那就薄弱到幾乎可以忽略不計了。

忽地又想起早前他與魏雋航做的那樁交易，身子驀地晃了晃，終於明白他最後那記意味深長的眼神是什麼意思了。

那是一種看傻子的眼神！

「老爺！老爺，大事不好、大事不好了！」府上大管家驚慌的叫聲伴著他急促的腳步聲在外間響起。

他努力將喉嚨的那陣腥甜給嚥下去，斥道：「大呼小叫的成何體統！」

「老爺，不好了！陛下剛剛下了聖旨，以元配正妻之禮迎瑞王妃回宮！」

周首輔「騰」的一下從太師椅上彈了起來，還沒來得及說什麼，一口氣提不上來，「咚」的一聲便倒了下去。

「老爺——」

早前瑞王妃還活著的傳言已經滿天飛了，只是一直沒有得到證實，也沒有人敢向元佑帝求證，故而此事便一直真真假假地傳著。

如今這一道聖旨，便已經明明白白地說明了早前那些並不是流言。當年的瑞王妃還活著，並且即將被元佑帝以元配正妻之禮迎回宮中。

皇帝的元配正妻，那不就是皇后嗎？如此，置宮中的周皇后於何地？

頓時，便有朝臣當場表示此事萬萬不妥。宮中已有皇后，再以皇后之禮迎回瑞王妃，豈不是亂套了？這回若以元配正妻之禮迎了趙氏進宮，下一回是不是就該周皇后讓賢了？周皇后正位中宮多年，從未聞有失德，難不成就因為趙氏死而復生，這皇后就要被廢？

自然，也有朝臣不以為然。瑞王妃本就是陛下的元配正妻，以元配正妻之禮迎回來又有何不可？

兩邊當即各不相讓，誰也不服誰。

只是元佑帝早就打定了主意，又豈容朝臣反對？他根本不予理會，直接便下旨。

一時間，朝野譁然，目光齊唰唰地落到了周府上。

陛下這一出可是明晃晃地打周皇后和周府的臉啊！

眾人都等著周首輔出面，哪想到此時的周首輔早已是有心無力，徹底病倒在床了。

沈昕顏聽聞這個消息時也嚇了一跳。沒想到今上居然真的這般大張旗鼓地迎回瑞王妃。

只是……元配正妻之禮？她搖搖頭。雖然京裡有不少婦人、小姐私底下暗暗說著陛下對瑞王妃的情深，不管朝臣如何反對，都堅持給她元配正妻應有的體面，可她卻是不以為然。

以正妻之禮迎回去又如何？迎回去之後呢？又該如何安置？如今陛下的正妻已經另有其人，周皇后便是有千般不好、萬般不是，她的皇后之位卻是陛下自己親自冊封的。

甚至，結合早前關於瑞王妃還活著的傳言，她有理由懷疑，陛下其實一直知道瑞王妃並沒有死。如果是這樣的話，造成今日瑞王妃這般尷尬局面的不是別人，正是他自己。

當然，這些也不過是她的猜測，她自然不會對旁人說，況且帝后與瑞王妃之事，也不是她可以置喙的。

無論旁人如何反對，最終，在欽天監擇定的黃道吉日，瑞王妃趙氏還是以皇后之禮被隆重地迎了進宮。

如同所有人預料的那般，為著瑞王妃的位分，朝堂上再度展開了激烈的爭論，畢竟，皇后之位只有一個，而皇帝的「正妻」卻有了兩位，此二人以誰為尊，真真是公說公有理、婆說婆有理，誰也說服不了誰。

有的認為瑞王妃乃先帝賜婚的元配嫡妻，朝廷名正言順的瑞王妃，瑞王殿下繼位為帝，自然妻憑夫貴，理應為后。而周皇后本就不過瑞王側妃，當年誤以為正妃過世才會封后，如今正妃歸來，皇后之位自然該歸還原主。

有的則堅持皇后乃一國之母，豈能說換就換？不管當年是怎樣的陰差陽錯，既然如今周皇后已為中宮，又素無過錯，豈能輕言廢位！

雙方各不相讓，直吵了個面紅耳赤。

這些事，魏雋航是在與沈昕顏夫妻閒話時說出來的，沈昕顏也只是聽著，並沒有太過於放在心上。這皇后是姓周還是姓趙，都與她毫無瓜葛。

她也是這般對魏雋航說的，魏雋航聽畢哈哈大笑，用力在她臉上親了一記。

沈昕顏捣著臉，嗔怪地瞪了他一眼。

「不過說起來，瑞王妃的命也太苦了些。趙府……唉，好端端的一個家，因為奸人所害，便這般散了。」想到被冤死的趙知府及趙氏一族，沈昕顏不由得嘆息。「也不知趙府還有沒有後人？」

「陛下已經全力在尋找趙府後人了，想必過不了多久便有消息傳回。只是，趙全忠這一脈怕是斷了，只看看能不能從旁枝中過繼，以維繫香火。」魏雋航輕撫著她的長髮，並沒有瞞她。

「都過去這麼多年，估計也難了。那趙知府難不成便沒有嫡親孩兒嗎？」沈昕顏又問。

「曾有一個獨子，只不過也隨著趙少夫人一起歿了。」說到那個孩子，魏雋航有些惋惜。

要是那個孩子能活下來該有多好啊！

可是，那樣高的山崖，連趙少夫人都殞了命，那樣一個小團子又豈能逃得過生天？只怕早已隨著那些一直沒有尋到的忠僕歸入塵土了。

「世子，來福來稟，說是國公爺尋您呢！」夏荷進來稟報。

一聽老爺子找，魏雋航慌不迭地起身，迅速正正衣冠，扔下一句「我去去便回」，便大步離開了。

沈昕顏有些好笑。這個模樣，與調皮小子去見威嚴的父親有什麼不同？

說起來，闔府之人，除了大長公主，只怕沒有哪個不怕國公爺的。就連她那個一向有些人來瘋的女兒，在國公爺面前也是老實得很，別說作怪，輕易連話也不敢多說幾句。

「快走吧，莫讓父親久等了！」見來福候在門外，魏雋航想也不想就道。

來福跟在他的身後走出好一段距離，這才小跑著追上他，壓低聲音道：「世子，並非國公爺尋您，而是陛下！」

魏雋航止步，沒好氣地橫了他一眼，罵道：「他尋便他尋，做什麼拿父親來唬人！」

來福嘻嘻笑著。「說國公爺找的話，世子的動作會更索利些！」

魏雋航懶得理會他。

「誠王世子跑了。」元佑帝一見他便道。

魏雋航愣住了。「跑了？這麼多人看守著都能讓他跑掉？」

元佑帝恨恨地道：「誰能想到那老匹夫竟還留了後著！這次是朕大意了！」

「這是縱虎歸山啊！雖說普天之下莫非王土，可真要尋一個有心藏起來之人卻非易事。」魏雋航臉色凝重。

元佑帝如何不知？只是沒有想到，誠王拚著自己的性命不要也留下了後著，著人救出了他的嫡長子，如今誠王世子只怕早就帶著他留下的最後一點力量逃出生天了。

斬草不除根，只怕後患無窮！

「事已至此，也只能慢慢著人去尋了。」魏雋航無奈。

元佑帝有些頭疼地揉揉額角，片刻，有些苦澀地道：「她方才當著朝臣的面，言明願奉周氏為后……」

魏雋航有些意外，但好像又在意料當中。

「是朕辜負了她……」

魏雋航沈默不言。

當年種種，誰都有迫不得已，只如今物是人非，事過境遷，再提當年，除了增添惆悵之外，並無半點助益。

元佑帝無比失落。明明她才是自己的元配妻子，可這些年卻只能東躲西藏地隱在暗處，就怕會被誠王一系發現她仍在世，引起他們的警覺，那日後想要翻案便是難上加難。

可如今一切塵埃落定，他只是想要將她們各歸各位，難道便不能嗎？

良久，他才長嘆一聲，收拾起心情，緩緩地道：「還有一事。趙少夫人那名侍女日前記起，當日誠王殺手趕至前，趙少夫人彷彿有所感，命管家趙保帶著幼子與奶嬤嬤從另一條路回京，朕記得，當年你們並沒有找到趙保及趙小公子的遺體？」

「陛下的意思是說……」

「朕懷疑，趙全忠的獨子可能仍在人世！」

「可有證據？」

「有，趙保仍在世。」

魏雋航吃驚地瞪大了眼睛。「那他人呢？身在何處？」

東殿處，趙氏憑窗而坐，身邊的侍女有些不贊同地道：「娘娘何必相讓？您才是先帝賜封的瑞王正妃，自然該為皇后。」

趙氏笑了笑，卻沒有說什麼。先帝賜封？她還是先帝賜死的呢！再拿著那昏君的「賜封」說話，豈不是噁心死自己？

沒有家族庇護，便是貴為皇后又能怎樣？倒不如先行示弱，主動退讓，增加陛下對自己母子的愧疚。有時候，男子的內疚比他的誓言更加可靠，更加有用。

只有牢牢抓著他的愧疚，她才更有把握為自己、為兒子謀取更多。

更何況，周氏在宮中經營多年，又豈是她這個初來乍到之人能輕易撼動得了的？

皇后之位又算得了什麼？只有笑到最後的，才是真正的贏家！

第十九章

爭了大半個月的后位歸屬終於有了結果。

因趙氏再三退讓，元佑帝無奈下旨，冊封趙氏為貴妃，封號「瑞」，曾經的瑞王妃，成了如今的瑞貴妃。

此旨一出，朝野震驚。

「瑞」字可是陛下當年仍為親王時的封號，如今卻給了趙氏，這代表著什麼？代表著在陛下的心目中，貴妃才是他的正妻！

更讓朝臣們震驚的還在後頭。

元佑帝又降下旨意，追封貴妃之父為承恩公，貴妃之兄趙全忠為忠義侯。

旨意剛下，朝臣們便跪了滿殿，請求陛下收回旨意。

承恩公乃是給當朝皇后母族的恩典，如今給了瑞貴妃，這簡直荒唐！

元佑帝拂袖而去，絲毫不作理會。

只是，朝野上下也算是看出個門道了。皇后之名是給了周氏，可這皇后之實，只怕陛下是打算留給趙氏。這一場鬥爭，究竟是周氏一派贏了，還是趙氏一派勝了？誰也不敢說。

宮中多了瑞貴妃，各府誥命自然要進宮覲見。雖然只是貴妃，可有眼色的都可以看得出，這瑞貴妃可是陛下心中第一人，若不是她退讓，皇后之位亦未必坐不得。

進宮前，貴妃娘娘突然有旨意，說是欲見見各府小一輩子女，眾人猜度著她的心思，帶著府裡最得意的小輩一同進宮。

英國公府，因瑞貴妃有恩旨，故而這一回妯娌三人各自帶著兒女跟著大長公主進了宮。

「姑母快快平身！」

借著瑞貴妃走下來親自扶起大長公主的機會，沈昕顏抑制不住好奇，往她身上望去。

這個當年隨意一個妝容都能引得京中夫人、小姐爭相效仿，又歷經磨難，最終重回世人視線的傳奇女子，任誰都忍不住好奇。

只是，當她對上一雙含笑的美麗眼睛時，整個人便懵了。

玉薇？不對！

眼睛還是那雙讓人一見便忘不掉的美麗眼睛，可容貌卻是一個天、一個地。

想到幾日前突然一病而去的「顏姨娘」，她心中隱隱又有了猜測。

顏氏自進府後便如隱形人一般，以致她的「病逝」也沒有人在意，沈昕顏報給大長公主時，對方也只是道了一句「知道了」便再無話。

一個無子的姨娘，又是以那等不堪的方式進府的，大長公主自然瞧不上眼。

見了禮，又讓小一輩上前拜見瑞貴妃，瑞貴妃一一含笑賞賜，在最小的魏盈芷過去後，再不見英國公府其他小輩，她不禁有些失望。

上回那個被自己撞到的孩子呢？怎的不來？難道他不是英國公府上的孩子？也不知是什麼緣故，雖僅是一面之緣，可她卻覺得那孩子身上有一種說不出的親切感。母子分離多年，宮裡親生的孩兒已對她有了疏離感，再不是當年那個愛膩著娘親撒嬌的孩童。

每每對上皇長子疏離的眼神，她對先帝與誠王的恨意便又加深一分。

「這位便是世子夫人？這通身的氣派倒與瓊姝郡主有幾分相像，怨不得姑母這般疼愛。」不過瞬間她便掩飾住那絲失望，笑盈盈地拉著沈昕顏的手道。

沈昕顏淺笑著垂著眼簾，自然也能察覺到她對自己的親近，心裡有些不解。若她是初進府的那位「玉薇」，照理應恨不得離自己遠些，以免得自己認出她來，畢竟那可不是什麼光彩的過去。

再一層，當初趙府未出事的時候，英國公府的世子夫人可不是自己，與她有來往的也是方氏，論理她便是要親近也該親近方氏才是。

沈昕顏百思不得其解，也便拋開。

總歸入了這位主的眼只有好處，她又不是傻子，會將這樣的好處推出去。

在場的諸位誥命夫人，自然也看得出瑞貴妃對英國公府女眷的另眼相看，尤其是對那位世子夫人釋放的善意，一時羨慕不已。

宮裡的周皇后雖占著皇后之名，可一無子嗣，二來身為中宮之主的體面也被陛下刮落了不少，三來娘家也是眼看著敗落下去了，唯一有希望出頭的，卻是一個關係疏遠的庶兒。

可眼前這一位就不同了。有陛下的寵愛不說，所出的兒子又占據了一個「長」字，將來的前途只怕是大得很。

大長公主也奇怪瑞貴妃對沈昕顏的親近，但並未多想，畢竟元佑帝與魏雋航的關係一向也不錯，瑞貴妃賣魏雋航的夫人一個好也未嘗不可。

楊氏則又是羨慕、又是嫉妒地望著被瑞貴妃拉著笑語連連的沈昕顏。真是的，敢情這天底下的好事，不是讓長房便是讓二房給占去了？這讓他們三房可怎麼活！

方氏心裡卻是警鈴大作。若是二房多了瑞貴妃這座靠山，日後想要奪回世子之位可就難了。忽地又記起魏承霖上回彷彿是為了救皇長子才受的傷，她的心瞬間便揪緊了。難怪難怪，難怪貴妃娘娘會對沈氏另眼相看！萬一將來皇長子真的……二房的地位便是真真無人能撼動的了。

離開的時候，沈昕顏便感覺周圍的誥命夫人看她的眼光都不同了，或羨或妒、或疑惑或探究，可她也只能當作不知。

「二嫂可真真有福氣，竟然入了貴妃娘娘的眼，瞧貴妃娘娘賞給你們霖哥兒和四丫頭的東西，也比別人厚上幾分。」一回到了府裡，楊氏酸溜溜地道。

「或者這便是傳說中人與人之間的緣分？」沈昕顏故作深沈地撫著下巴，存心說些氣她的話。

果然，楊氏被憋住了，暗罵對方太過囂張。只是她再望望另一邊面無表情的方氏，心裡頓時又平衡了。

當年瑞貴妃還是瑞王妃時，可是與彼時的世子夫人方氏有過往來的，可今日瑞貴妃待方氏的態度，與待自己是一般無二。這樣看來，或許二房這沈氏真的合了貴妃娘娘眼緣吧！

幾個小輩沒有興致聽大人們的機鋒，魏承越和魏盈芷兩人一馬當先，抱著瑞貴妃的賞賜一溜煙跑掉了，急得率先發現的楊氏在兒子身後直喚。

「你可別把東西都整不見了啊！那可是娘娘所賜！」

魏承越早就跑出了好長一段距離，也不知有沒有聽到她的話？

「蘊福蘊福，你瞧我得了什麼好東西！」還沒有進屋，魏承越便已高興地喊了起來。

正在搖頭晃腦背著書的蘊福聞言，轉過身望了過來，魏承越「噔噔噔」地跑到他的跟前，高高舉著手上栩栩如生的五彩玉雕馬，得意地笑道：「怎麼樣怎麼樣，你沒見過吧？等我再長大些，便讓我爹送一匹這樣的真馬給我！」

蘊福一臉豔羨。「真好看，是誰給你的？」

「是宮裡頭的娘娘喔！」魏承越更加得意了。

魏盈芷歪著腦袋看看他，又瞧瞧滿臉羨慕的蘊福，小嘴微微噘著，忽地將懷裡抱著的東西，一股腦兒地往蘊福懷裡塞。「這些我不喜歡了，給你！」

「啊？妳不喜歡了為什麼不給我？」魏承越哇哇叫著。他早就瞧上她懷裡那個兔子模樣的鎮紙了！

「偏不給你！」魏盈芷衝他哼了一聲。

「妳個敗家女！」看著蘊福將魏盈芷給他的東西，一樣不落地收入一個大箱子裡頭，魏承越嘀咕著。

小姑娘沒有聽到，跑過去拉著蘊福的手道：「蘊福，咱們到娘那兒去吧！」

「好。」蘊福鎖好箱子，將箱子裡的鑰匙重又掛回脖子上。

箱子裡頭放著的盡是小姑娘「不喜歡」了塞給他的東西，已經快要放滿了。

他想，可能過些日子得請春柳姊姊再給他找一個大箱子才是。

從宮中歸來之後，每日邀請沈昕顏赴這個宴、那個宴的帖子越發多了，她挑了幾家不便推辭的去了，其餘的統統尋了個理由推掉了。

再過得幾日，她更沒有心情赴宴了，皆因原來病情已有好轉的沈太夫人再度犯病，且這一回病情更加凶險，沈太夫人撐了幾天，終究還是沒有撐過去。

沈昕顏含淚將緊緊被沈太夫人握著小手的沈慧然摟過來，交給婆子帶下去，對著睜著雙眸、早已沒了氣息的沈太夫人哽聲道：「母親放心，我會照顧好慧兒的。」

話音剛落，手一拂過，沈太夫人的眼睛便緩緩地合上了。

果然，至死也放心不下唯一的孫女。

靖安伯府如今沒有主母，自從分了家之後，二房和三房便陸續搬走，如今府裡便只得靖安伯與他的三個兒女，共四個主子。

沈昕顏強忍著悲痛，一一將諸事安排妥當，直到二房和三房夫妻匆匆趕來接手，她才暫且告辭回府。

「姑姑，我扶您上車。」紅著眼眶的沈峰伸手過來欲扶她。

沈昕顏替他整了整領子，嗓音帶著痛哭過後的沙啞。「峰兒是大哥，如今祖母不在了，日後你便要幫爹爹照顧好弟妹，知道嗎？」

「嗯，我知道。」沈峰悶聲點了點頭。

沈昕顏定定地望著他片刻，想到上一輩子在姪女自盡後，這個姪兒便下落不明，她的心便又揪了起來，不放心地再度叮囑道：「你要記得姑姑的話，無論什麼時候都不能拋下家人，知道嗎？」

「知道，姑姑放心！」半大少年再度用力點了點頭。

儘管還有滿腹的話要叮囑他，可一時之間卻也不知從何說起，她低低地嘆了口氣，憐惜地拍拍他的肩膀，便欲上車離開。

「峰哥兒……」

帶著顫音的輕喚在兩人身後響起，沈昕顏下意識回頭，見梁氏不知什麼時候居然出現了，她的身邊還站著哭得鼻子紅紅的沈慧然。

她微不可見地皺了皺眉，卻也沒有說什麼。不管梁氏做過什麼，可她依然是峰哥兒兄妹的親生母親，她這個做姑姑的，也沒那個資格阻止生母來見孩子。

「妳來做什麼？走，給我走，這裡不歡迎妳！」沈峰一見他，頓時便如同一頭憤怒的豹子，衝著梁氏吼道。

「哥哥，娘知道祖母過世了，不放心我們才來的。」沈慧然哭著解釋。

「她還有什麼臉來？若不是她，祖母便不會死！是她害死祖母的！」沈峰更怒了。

「不關娘的事，哥哥你怎麼能這樣說！」

「不關她的事？要不是她貪心不足，犯下那種禍及滿門的大罪，祖母又怎會氣急攻心引發舊疾以致病情加重？都是她的錯！是她！」沈峰恨恨地瞪著掩面痛哭的梁氏，咬牙切齒地吼道。

被親生兒子當面這般指責，梁氏只覺得心都碎了。「是娘不好，可是、可是娘所做的一切都是為了你們兄妹啊！」

「滾，我們不需要妳這樣的好！走，妳給我走！」沈峰眸中充滿仇恨，猛地衝上前去推了梁氏一把。

梁氏被他推得連連退了幾步，險些摔倒在地。

「峰哥兒！」沈昕顏見他居然動起了手，連忙喝止。

「姑姑，您讓她走，我不要再見到她，這輩子都不想再見到她！」沈峰雙目通紅，隱隱有水光泛起，倔強地別過臉去，狠狠地抹了一把眼睛。

「哥哥，你不要這樣，她是我們的母親啊！」沈慧然悲不自勝。

「她不是我們的母親，我沒有這樣的母親！跟我回去！」沈峰粗暴地拉過她，也不管她的哭叫掙扎，硬是扯著她，頭也不回地進了屋。

沈昕顏並沒有阻止他，只沈默地望著慘白著臉、正無聲落淚的梁氏。

眼前被兒子厭棄的梁氏，不知怎的與上輩子同樣被兒子厭棄的她重合了起來。這一刻梁氏的絕望，那種一無所有，被最親的人厭棄的絕望，她感同身受。

她垂下眼簾，不忍再看，轉身便要上車離開。剛一轉身，手臂便被人抓住，梁氏沙啞的聲音隨即響了起來——

「妳會照顧慧兒、照顧峰哥兒他們的，對嗎？」

沈昕顏一點一點地掰開她的手指，每掰開一根，梁氏臉上的血色便褪去一分。

「他們是我的姪兒、姪女，我自然會照顧他們。」

終於，在那鋪天蓋地的絕望即將再度襲來時，梁氏聽到了這個答案。「多謝；還有，抱歉……」

放下車簾那一刻，沈昕顏的淚水終於滑落。

她也不知道自己為什麼會哭，只是覺得心裡像是積攢了許多許多年的淚水，終於找到宣洩之處。

知道外祖母過世，娘親心裡正難過，一整日，魏盈芷都無比乖巧地坐著繡花，偶爾繡得幾針，便看看沈昕顏跟前的茶盞，看到裡面的茶水少了，就連忙跑過去，小心翼翼地替她續上。

蘊福撓撓耳根，將桌上裝著點心的碟子輕輕地推到沈昕顏的跟前，眼巴巴地望著她。

兩個小傢伙用自己獨特的方式在關心著自己，沈昕顏又是窩心、又是酸澀，端過茶盞呷了一口，又拿起一塊甜糕咬了咬。

兩個小傢伙一見，不約而同地笑彎了眼睛。

沈昕顏輕嘆一聲，取起一塊蝴蝶酥送到蘊福嘴邊。

蘊福連連擺手，嚥了嚥口水道：「夫人您吃，我不餓，我剛剛都吃過了。」

「口水都流下來了。」

「啊！」蘊福連忙摀著嘴，還用力擦了擦。

沈昕顏再忍不住彎了彎嘴角，拉下他的小手，將那塊蝴蝶酥餵進他嘴裡。「我吃不下這般多，蘊福若不幫忙，那豈不是要浪費了？」

「嗯嗯嗯，浪費食物是很可恥的！」曾經吃過餓肚子苦頭的蘊福，向來不允許有浪費食物之事發生，一聽她這樣說，再不客氣地捧著那蝴蝶酥，快快活活地吃了起來。

「娘，我也要！」魏盈芷眼熱，嘛著嘴道。

沈昕顏順手又餵了她一塊，看著兩人吃得歡歡喜喜、心滿意足，突然便覺得心情好了許多。

知道夫人因為生母離世正心傷難過，這晚，魏雋航摟著她，大掌在她背脊上輕輕拍著，無聲地安慰。

沈昕顏往他懷裡靠了靠，聞著屬於他的好聞氣息，心也慢慢平靜了下來。

察覺她情緒的變化，魏雋航柔聲問：「伯府裡可還有什麼需要幫忙之處？喪儀諸事可都安排妥當了？」

「二嫂和三嫂回來幫忙料理，喪儀諸事也都安排妥當了，只等著出殯那日。」沈昕顏甕聲甕氣地回答。

「若是妳不放心她們，我陪妳回去幾日。」

「不必了，這些事大哥他會安排妥當的。」沈昕顏搖搖頭。

聽她這般說，魏雋航也不勉強，替她掖了掖被角，親親她的額。「夜深了，睡吧！」

沈昕顏點點頭，緩緩地合上眼眸。

魏雋航躺在她的身邊，正要合眸，便聽身邊的她輕聲問——

「那日我問你，若是將來霖哥兒堅持要娶一個我不喜歡的姑娘，那該怎麼辦？你還沒有回答我呢！」

魏雋航失笑，倒不曾想過她竟然這般執著答案。

「如果霖哥兒堅持的話，最後妳一定會同意的。」

「為什麼？」沈昕顏睜開了眼睛，對上他意味深長的笑容，突然有些不服氣地道：「你又如何便知，到最後我一定會同意？說不定我非常厭惡那姑娘，而且心裡早就已經有了適合的兒媳婦人選，正想要千方百計撮合霖哥兒和她呢！」

魏雋航唇瓣含笑，仍是堅持道：「反正，到最後霖哥兒一定會如願以償的。」

「為什麼？」沈昕顏皺著眉。

「因為，妳是他的母親。」魏雋航緩緩地給出了答案。

這世上，哪有母親真的拗得過兒子的？不管過程如何，結果一定會是做母親的先讓步。

沈昕顏徹底呆住了。

魏雋航親暱地捏捏她的鼻子。「妳呀，就是愛胡思亂想！霖哥兒才多大呢，妳便想到他娶媳婦之事了，難不成這般早便擔心兒子會娶了媳婦忘了娘？」

說到最後，語氣帶上了幾分戲謔，卻渾然不知此話正正戳中了沈昕顏心底最痛之處。

「是啊，我是擔心，做母親的有哪個不擔心？沒聽見三弟妹數落越哥兒小小年紀便喜歡好看的小姑娘，將來必是個娶了媳婦忘了娘的嗎？」她垂眸掩飾眼中複雜，故作輕鬆地道。

魏雋航輕笑。「霖哥兒那小古板的性子，最是方正不過，妳竟還能憂心他這個，真真是瞎操心。」

沈昕顏勉強朝他勾了個笑容，心裡卻是一陣嘆息。

是啊，若不是經歷過一輩子，她也不會想得到自己那個性情淡漠的兒子，也會有成為繞指柔的一日。

沈太夫人的離世，終究還是給沈昕顏帶來了最沈重的一擊。

今生有許多事都改變了，而沈太夫人比上一輩子提前離世，給她的內心蒙上了揮之不去的陰影，也讓她更深地意識到，有些改變，並不是一定會朝著好的方向而去。

待沈太夫人安葬後，她終於病倒了。

魏雋航只覺得焦頭爛額。那廂去查趙全忠獨子下落之人仍未有消息傳回，當年那個趙府管家趙保倒是找到了，只是據趙保說，他們那一隊也遇到了追殺，無奈之下，他不得不將小公子交給了一對農戶夫婦，後來九死一生保住性命後，他也曾回去尋那對夫婦，卻得知那對夫婦早在一場瘟疫中丟了性命，而小公子也不知所蹤。

天下之大，又是過了這麼多年，茫茫人海中去尋一個孩子，不亞於大海撈針。

可一日沒有那小公子確鑿的下落，不管是他、元佑帝，抑或是宮中的瑞貴妃，都不會放棄。畢竟，這可是趙全忠留在這世間上唯一的血脈。

還有那逃出生天、徹底失去了蹤跡的誠王世子，這麼一個大隱患不徹底除去，誰也無法安心。

而沈昕顏這一病，讓他急得團團轉。趙全忠獨子也好，誠王世子也罷，他暫時都沒有心思再去理會了。

倒是宮中的瑞貴妃得知英國公世子夫人抱病，先是遣了宮中太醫前來診治，又賜下不少珍貴的藥材，更讓人肯定了瑞貴妃對英國公府，尤其是世子夫人的另眼相看。

沈昕顏這一病便是大半個月，待她終於可以離開屋子到外頭走走時，發現天空不知何時竟飄起了雪花。

「今年的雪下得竟是這般早！」春柳訝然，一會兒又連忙跑回屋裡，取了件厚一點的斗篷披在她的身上。「夫人小心著涼。」

「無妨。」沈昕顏伸出掌去接飄落的雪花。

「娘！」

「夫人！」

孩童歡喜的叫聲伴著急促的「噠噠噠」腳步聲傳來，沈昕顏側頭一看，頓時便笑了。不遠處，蘊福與魏盈芷揚著異常燦爛的笑容朝她跑過來，兩人身後，素來沈穩的魏承霖腳步也添了幾分罕見的急促。

「你們倆打哪兒來啊？」沈昕顏分別在兩個小傢伙臉上捏了捏，含笑問道。

「打祖母處來的。」魏盈芷脆聲回答，蘊福則連連點頭附和。

「可是又調皮鬧妳祖母了？」

「才沒有，我還幫祖母捶背來著，祖母還誇我乖呢！」魏盈芷抓著她的手，撒嬌地搖了搖。

沈昕顏捏捏她的小鼻子，這才衝著魏承霖道：「今日怎的這般早回府了？」

「大殿下身子有些不適，貴妃娘娘便讓我先回府了。」魏承霖關切地望著她。「母親身子可好了些？」

「好了許多。大殿下怎樣了？」回到屋裡，沈昕顏捧著熱茶呷了一口，問道。

「昨夜裡著了涼，一早便有些不舒服，不過有太醫在，想必不會有什麼大礙。」

自上回二皇子和三皇子被罰後，元佑帝便單獨請了太傅教導皇長子，而魏承霖也正式成了皇長子的伴讀，一時風頭無限。

「父親呢？」四下看看，不見這些日來一直陪伴母親的父親，魏承霖問。

沈昕顏倒是被他問住了，望向一旁的秋棠。

秋棠笑著回道：「世子爺剛剛命人準備車駕出府去了。」

「可曾說去哪兒了？」沈昕顏隨口問。

「說是到普明山莊取點東西，片刻就回，請夫人不用擔心。」

沈昕顏點點頭，只當他在外頭又有什麼要緊事要辦，故而也沒有問取什麼東西。

抱著茶盞暖了暖感覺有些涼意的雙手，看著蘊福與女兒一左一右地拉著魏承霖的袖子，正吱吱喳喳地說著什麼，突然，腦中一道靈光閃過。

普明山莊？這名字怎的這般熟悉，還帶著一種讓她不安的感覺？

普明山莊、普明山莊……去取點東西……

她「呼」的一下從繡墩上彈了起來，顫著嗓子大聲吩咐。「快，快去把世子追回來！」

聲音之大，甚至還帶有幾分尖銳，讓魏承霖兄妹及蘊福嚇了好一跳。

這三人何曾見過她這般失態的模樣，尤其是那張臉上，佈滿了驚懼。

「母親怎麼了？可是身子又有不適？」魏承霖率先反應過來，忙上前來問。

「聽見沒有？馬上、立刻把世子追回來！」沈昕顏像是沒有聽到他的聲音，尖叫著。

「我、我這就去吩咐……」秋棠也被她嚇了好一跳，連話都說不索利了。

沈昕顏心急如焚，哪還等得了？連斗篷也不披，提著裙裾便往外跑。

「馬上備車，快，快點！」秋棠急了，連忙邁步跟上，大聲吩咐著。

自有小廝一溜煙地跑去著人準備。

魏承霖不明所以，不放心地跟了上去。

蘊福與魏盈芷也想要跟，可他們的小短腿又哪追得上？只追了小片刻，再眨眼間，便已經不見了沈昕顏他們的身影。

上一輩子，上一輩子也是如此！他說去普明山莊取點東西，可這一去就再不曾回來了……

為什麼會這樣？為什麼明明是五年後才會發生的事，今生卻提前了？

她慘白著一張臉，雙手死死地攥緊，身子不停地顫抖，一雙眼睛卻睜得老大，緊緊地盯著車簾，彷彿隨時準備著要衝出去。

不一樣的，不一樣的！這輩子已經有那麼多不一樣之事了，世子也一定會有一個與上輩子不一樣的結局！

她的身子越抖越厲害，腦子更是不停地閃著上輩子魏雋航無聲無息地躺在床上，任憑親人們如何呼喚、哭喊都沒有給出半點反應的一幕幕。

「沒事的、沒事的，一定會沒事的……」她哆哆嗦嗦地喃喃自語，病癒過後明顯單薄不少的身子抖得如同秋風中的落葉。

魏承霖不解她為何會有此反應，只是見她著實抖得厲害，以為她冷，連忙脫下身上的斗篷披到她的身上，不經意間觸碰到她的手，一片冰冷。「母親！」他驚呼出聲，迅速將她的手包入斗篷中。

沈昕顏沒有理會他，仍舊死死地盯著車簾。

「快些，再快些，再慢就來不及了……來不及了……」

魏承霖聽到她的喃喃，明白她的心急，大聲衝著車外喊道：「再快些！」

隨即便是一陣鞭子打在馬身上的清脆響聲，車速陡然加快了不少。

車內的母子二人緊緊挨坐在一起，魏承霖不時替她搓著手，想要問她到底發生了什麼事？可見她仍舊是那種萬分驚懼、心急如焚的模樣，詢問的話又一下子嚥了回去。
不管怎樣，先順著她的意思將父親追回來再說！
突然，一陣馬匹長嘶的叫聲，馬車驟然停下，母子二人被慣性一甩，險些就甩出車去。
「夫、夫人……大、大大公子，前面、前面出事了！」下一刻，駕車的僕從結結巴巴的話便傳了進來。
沈昕顏被甩得暈頭轉向，只一聽僕從的話，心口一緊，忙推開扶著她的魏承霖，「嗖」的一下掀開車簾。「出什麼事了?!」
僕從臉色蒼白，抖著手指著前方。
沈昕顏順著他的視線望過去，見不遠處傍山的小路上，一塊大石堵在路中間，像是滾動了幾下，不過瞬間，便轟然滾落山下。
「方才世、世子爺的、的車、車掉、掉下去了……」
沈昕顏雙眼一黑，險些要暈死過去。
「你、你在胡、胡說什麼！」魏承霖從車上跳下來，緊緊地扶著她，怒聲喝道。
「我、我沒胡說，方方、方才世子爺的馬車經過那處時，那石頭剛好掉下來，我親眼看見車從那邊掉下去了。」
沈昕顏瘋了一般就往前跑，郊外的寒風夾雜著飄雪往她臉上颳來，似刀割一般的疼，可她卻全然不覺。

並不算寬敞的路，一邊傍著山，另一邊用簡單的木柵欄擋著，欄下是一眼望不到底的崖底。可是，原本好好的木柵欄卻被重物撞擊得破爛不堪，路上還有清晰的重物滑動後留有的痕跡。

更讓沈昕顏心神俱裂的是，路上散落著的白玉髮冠，那是今日一早她親自替魏雋航戴上去的！

「世子？世子……」她顫著雙手捧起那已經摔破了一個角的髮冠，緩緩地望向地上明顯被車輪子拖出的長長痕跡，沿著那痕跡一直看到崖邊。

「母親！」魏承霖終於也跑了過來，一見眼前的情況，心裡便「咯噔」一下。

「世子！世子——」沈昕顏朝那破爛的木柵欄撲去，衝著崖底尖聲喊著，聲音淒厲，蘊著讓人無法忽視的悲慟與絕望。

「世子！魏雋航、魏雋航！」她一遍遍地喊著那個人的名字，淚水迅速湧了上來，很快便模糊了她的視線。回應她的，只有自己的回聲。「魏雋航，魏雋航——」

又是這樣嗎？這輩子還是這樣拋下她嗎？明明都已經不一樣了，所有的事她都不會再去強求，唯一希望的便是他可以陪著自己走過餘生之路啊！

她不知道什麼時候他在自己心裡已經變得這般重要了，重要到她無法想像這輩子再沒有他陪著自己，漫長的餘生她又應該如何度過？

「魏雋航——」

飽含絕望的悲泣，讓呆在一旁久久不知反應的魏承霖終於反應了過來。

是父親？父親真的掉下去了？半大的少年臉色刷白，身子晃了晃，望著跪在地上痛不欲生地喚著父親姓名的母親，雙唇微顫動著。

好一會兒，他才跌跌撞撞地朝著沈昕顏跑過去。

絕望的叫聲久久不絕，他甚至不敢伸手去拉地上的女子，更不敢相信一大早還陪著他們用早膳的父親，如今卻……

空曠寂靜的郊外山路上，呼呼的風聲夾雜著女子的悲泣，飄送到很遠很遠。

「夫、夫人……夫人……」

突然，一陣細細的響聲隱隱傳入沈昕顏的耳中，成功地讓她止住了哭聲。她不敢相信地瞪大了眼睛，猛地從地上爬了起來，四處張望尋找。「世子？世子，是你嗎？」

入目之處，除了她與魏承霖，便只有呆呆地站在馬車旁不知所措的僕從。

魏承霖也聽到了這個聲音，眸中頓時一亮，也跟著喚：「父親！父親——」

「夫人，夫人我、我在下面呢……」

雖然細小，但卻依然清晰的熟悉聲音再度響了起來。

「夫人、大公子，世子在那兒呢！」那僕從突然指著崖下。

沈昕顏低頭一望，果然便見魏雋航正吃力地攀著崖壁，與他同樣一般動作的，還有他的小廝來福。

「快去拿繩子來！」魏承霖見狀立即吩咐。

「我馬上去！」僕從急急忙忙應下，回身從馬車上翻出一捆麻繩，怕繩子不夠長，又將韁繩也解了下來。

「你不要說話，好好抓緊了，千萬莫要鬆手……」沈昕顏白著臉，屏著氣息緊緊盯著險險地掛在崖壁的男人，顫聲叮囑。

魏雋航也不管她能不能看清，勉強扯了個笑容以作回應，卻是再不敢說話。

事實上，他全身的力氣都用在了雙手，寒風颳著臉，扯得臉上一陣生疼。

「世子爺，您抓著繩子，我先拉您上來！」

僕從的話從上面傳下，他只能「嗯」了一聲，隨即眼前一花，一條拇指般粗的繩子便從上面緩緩地垂了下來。

「來福，你再堅持一會兒，若是堅持住了，我便讓夫人替你問問夏荷的心意，如何？」

抓住繩子的那一刻，他不放心地叮囑比他掉落得更下一些的來福。

來福喘著粗氣，哈哈地笑了聲。「好，多謝世子！」

崖上的沈昕顏主僕三人緊緊地抓著繩子的另一端，魏承霖不放心地道：「母親，妳到旁邊瞧著父親的情況，我們來拉便好。」

沈昕顏想了想，便點點頭，鬆開繩子行至旁邊，緊緊地盯著崖下那個身影，雙手不知不覺地攥著，屏著氣息，看著那人一點一點往上，最終，整個人顯了出來。

她連忙撲過去，抖著手想要將他扶起，可發現身體早已經脫力，不但沒能將人給扶起來，便是自己也癱軟在地。

「夫人，我沒事，我這命大著呢！」魏雋航衝她露出一個安慰的笑容。

沈昕顏的眼淚再忍不住，奪眶而出。

「哎，妳、妳妳、妳別哭呀！」一見她落淚，魏雋航便急了，想要伸手替她拭淚，卻發現雙手已經被尖石劃出一道道血痕，立即便縮了回去。

沈昕顏已經眼尖地察覺了他的異樣，一把抓住他的手腕。當手掌上那一道道血口子呈現在她的眼前時，她心疼得再度泛起了淚。

魏雋航何嘗見過她這般愛哭的模樣，又是憐惜、又是心疼，正想要說幾句安慰的話，便見那廂來福也被拉了上來，正坐在地上衝他咧著嘴笑。

「好了，不要哭了，不是什麼要緊的傷，就只是被石頭劃破了些。先回去吧，這雪越來越大，天氣也越來越冷了。」他柔聲安慰道。

「好……」沈昕顏抹了一把眼淚，與魏承霖一人扶著他一邊，將他扶上了車。

車廂裡，沈昕顏細心地替他洗去傷口上的沙石，又用乾淨的帕子簡單地包紮好。

魏承霖學著她的模樣，也要替來福洗傷口，嚇得來福連連搖頭。

「不用了、不用了，大公子，我自己來便好！」

「罷了罷了，你這模樣怎麼自己來？便讓霖哥兒幫你吧！」魏雋航沒好氣地瞪了他一眼。

來福見狀不敢再說，老老實實地坐好。

魏雋航的視線重又落回身邊的夫人身上。見她臉上猶帶著淚痕，髮髻也有些亂了，眼睛因為哭得久了而顯得有些紅腫，連鼻子也紅紅的，明明最是狼狽不過，可他卻覺得這個樣子的她更是讓他心動。

馬車墜落的那一瞬間，他原以為自己死定了，臨近死亡那一刻，他想到的是，如果自己不在了，夫人日後怎麼辦？霖哥兒可以代替自己照顧她後半生嗎？還有盈兒那小丫頭，霖哥兒可以替她擇一個可靠的夫婿嗎？還有父親、母親，他們已經失去了大哥，如果自己也先他們而去，兩老可承受得住這樣的打擊？

他越想便越是放心不下，越想便越不甘就此死去，直到耳邊陡然聽到有人在喚著自己的名字，一聲又一聲，那彷佛失去了全部的悲慟與絕望，就像是有人在凌遲著他的心，教他陡然生出一股強烈的求生意志。

他不能死，他絕對不能就這樣死去！他的夫人自然應該由他自己照顧，他女兒的夫婿也應該由他親自挑選，他的父母更應該由他侍奉終老！

馬車駛向城中，回到府裡，下人們乍一見到一身狼狽的夫妻倆，無不嚇了好一大跳，又聽著沈昕顏命人請大夫，哪還敢耽擱，早有機靈的小廝一溜煙便跑去了。

到最後，便連大長公主也被驚動了，急急忙忙地走了過來，一見兒子身上的傷，大驚失色。「這是怎麼了？怎會弄成這般模樣？」

「不要緊、不要緊，只是一些小傷，已經讓大夫診治過，還抹了藥，過不了幾天便會好了，母親莫要擔心。」魏雋航忙道。

大長公主一臉的心疼。「好好的怎弄得滿身是傷？」

「雪天路滑，車又趕得快，一時沒注意便摔了，無礙的。」魏雋航清咳了咳。

怕她再擔心，他施展渾身解數，直哄得大長公主緊皺著的眉頭舒展了開來，看著大長公主離開，這才舒了口氣。

一回身，卻對上沈昕顏泛著淚光的雙眸。

他低低地嘆了口氣，覺得眼前這一位比母親可是難哄多了。

魏承霖看看父親，抿了抿嘴，硬拉著淚眼汪汪的魏盈芷和蘊福，靜悄悄地退了出去。屋內一下子就只剩下夫妻二人，魏雋航緩緩地張開雙臂，柔聲道：「過來讓我抱抱。」

沈昕顏二話不說便往他懷裡撲，即將觸及他胸膛之際，像是怕碰到他身上的傷處一般，改為無比輕柔地靠上去，手臂卻緊緊地環上他的腰。

魏雋航包紮著的雙手輕輕搭在她的背脊上。「我這不是沒事了嗎？俗話說，大難不死，必有後福。經過這一回，我後頭的福氣怕是大著呢！」

沈昕顏將臉埋入他的懷中，嗅著這令人無比安心的熟悉氣息，這才終於意識到，這個人還活著，他沒有離開。

「世子。」

「嗯？」

「你會一直陪著我的，對吧？」

「對，會一直陪著妳的，陪到妳老得走不動，牙齒都掉光了。」魏雋航知道她今日必然受驚不少，遂故作輕鬆地給出承諾。

懷裡再沒有聲音傳出來，他也不在意，在她髮頂上親了親，漸漸地，眸中的柔光緩緩散去，取而代之的是一片凌厲。

這一回是他大意了。或許是這麼多年來一直隱藏得很好，從來沒有想過有朝一日會有危險降臨在他的頭上，以致今日險些連命都給丟掉了。

想到死攀著崖壁時那股絕望，眸中寒意又添幾分。

良久，沈昕顏才覺得整個人終於平靜了下來，緩緩地離開他溫暖的懷抱，望入他眼眸深處。「是什麼人想要害你性命？」

兩輩子，同樣的意外，卻發生在不同的時候，她不相信世間上竟會有如此巧合之事。若不是巧合，那便只有一個可能——人為。

魏雋航愣住了，似是沒有想到她會問出這樣的話來，一時竟不知該如何回答？

「妳多想了，今日這不過是一樁意外，並沒有什麼人想要害我。」不過瞬間的工夫，他便斂下驚訝，若無其事地回答。

沈昕顏抿了抿嘴，垂著眼瞼片刻，又道：「其實所有之事都是從你在外頭置外室被人發現後開始的，是不是？」不等他回答，她忙道：「當然，或許從你的角度來說不是，只是於我而言，所有事都緣於你那一位外室。其實，當日八方胡同那裡住著的是如今的瑞貴妃，約莫是陛下出宮去看望娘娘的時候被什麼人發現，又恰好你那個時候出現，故而便將此事攬了過去，讓人誤會那處是你置的外室。我猜得對嗎？」

魏雋航的臉色微微變了。

「我猜，你們防著的人應該是誠王。」

魏雋航內心一驚，訝異於她的敏銳。

上輩子沒有出現「外室」一事，更沒有替趙知府翻案，自然也沒有後來的瑞貴妃，那只有一個可能，便是上輩子的瑞王妃是真的死了。也許是因為上輩子的魏雋航沒有及時出現在八方胡同，以致沒能及時掩下元佑帝的行蹤，致使瑞王妃被誠王一派給發現了；又或許是別的什麼原因，使得瑞王妃最終還是香消玉殞。

對上輩子的朝堂爭鬥她一無所知，只知道誠王最終也只是落到了一個圈禁的下場，揹負的罪名也不似這輩子這般多、這般重，而瑞王妃被追封為皇后，也是在皇長子被冊立為太子的時候。

「我不想過問你在外頭所做之事，只是，如今你的所做所為已經危及到你的性命，如此，你還是要堅持嗎？」沈昕顏含淚問。

魏雋航嘆了口氣，溫柔地替她拭去眼角的淚水。雖然她猜的未必全然正確，但也離事實相差無幾。略遲疑半晌，他終是輕聲道：「誠王世子逃掉了……」

沈昕顏震驚地抬眸望向他。「那今日……」

「只是一個猜測，也許未必是他；縱然是他，妳也不必擔心。他如今逃命要緊，今日一擊不中，便不會再留，加上他又如喪家之犬，身邊的人手早已寥寥無幾，不會輕易折損人來對付我的。」

如果對方真的打算不惜一切代價要自己的性命，那今日也不會只是製造這麼一場「意外」，而是直接派人刺殺了。

「如果今日之事不是誠王世子，那還會是什麼人？」沈昕顏不放心地追問。

還會是什麼人？這個人一定是知道他的身分，而且一定又被自己……魏雋航想了想，不過須臾的工夫，周首輔的臉龐便浮現在腦海裡，但他很快便將這個想法拋開。

縱然周首輔有這個心思，可他如今臥病在床，怕也是有心無力。況且，周府裡還有一個周懋在，他必不會讓周首輔做出這種會牽連府上之事來。

「思前想後，應是沒有了。」他搖搖頭，回答。

沈昕顏皺眉。「那便肯定是逃亡中的誠王世子了？」

魏雋航一時不知該如何回答，好一會兒才道：「此事我還是要稟明陛下，再著人仔細查探。」生怕她再問些他回答不上的話，他忙轉移話題。「對了，還有一事。趙知府……不，現在應該稱為忠義侯了，忠義侯的嫡親血脈也許還在世。」

關於忠義侯的冤案早就傳遍了京城大街小巷，沈昕顏便是內宅婦人，對此案也是知道不少，亦是相當同情這個無端招禍的知府大人，亦如許多盼著好人有好報的百姓一般，希望這趙氏一脈不要就此斷了香火。故而，一聽說忠義侯的嫡親血脈許還在人世，她頓時便來了興致。「真的嗎？那人可尋著了？」

見她終於被引開了注意，魏雋航鬆了口氣。

「暫時還沒有尋到，只知道那孩子被一對農戶夫婦收養，可惜的是，那對夫婦卻在一場瘟疫中丟了性命，趙府的小公子也因此沒了蹤跡。」

「可確定那小公子還活著？」

「應是還活著。那對夫婦並沒有別的什麼親人，但這兩人過世後卻是被人好生安葬的，每年他們的忌辰，也會有人前去拜祭。」

「照你所說，是那位小公子每年都回去拜祭他們嗎？若是如此的話，等來年只要在這對夫婦忌辰那日等候，必是會見到他的。」

魏雋航遲疑道：「……只是最近兩年卻不見有人前去。」

每年都風雨不改，獨獨近兩年沒有再去，想來不是出了什麼意外，便是被什麼事給拖住了。若是後者還好，最怕就是前者。

這也是元佑帝一直瞞著瑞貴妃，不敢跟她說的原因。

「這趙小公子年紀這般小，不可能一個人前去拜祭養父母，必是有人帶著他去的。會不會當年那對農戶夫婦過世之前，將小公子託付給了旁人？」沈昕顏想到了這個可能。

她能想到的，魏雋航又哪會想不到？他早就已經派人從這方面四處找尋了，只是至今沒有確鑿消息而已。

「不過趙氏一族的其他族人近日便會陸續上京。」魏雋航又道。

沈昕顏不置可否。其他族人……宮中有了瑞貴妃和皇長子，趙氏一族的前程無可限量，最關鍵的是，瑞貴妃的嫡親兄長一支已經斷了香火，若能過繼……這天大的好事，哪個會不眼熱？自然爭著回來。

雖然被魏雋航成功轉移了注意力，但沈昕顏卻並未完全放下心來。

她並不敢肯定，經歷今日之事後，魏雋航的死劫是不是便算過去了？畢竟上一輩子他離世的時間是在五年之後，這輩子雖然提前五年發生了同樣的「意外」，但事關他的性命安危，她無論如何也做不到真正的放心。

夜間，聽著枕邊人終於發出一陣陣均勻的呼吸聲，沈昕顏才睜開眼睛，撐著手肘支著半邊身子，借著昏暗的燭光怔怔地望著他出神。

今日，直至以為她將再度失去他的那一刻，她才猛然發現，不知不覺間，他竟在自己心裡占據了那般重要的位置。甚至有那麼一瞬間，她想過乾脆便跟著他去了，如此便不用再如上一輩子那般苦苦地熬著他逝去後的日子……

魏承霖皺著眉，若有所思。

母親那日之舉，倒像是提前知道父親會出事一般，可當時是他自己先問了父親去向，秋棠才回答的，母親又如何會知道接下來之事？

因他心中存了疑，一連幾日看著沈昕顏時，他總是抑制不住去想那日她一連串異常的舉動。

被他帶有幾分探究的眼神看得多了，沈昕顏便是再遲鈍也感覺到了。

「霖哥兒可是有話想與母親說？」這日，趁著屋裡沒有旁人，她乾脆便問了出來。

魏承霖有些不好意思地摸摸鼻子，知道必是自己這幾日不經意露出的眼神讓母親察覺了。

他抿著雙唇想了想，決定還是老老實實地問出心中的疑惑。

「母親如何得知父親會發生意外，以致不管不顧便追了上去？」

沈昕顏心口一緊，不自覺地揪緊了帕子，忽地意識到，她大概小看了這個孩子。他年紀雖然尚小，卻已聰慧到讓人忽視不得。

「大概是前些日子作過這樣一個類似的夢，夢見你父親在一個飄著初雪的天氣出了意外，故而一直耿耿於懷；恰好那日又是今年頭一回下雪，而你父親又偏偏挑在那日出門。雖說夢中之事未必可信，可關乎你父親性命之事，我卻是寧可信其有，不可信其無，縱是錯了也不過是白跑一趟，可若真的因為自己的不相信而錯過了機會，從而使得你父親……那才是一生無可挽回的。」她定定神，緩緩地回答。

「母親夢中遇到這般類似之事？」魏承霖瞪大了眼睛。

沈昕顏見他神情仍是帶著疑惑，知道這番話並沒有說服他，可真正的原因她卻不能對他說，唯有硬著頭皮繼續糊弄。

「我與你父親夫妻多年，相互扶持，彼此照應，早已經心靈相通。想來也是因為如此，我方會作出這般預警之夢。」她噓噓口水，又道：「你可曾聽說過雙生的孩兒，一方身子不舒服，另一方也會感同身受？想來大概與我會作這夢有些相似之處。」她記得上輩子她那對龍鳳雙生孫兒、孫女便是這樣，一個覺得哪裡不舒服了，另一個也會如此。

魏承霖皺著眉頭，也不知在想些什麼，少頃，又問：「父親與母親夫妻多年培養出彼此的默契，達到心靈相通的地步，那母親與孩兒也是多年的母子，為何就沒有到這樣的地步？」

「咳，這個嘛，夫妻與母子是不一樣的，待將來你就明白了。」沈昕顏只能拿出大人敷衍孩子的萬能理由——待你長大後就明白了。

「這樣嗎？」魏承霖眨巴眨巴清澈的雙眸，雖然還是覺得奇怪，但誰讓他年紀小呢，沒有相互扶持多年的「妻」，自然也無法分辨她此話的真與假。

「當然是這樣！」沈昕顏滿臉真誠。「若不是如此，難不成我還能掐指一算，便算出你父親會遭受此劫？還是說我有未卜先知的能力？」

魏承霖想想，好像也有點道理。大概相互扶持多年的夫妻真的能夠心靈相通，一方能提前感知另一方可能會遇到的災禍吧！

「原來是這樣，幸好母親提前作了這樣預警的夢，父親這回才能逃過一劫。」想到那一刻的凶險，魏承霖不禁後怕不已。要是母親沒有提前預知，父親這一回只怕性命難保。

「是、是啊，幸虧我作了那樣一個夢。」欺騙了兒子，沈昕顏總是有些不自在，但仍努力維持著表面的平靜，不讓他看出異樣來。

也不知他是相信還是不相信，總歸這回勉強算是糊弄過去了，只日後卻不能再掉以輕心。這孩子上輩子能一個人撐著偌大一個國公府，其手段與心性確是不容小覷的。

門簾外，魏雋航撫著下頷沈思。

雖然夫人這番話一聽便是哄騙孩子的，可不知為什麼，他聽起來就那麼舒服呢！夫妻多年，心靈相通。這些話從夫人口中說出，真真是讓人聽了像喝了蜜一般甜。

那日歷經一番凶險而歸，他只是在心裡慶幸著，卻沒有多想為什麼妻兒會這般巧地出現在現場，並及時地救下了自己？總歸他很清楚，這兩個人是絕對不會害自己的，或許這一切就真的不過是巧合。

礙於身分之故，這輩子他要懷疑旁人的機會太多了，所以對自己的親人，他並不想同樣如此對待。懷疑，還是一直留給外人吧！

總之聽到夫人這般解釋，真也好，假也罷，他還是寧願接受「心靈相通」這樣含著蜜糖的答案。

屋內，沈昕顏生怕兒子再糾纏著這個問題，連忙轉移話題道：「前些日子大殿下身子抱恙，如今可痊癒了？」

魏承霖搖搖頭。「並未痊癒。孩兒昨日才去探望過他，倒覺得比前些天瞧著要嚴重了些，整個人都沒精打采的，坐不到片刻便打瞌睡了。如今貴妃娘娘擔心得不行，只差沒直接住下來親自照顧他了。」

「不過是著了涼受了寒，發現得及時，宮裡又有那麼多醫術高明的太醫，竟還不曾治好？」沈昕顏狐疑。

「為著大殿下的病，陛下也發了好幾回脾氣，大殿下身邊的宮女、太監都被他發落了幾個，太醫們也都嚇得心驚膽顫的，唯恐一不小心便惹禍上身，用藥自是更加謹慎。孩兒想，大殿下久病不癒，想來也有這一份原因在吧！」魏承霖緩緩地回答。

太醫們束手束腳，個個都怕會觸怒陛下從而惹火上身，丟了官倒是小事，最怕到最後連小命都不保。想來也因為過分擔憂會令龍顏大怒，相對地也就越發謹慎，本是最尋常不過的藥方子也要彼此斟酌來斟酌去，這一來二回的，豈不是要耽誤病情嗎？

沈昕顏沒有想到他會說出這樣一番話來，有些意外地望著他。

「霖哥兒到宮裡一陣子，倒是長了不少見識，明白了不少道理。」

魏承霖抿抿嘴，露出一個有幾分羞赧的笑容。「母親說笑了。」

「真不愧是我魏雋航的兒子，小小年紀便能想得這般通透，可見你祖父與呂先生多年苦心栽培的一番心血沒有白費！」魏雋航在外頭聽了片刻，終於忍不住哈哈笑著走了進來，臉上綻放著驕傲的表情。

「父親！」魏承霖一見他進來，連忙迎上前去。

魏雋航讚許地望著他，「好小子，可算是長大了！」

「孩兒早就長大了！」魏承霖挺了挺小胸膛，一臉正經地道。

魏雋航哈哈大笑。「是，我兒長大了！」頓了頓，又存心考他。「咱們府上就只有你一個人出入宮廷，那依你看來，如今宮中局勢如何？」

魏承霖想了想，認認真真地回道：「自貴妃娘娘回宮之後，大殿下在宮中的地位急速上升，陛下對他也越發看重，宮裡已經隱隱有『陛下將立皇長子為太子』的話流傳出來了。只是，貴妃娘娘上頭畢竟還有皇后娘娘，自上回淑妃娘娘被下旨申斥後便一直閉門不出，便是二殿下也沈默了許多，倒是往皇后娘娘宮中請安的次數見長。孩兒以為，貴妃娘娘與大殿下雖然如今集聖寵於一身，但相對地，也直接或間接地將與他們有利益衝突之人推到了一起。」

魏雋航與沈昕顏對望一眼，均從對方眼中看到了震驚。

尤其是沈昕顏，她雖然知道長大後的兒子很出色，經他手辦的差事從來便沒有出過差錯，每一回都是相當漂亮地完成，也因為如此，上輩子他才能迅速地在朝堂上站穩腳跟，讓人不敢再輕易小看。可是，上輩子兒子在挑起府中責任之前是怎樣的，她卻沒有什麼機會見識。

「那依你之見，貴妃娘娘與大殿下要如何才能避免集眾怨於一身的局面？」魏雋航清清嗓子，繼續問。

「孩兒認為，聖寵是一把雙刃劍，從來便沒有既得寵又不集怨這樣的好事。既然是無可避免的，那便只能努力站得更高，站到讓那些人便是怨也毫無辦法的高度。」魏承霖的聲音還帶有幾分孩子的稚嫩，可他說出來的話卻教人不敢小瞧。

魏雋航目不轉睛地望著他良久，久到小小的少年不自在地摸摸鼻子，自以為沒有人察覺一般往沈昕顏身後挪了挪。父親這眼神太奇怪了……

半晌，魏雋航才爆出一陣爽朗的大笑聲，笑聲中飽含著掩飾不住的欣慰與得意。

好了，有霖哥兒在，便是沒有自己，英國公府照樣能重拾曾經的輝煌，也不枉父親多年的心血！此時此刻，他生出一種為人父的驕傲。

「你能想到這一層，父親很高興，只日後你在宮中行走，自應萬事小心。正如你所說，如今大殿下已經成了宮中最奪目的存在，旁人無法，也不敢對他怎樣，可你這個整日跟在大殿下身邊的，他們卻不會有什麼顧忌。」笑聲過後，魏雋航叮囑道。

「父親放心，孩兒心中都有數，且貴妃娘娘與大殿下也會護著孩兒，孩兒也不是那種會輕易任人欺負的！」魏承霖自信滿滿。

魏雋航笑了笑，忽地覺得，或許要尋個機會讓這小子吃一下苦頭才行。人生太過一帆風順可不是什麼好事，總得吃上一回虧才好長長記性，日後的路才能走得更順暢些。

第二十章

宮裡頭的事，沈昕顏並沒有過多關注，只是偶爾像聽閒話一般，聽著魏雋航對她說一些外頭之事。比如瑞貴妃的族人進京了，元佑帝的賞賜絡繹不絕，大有補償趙氏族人曾經受過的苦之意。只是，「承恩公」與「忠義侯」兩個爵位卻一點也沒有落實。

承恩公之位歷來只能襲一世倒也罷了，可忠義侯的爵位，若是元佑帝願意，大可以讓其多襲數代。然眼下看來，元佑帝並無將爵位惠及趙氏旁枝的打算。

對魏雋航足不出戶也對外頭之事瞭若指掌，沈昕顏還是有些驚訝的。不過更讓她驚訝的是，魏雋航會主動與她提及這些，就好像他終於不再對她過於隱瞞他在外頭所做之事一般。

便是魏承霖，有時也會憂心忡忡地說著皇長子的病情。好像這麼多天過去了，皇長子的病仍未見痊癒，甚至有一日比一日嚴重的跡象。

不知為何，她總感覺有些不安。皇長子他不會有什麼事吧？

這一輩子改變之事太多，她著實不敢再以上輩子的記憶為參照。

「夫人，我的字寫好了，您瞧瞧。」蘊福舉著剛練好的大字，眼睛閃閃發亮，小臉充滿期待地道。

沈昕顏笑著接過一看，見這字一筆一畫比之早前又成熟許多，端正沈穩，卻又有幾分灑脫的韻味。

「蘊福這字寫得比上回更好了，想必再過些日子，過年咱們院子裡的對聯都要麻煩你了。」沈昕顏笑著道。

蘊福的眼睛頓時更亮，挺了挺小胸膛道：「夫人您放心，我一定會把字練得更好，將來替您寫對聯！」

沈昕顏聽罷輕笑，捏捏他比剛來時長了不少肉的臉蛋。「好，那我便等著。」

蘊福抿著小嘴，露出一個歡喜的笑容。

也不知是不是她的錯覺，竟然覺得他這個笑容依稀有幾分宮中瑞貴妃的模樣。

下一刻，她又好笑地搖搖頭，覺得自己必是眼花了，竟將蘊福的笑臉與那有著絕世姿容的貴妃娘娘比較。

再隔得數日，沈昕顏聽聞皇長子病情加重，已至臥床不起的地步，不禁大驚。

這本是小小的風寒，何至於會到這般嚴重的地步？

元佑帝大怒，怒斥太醫院一眾太醫，若非瑞貴妃勸阻，只怕當場便要將其中的幾名太醫拖下去斬殺了。

皇長子出了事，這幾日魏承霖也不必再到宮中去，每日就留在府中，靜待宮中消息，只沈昕顏也察覺得到他的憂色。

「大殿下這病只怕是不簡單啊！」這晚，魏雋航一陣嘆息。

沈昕顏只覺得心揪得更緊了。「大殿下出事，貴妃娘娘這段日子豈不是異常難過？看著親生孩兒被病痛折磨，自己卻束手無策，這樣的感覺著實太過難受。」

「陛下同樣不好受。自大殿下病了以來，陛下臉上已經難展笑容，朝臣們戰戰兢兢，唯恐遭了聖怒。」魏雋航有些頭疼。

更讓人頭疼的是，陛下已經下令讓自己全力徹查皇長子病因一事了。

真是的，他如今好歹也是個「傷患」啊，總也得有休養的時候吧？

他想，一定是因為自己這些年來任勞任怨，皇帝表兄才越發愛支使自己。

雖然心裡嘀咕著，但他也不會不知好歹地在元佑帝跟前多說什麼，因著皇長子的病，那人已經快要到瘋狂的邊緣了。

當魏雋航又開始隔三差五地往外跑的時候，沈昕顏便猜測著與皇長子之病有關，故而也只是叮囑他多注意身上的傷，別的什麼一句話也沒有多說。

魏雋航有些好笑。身上那些不過是一些擦傷，養了這些日，早就好得七七八八了，也就夫人至今還擔心他所謂的「傷」。雖是如此想，心裡卻因為她的關心而感到萬分熨貼。

「妳也要注意身子，我瞧著妳越發瘦了。」看著明顯瘦了一圈的沈昕顏，他心疼地輕撫著她的臉頰道。

先是沈太夫人的離世，緊接著她自己又病了一場，再加上他的那場「意外」，還有府裡雜七雜八之事，又怎會不消瘦？

「你放心吧，我又不是三歲孩子，會照顧自己的。」沈昕顏一邊替他繫著斗篷，一邊回答。

「同樣的，我也不是三歲孩子，做什麼都會有分寸的。」魏雋航拿她的話堵她。

沈昕顏失笑，無奈地拍了拍他身上的斗篷。「早去早回！」

魏雋航點頭，抬腳走出幾步又折返，在她臉上親了一記，這才在她嗔怪的目光中笑著離開。

這段日子，他們夫妻的感情突飛猛進，每回回到福寧院正房，沈浸在夫人的柔情密意當中，他都不捨得再離開了。

莫怪世人總說美人鄉是英雄塚。他雖不是英雄，可他家夫人卻是個不折不扣的美人啊！

這日用過早膳後，沈昕顏照樣到大長公主處請安，又陪著大長公主說了會兒話，見大長公主面露倦意，這才告辭離開。

「二嫂妳不知道吧？母親早前替大嫂娘家人進宮求差事去了。」離開的路上，見方氏的身影越來越遠後，楊氏才忿忿不平地道。

母親既然能替他們家求，為何不替她的夫君求份好差事？好歹夫君也是她的兒子，是國公府的正經主子，難不成還不如方氏的娘家人？

沈昕顏有些意外，但細一想又覺得早晚會有這一步。大長公主與平良侯夫人的交情，從她對方氏姊妹的態度便可看得出來了，只要平良侯夫人放下姿態好言相求，她未必不會應下。

只不過，也莫怪楊氏如此不忿。三房的魏雋賢整日閒在家中，閒得妾室、通房抬了一個又一個，庶子、庶女一個接著一個生，楊氏不氣才怪了！

如今，英國公府便只有三房人丁最旺了，除了楊氏嫡出的釗哥兒和越哥兒兄弟，還有庶出的兩個小子、三個姑娘。

這麼一個大家子，關鍵是七個孩子當中，從她肚子裡爬出的也就兩個，這吃喝用度花錢似流水，莫怪楊氏越發摳門，越發小氣。

原本只有一個越哥兒愛往她院裡跑的，自從被越哥兒帶回去的點心勾了幾回後，如今連大一點的釗哥兒也總愛尋著各種理由往她院裡鑽。

為什麼要尋理由？很簡單，釗哥兒覺得自己長大了，不能再像不懂事的小孩子一樣，整日上門打擾，故而每回總會尋些諸如「我娘讓我來尋越哥兒」、「我娘讓我來瞧瞧越哥兒的臉可洗乾淨了」之類的藉口，每每讓沈昕顏與秋棠幾人憋笑不已。

楊氏對兒子們總愛往二房跑也是睜隻眼、閉隻眼，甚至還相當樂見。

她又不是長房那個眼皮子淺的，二房那霖哥兒眼看著前程一片光明，兒子們多親近二房，將來不定能沾些光，討點好處。

「母親的心思，咱們做兒媳婦的自然不好說什麼。」沈昕顏斟酌了一下才回答。

「我們三老爺倒也罷了，只世子爺卻是母親嫡親的孩兒，母親如何不想著替世子爺求份好差事，反倒要替外人出面？」楊氏更加不忿地道。

好了，又來挑撥慫恿自己出頭了。沈昕顏有些無奈。

所以說，和楊氏打交道真的不能掉以輕心，一不小心便會被她帶著走。

「在母親眼裡，三老爺和世子爺並無不同，況且，我倒希望世子爺多些時間在府裡。」沈昕顏裝作聽不懂她的話，扔下這麼一句後，生怕楊氏會再抓著不放，胡亂扯了個理由便匆匆離開了。

「真真沒用！」楊氏氣結，卻又拿對方無可奈何。一時又恨夫君不爭氣，一時又氣大長公主行事太過於偏心。

往日只偏著長房倒也罷了，如今連長房的娘家也要爬到自己頭上！

對平良侯日後會被再度起用，沈昕顏並不意外。上輩子借著徐尚書的東風，平良侯也謀了份不錯的差事，今生有大長公主出面，想來也不會有什麼意外才是。

當然，前提是大長公主真的會替他出面。

她可不相信向來不理朝堂事的大長公主，會真的因為與平良侯夫人的交情，而搭上自己在元佑帝跟前的情面。

不過也能由此看得出，平良侯府已經走投無路了。

接下來發生之事，更加肯定了沈昕顏的猜測。元佑帝一連下了數道聖旨貶謫官員，連不久前剛奪情起復的周懋，也丟了戶部侍郎的差事，被發配南邊某地當知府。

緊接著，又收回周皇后鳳印，嚴命皇后有疾要靜養，六宮嬪妃無旨不得隨意打擾。

一時間，朝堂上一片譁然。有想要替皇后求情的，卻被元佑帝當場喝斥，更直接扯出他們不少醜事，比如貪戀美色氣死嫡妻，比如以庶充嫡矇騙世人，再比如縱容子姪強奪人妻等等。

本還想要替皇后說情的朝臣，皆不動聲色地縮回了腳。

朝臣們心中如驚濤駭浪。陛下如何會得知臣子府上如此隱秘之事？

一時間人人自危，只覺得自己所有陰私都被元佑帝挖了個乾乾淨淨，再沒有人還敢對他的旨意有半點異議。

有朝臣再一深思，發覺元佑帝處置的這批人，居然大部分都是依附周府的，頓時明瞭，陛下這是在清算周首輔的勢力。

鳳坤宮。

相當於被軟禁的周皇后披頭散髮地癱坐在長榻上，雙目含著濃烈的怨恨。「當年妳怎麼就沒有死？妳早就應該死了！」

「是啊，我沒有死，所以妳很失望，對當年全力救下我的魏雋航也恨之入骨，恨不得他死，是不是？」瑞貴妃居高臨下地望著她，緩緩地道。

周皇后冷笑。「是，他該死，妳也該死，你們所有人都該死！」

「所以妳便不顧周首輔，不理周府的死活，暗中利用周首輔的力量，借他之名，私下與誠王做了交易，放走了誠王世子，再對魏世子出手，同時又暗中加害我兒。」見周皇后臉上浮現震驚的表情，她淡淡地繼續道：「或者該說，妳放走誠王世子，除了是與誠王的交易外，還因為不忍心看著他死吧？」

「妳胡說什麼！」周皇后的瞳孔陡然收縮，下意識便反駁。

「桃花林中訴衷腸，念念不忘相思意。既然你們彼此有情，何必還要想方設法介入我與陛下之間，讓誠王世子白白恨了陛下這麼多年？」說到這裡，她從袖中取出一對鴛鴦結，抖落在周皇后眼前。

周皇后臉色大變，一把將鴛鴦結奪過去，不敢置信地問：「這東西怎會在妳這裡？」

「妳沒想到吧，當年撞到妳與誠王世子私情的不是陳側妃，而是我。」

「是妳?!竟然是妳，居然是妳……」周皇后先是震驚，而後絕望，最後頹然跌倒。

「妳既然為了一己之私而不顧周府死活，陛下如今也如了妳所願，從今往後，大楚朝再不會有周首輔。妳應該慶幸，你們府中還有一個有良心的周懋，這麼多年來被妳們母女打壓，事到如今卻沒有落井下石，反倒以自己的前程換取周府的平安；也是因為他，陛下才會對周首輔網開一面。否則，單憑放走誠王世子這一條罪，便足夠你們周府一輩子無法步入京城。至於妳，周府上下如今對妳恨之入骨，尤其是妳的生父和妳的兄弟們，因為妳，他們一輩子的仕途便算是徹底斷了個乾淨！至於周懋，妳母親當年害死他的生母，這回救了你們一次，便算是恩斷義絕了。我不會讓陛下廢去妳的皇后之位，我要妳好好看著，今生今世，哪怕妳位置再尊，我依然可以將妳踩在腳下！妾就是妾，便是穿上大紅冠服，在真正的元配嫡妻跟前，也只有低頭屈膝的分！」

周皇后瞪大眼睛望著她，對上她那凌厲的眼神，不由自主地打了個寒顫。

瑞貴妃伸出手來輕輕替她捋了捋鬢髮，無比輕柔地道：「這麼多年來我苟且偷生，對妳在宮裡的一切瞭若指掌，可妳卻對我一無所知，從我回宮那日起，妳已經輸了。」

周皇后側過臉去避開她的觸碰，冷笑道：「若是陛下瞧見妳這模樣，我倒要看看他是否還如當年那般寵愛妳！」

陛下不是一向最愛她純淨空靈、似不沾世間塵埃的氣質嗎？那便讓他來看看，看看他放在心口上多年的女子，如今變得怎樣恐怖！

瑞貴妃輕笑。「我們夫妻之事，便不勞妳費心了，妳還是擔心一下自己將來的日子吧，皇后娘娘。」言畢，她轉身，一步一步離開。

宮門在她身後慢慢闔上，將那些詛咒謾罵徹底隔絕。她抬頭望向紛紛揚揚的飄雪，依稀間，似是看到當年那個一身紅嫁衣的自己，不諳世事，滿懷嫁得良人的歡喜。

「娘娘！大皇子醒了、大皇子醒了！」宮女小跑著前來稟報，聲音中，盡是如釋重負的狂喜。

她先是一怔，隨即大喜，提著裙裾就往皇長子宮殿飛奔而去……

沈昕顏也很快得知皇長子病情好轉的消息，整個人不由得鬆了口氣。

忽聽窗外傳來孩子們歡快的笑聲，她輕輕地推開窗門，見院子裡女兒與蘊福，以及三房的小哥兒倆正打著雪仗，迴廊上，魏承騏一臉羨慕地望著他們，魏敏芷站在他的身邊，緊張地盯著他，生怕他也會加進去的模樣。

笑聲中，身披同樣式斗篷的魏雋航與魏承霖父子一前一後踏雪而回，不時還說上幾句話，直到魏承越一個雪球砸在了魏雋航身上。

「二伯父、二伯父，我不是故意的！」魏承越向來不怕這個好脾氣的二伯父，見狀也只是笑嘻嘻地道。

魏雋航挑挑眉，突然彎下身去，也揉了個雪球，想也不想便做了個投擲的姿勢，嚇得魏承越哇哇叫著撒腿就跑，樂得在場的小傢伙們捧著肚子哈哈大笑。

沈昕顏也不由自主地勾起了笑容。看著魏雋航追上了四處逃竄的魏承越，攔腰將小傢伙抱起，又作出一個扔掉他的動作，引來魏承越尖聲叫著求饒，越發讓蘊福幾人笑得直打跌。

魏承霖含笑望著這歡樂的一幕，看著父親像個孩子一般和弟妹們玩作一團，不遠處的窗邊，母親憑窗而立，臉上洋溢著溫柔的笑容。

目光再投向迴廊上的那對姊弟，想了想，他走了過去。

魏敏芷與魏承騏姊弟倆都有點怕這個肖似祖父的堂兄，見他過來，連忙站直了身子，規規矩矩地喚：「大哥哥！」

「四弟不想和蘊福他們一起玩嗎？」魏承霖記得這個性子有些內向的堂弟和蘊福關係挺不錯的，故而問道。

魏承騏正想說話，身邊的魏敏芷便飛快打斷了他。「騏哥兒身子有些不舒服，大夫說不能受涼。」

魏承騏眼眸一黯，一臉失望地低下頭去。

魏承霖還來不及說什麼，魏敏芷忙又道：「大哥哥，娘這會兒想來在尋我和騏哥兒了，我們便先回去了。」說完，硬是拉著魏承騏離開。

魏承霖皺了皺眉，到底沒有說什麼話。

「倒像個長不大的孩子一般，若是讓父親瞧見了，只怕又要吃一頓排頭。」秋棠幾個將那幾隻玩得興致勃勃的雪猴子領下去換衣裳後，沈昕顏倒了杯熱茶給魏雋航，嗔怪著道。

魏雋航笑笑，呷了幾口茶暖身，才無奈地道：「陛下給我安排了差事，讓我後日到大理寺報到。」

沈昕顏怔了怔。「大理寺？好好的怎會突然給你安排差事？」

「據說是母親發了狠，瞧不得我整日遊手好閒，豁出臉面求到了陛下跟前，才求來這麼一份差事。」魏雋航聳聳肩。

沈昕顏啞然失笑。「陛下竟然也肯了？」

「母親都求到跟前了，陛下總不好駁回。」魏雋航無奈極了。

「母親也是一番好意，你可別不知好歹，若是讓三弟妹知道了，不定怎麼眼紅呢！上回也不知她從哪兒聽來的，說母親應了平良侯夫人所求，打算替平良侯求份好差事。為著這事，她還在我跟前嘀咕了一陣子呢！」沈昕顏笑道。

「平良侯的差事也已經有著落了，只是怕與他心裡所期望的有些落差。」

沈昕顏無甚興致地點點頭表示知道了。

魏雋航繼續道：「如今皇長子病情好轉，宮裡宮外都鬆了口氣，陛下與貴妃娘娘也算是放下心來了。過幾日，貴妃娘娘便會召見趙氏女眷，這趙府也算是漸有了些氣息，只可惜那孩子至今下落不明。」

「還不曾有消息嗎？」沈昕顏好奇地問。

魏雋航搖搖頭。「那對夫婦所住之處較為偏僻，甚少與人往來，便是打探也不是一朝一夕之事。」

一日尋不著那孩子，貴妃娘娘就一日無法安心，自然，趙氏旁支也就越發想方設法欲過繼子姪到趙全忠名下。瞧著，這回京城沒幾日，便已經四處尋著門路，各房之間的明爭暗鬥也漸漸地顯露出來。

「對了，還有件事，就是來福……咳，那小子瞧上了夏荷，卻沒那個膽去問問夏荷的心意。我那日答應了他，找機會請妳替他向夏荷問問。」頭一回拿夫人身邊之人許諾，魏雋航總有幾分心虛。

「來福與夏荷？」沈昕顏有些意外，又覺得有些欣慰，故而相當痛快地應下。「好，我便替他問上一問。」

夏荷幾人的親事她一直記掛在心，來福又是魏雋航身邊得力之人，人品那是信得過的，若是此事能成，也算是了了她一樁心事。

至少，這輩子，她會用盡一切辦法讓她身邊這三名侍女過得幸福。夏荷也好，秋棠也罷，甚至上輩子耗費了青春一直對自己不離不棄的春柳，她都會風風光光地將她們嫁出去。

見她答應得這般痛快，魏雋航才終於鬆了口氣。

「這天氣漸冷，父親的傷腿怕是又要發作了。」看著窗外飄舞著的雪花，聽著那呼呼的風聲，魏雋航難掩憂慮。

沈昕顏替他倒茶的動作微頓。

上一輩子，英國公就是在兩年後那個異常寒冷的冬日裡離世的。

她至今還記得，上輩子英國公遺容上那個淺淺的笑容，可見，他是含笑而終。

五年後。

「夫人，慧姑娘來了。」作婦人打扮的夏荷掀簾而入。

沈昕顏合上帳冊，抬頭望去，沈慧然纖細的身影便出現在眼前。

「姑姑。」沈慧然如今出落得亭亭玉立，溫婉秀美，盈盈立在那兒，便已有大家閨秀的不俗氣度。

「怎的這般早便過來？長寧郡主她們走了？」沈昕顏揉揉有些痠痛的肩。

沈慧然見狀忙上前去，熟練地替她按捏著。「她們還在，這會兒在園子裡賞菊作詩呢！」

「那妳怎的不與她們一起？我記得蘊福還說妳詩作得不錯，想必不會輸給她們才是。」

沈昕顏被她按捏得相當舒服，愜意地合著眼眸問。

沈慧然笑笑。「蘊福只是客套幾句，姑姑便也信了？」

「蘊福可不是那等張口便來話的，若妳沒幾分真本事，他才不會說這樣的客套話。」沈昕顏不置可否。她親自帶出來的孩子是個什麼性子，難道她還不瞭解嗎？「過來也好，來陪姑姑說說話，隨她們一邊玩去。」片刻，她拉著沈慧然在身邊坐下，慈愛地打量著她。

一晃這麼多年過去，靖安伯謹守著當年對梁氏的承諾，真的不曾續弦，親自照顧著三個兒女。可他一個男人家，照顧小姑娘又哪能周到？故而沈昕顏不時會使人將姪女接過來住上一段日子。可以說，這五年來，沈慧然住在英國公府的日子比在靖安伯府還要多。

三年前，英國公在如上一世一般無二的日子裡離世，而這一輩子，沈昕顏也終於知道他臨終前臉上的笑容因何而來。那是因為魏雋航向他坦白了這麼多年來，一直暗中替元佑帝做事。英國公沒有料到，原以為最不成器的次子，竟是元佑帝最最信任的心腹，再想想當年慧明大師那句「福將」之言，他終於如夢初醒。

兒子、孫子都如此出息，他深感此生再無憾，國公府昔日輝煌有望重振，終於不必他苦苦撐著殘軀。

英國公過世後，魏雋航承襲爵位，妻憑夫貴，沈昕顏也晉升為國公夫人。

沈慧然被她看得有些不好意思，害羞地低下頭去，引來她一陣輕笑。

「慧兒也長大了，再過不了幾年便可以出嫁，也不知哪家的混小子能有這般福氣。」半晌，沈昕顏才嘆息著道。孩子們長大了，而她也慢慢老了。

「姑姑……」沈慧然不依地輕喚。

「好了，不說這些話了。」見她害羞，沈昕顏便不再逗她，笑著拍拍她的手。

姑姪們說了一會兒話，又有侍女來稟，道「世子來了」。

沈慧然一聽，忙起身告辭，從屋子的另一邊快步離開。

沈昕顏沒有阻止，更不會說那些諸如「一家子親戚無須多禮」之類的話。

實際上，這幾年來，在她刻意的安排下，這對表兄妹真正見面的次數屈指可數，單獨見面更是從來沒有之事。

她不會違背對沈太夫人的承諾，這輩子都會盡力照顧沈慧然。尤其她更加不能眼睜睜看著沈慧然重蹈覆轍，再度喜歡上不該喜歡之人，從而誤了自己終身。

當然，若是這輩子兒子能轉了心意，喜歡上姪女，她自然樂見其成。但是，她卻再不會摻和進去。

「母親。」時年十五歲的少年，身姿挺拔，清俊的臉龐盡是恭敬。

每每看著這個已經漸漸與上輩子印象重合的兒子，沈昕顏還是有幾分恍惚，有些分不清自己身在何處，是前世還是今生？抑或所有的一切都不過是夢一場，待醒來之後，她依然還是那個遭人厭棄的太夫人。

魏承霖已經習慣了母親每次見到自己便有須臾的失神，薄唇微抿，耐心地等著她回轉過來。

「可去見過你祖母了？」沈昕顏神情溫和，柔聲問。

「見過了。」魏承霖頷首，臉上有一閃而過的不自在。

沈昕顏沒有錯過了他這絲不自在，略思忖後，問：「可是在祖母處見到了什麼人？」

魏承霖含含糊糊地道：「三妹妹正好帶著長寧郡主向祖母辭行。」

沈昕顏了悟。長寧郡主乃寧王之女，比魏承霖小兩歲。寧王雖有個「花花太歲」的名頭，膝下兒女也不少，但長寧郡主卻是當中的佼佼者，向來也頗得寧王寵愛。

上輩子，大長公主相中的長孫媳婦人選便是長寧郡主。可惜到最後，不管是長寧郡主，還是她喜歡的姪女沈慧然，統統沒能入魏承霖的眼。

只是，長寧郡主有她身為親王郡主的驕傲，縱使沒能嫁得意中人，也不屑多作糾纏，在魏承霖與周莞寧訂下親事後不久，便也訂了親。

據聞婚後與郡馬過得也相當不錯，兩人膝下育有兩子一女。

相比一直放不下的沈慧然，不得不說，長寧郡主才是果斷的聰明人，當斷則斷。

如今看兒子這般模樣，沈昕顏便也明白，看來這輩子的大長公主心意不改，依然相中了長寧郡主。她既起了這個心思，想來也會有意無意地撮合這兩人，也難怪兒子方才臉上會有些不自在的表情。

「郡主是個知禮懂禮的好姑娘。」她意味深長地說。

魏承霖更顯不自在，總覺得母親的眼神和方才祖母看自己的眼神一般無二，都讓他有些吃不消。

事實證明，沈昕顏的猜測是正確的。

這晚，她照舊到大長公主處請安，大長公主直接便問：「妳覺得長寧郡主為人如何？」

她故作不知地回答。「郡主是個品貌上佳的好姑娘，難得的是雖身為皇家得寵郡主，可身上卻無半點驕縱，待人接物亦是謙和有禮。」

大長公主相當滿意她這番話，含笑點頭道：「我欲為霖哥兒聘娶長寧郡主為妻，妳意下如何？」

「兒媳自然是求之不得！只是，霖哥兒如今才十五，郡主略小些，也不過十三，若是議親，是不是早了些？」沈昕顏又哪有不同意之理。

「只是先將親事訂下，又不是讓他們馬上成親，早些便早些，打什麼緊！」大長公主不以為然。

「母親說得極是，像郡主這般好的姑娘，自有無數人家爭著想娶，早些訂下也好，莫讓別人搶了去。」沈昕顏笑道。

大長公主非常滿意她的態度，好心情地笑了起來。「既然妳也沒有意見，那便找個機會探一探寧王妃的意思，若她同意，咱們便挑個黃道吉日將親事訂下來。」

「一切聽母親安排。」

婆媳二人愉快地達成了統一意見，氣氛自是更好。沈昕顏挑著些公中之事請她示下，大長公主也只是擺擺手道：「妳抓主意便是。」

沈昕顏已是國公夫人，又與方氏、楊氏兩人共同掌理家事多年，大長公主對她也漸漸放心了。

如今名義上府裡之事還是三房共理，實際上已經是漸漸以沈昕顏的意見為主，另兩人正一點一點地被擠向邊緣。

所幸沈昕顏並無意獨攬府中大權，事實上，她巴不得多兩個幫手，以便自己能有更多的時間打理私產。

如同上一輩子一樣，這輩子的許素敏照樣將她的溫泉山莊搞得紅紅火火，身為合夥人之一的沈昕顏也因此大賺，便是什麼也不做，私帳上每個月也會有一筆驚人的進項。

去年她又與許素敏合夥開了一家點心鋪子，生意雖不及溫泉山莊，但亦做得有聲有色，漸漸地，在京城中也算是小有名氣了。

一連兩項投資都是大賺，沈昕顏只覺得自己的腰板也因此挺直了不少，自然也不會將公中那點財產放在眼裡。若非怕有損名聲，她是更想將公中諸事悉數交給方氏和楊氏的。

雖然與大長公主有了默契，但長子訂親自然也得與魏雋航商量著來。

當晚魏雋航從大理寺歸來，沈昕顏便將大長公主欲替兒子訂下長寧郡主一事對他道來。

已過而立之年的魏雋航雖然比當年沈穩了不少，但那一貫的好脾氣卻是一點兒也沒有變，府裡的孩子們也沒有一個怕他的。聽到沈昕顏提到兒子的親事，他也只是稍思忖了一會兒便笑道：「長寧郡主我倒是有些印象，寧王那廝的閨女。既然妳和母親都認為她好，想必也是個相當不錯的姑娘。如若霖哥兒沒有意見，那便先訂下來吧！」

霖哥兒……沈昕顏笑容微斂，有些不是很確定了。

除了當年與年幼的周莞寧初見一面外，這輩子的兒子應該還沒有機會再見她，那想必不會排斥她們替他擇的妻子人選吧？

「此事畢竟是他的終身大事，必要經過他的同意方可。」魏雋航沒有察覺她的異樣。

「……好，我挑個時候問問他的意見。」沈昕顏頷首應下。

罷了，先問問看吧，若是他同意便訂下，若是他不同意，她也不會強求便是。

出乎沈昕顏意料，當她將大長公主的意思對魏承霖說起時，魏承霖只是最初有幾分意外，隨即便道：「一切聽祖母和母親的安排便是。」

沈昕顏見他臉上並沒有勉強之色，但也瞧不出有多歡喜，遲疑片刻，仍是道：「你若是不喜歡，也不必勉強應下，畢竟這是你一輩子之事……」

魏承霖疑惑道：「孩兒與郡主不過一面之緣，說不上喜歡不喜歡，只是祖母與母親都認為她是個適合的妻子人選，那想來也不會有錯。」

這樣嗎？因為心裡還沒有喜歡之人，所以娶誰都不要緊？沈昕顏狐疑。那若是將來他娶了長寧郡主之後，又遇上另外喜歡的姑娘，而對方姑娘又不可能給他當妾，那該怎麼辦？

她張張嘴想要問他，可最後卻什麼也沒問出口。

「母親可是有什麼不放心的嗎？」魏承霖見她臉色有異，不解地問。

「……郡主是個很好的姑娘，你……」沈昕顏遲疑著。

魏承霖只一聽便明白了，略有些不自在地道：「孩兒自是相信祖母與母親的眼光，母親既如此說，想必郡主必有過人之處——」

「那你想娶個什麼樣的姑娘?或者說,你心目中的妻子是怎樣的?」沈昕顏打斷他的話。

魏承霖愣了愣,耳根隨即泛起了紅,佯咳了咳,移過視線不敢看她,小小聲地回答。

「似母親這樣就好,最好能幹些,可以幫母親減輕一下負擔。」

沈昕顏驚訝地望著他,不敢相信。「能幹些?」

她是不是聽錯了?原來她的兒子在遇到周莞寧之前,也是想著娶一個能幹的妻子嗎?

「是、是啊!母親不是教導過孩兒嗎?男主外,女主內,內宅是女子的戰場,身為一府主母,容貌尚在其次,只這『精明能幹』四個字卻是斷斷不能缺少的。」雖然還是很不自在,但魏承霖仍是老老實實地回答。

沈昕顏呆了呆,終於記起自己的確對他說過這樣的話。當然,說這番話時,她完全是另有心思,也沒有想過他會真的記在心裡。如今看來,敢情當年他真的將她這番話記住了,並且真的打算將其付諸行動?她一時不知道該說些什麼好?

「難、難道孩兒說、說錯了嗎?」見她呆呆地望著自己,一臉的複雜,魏承霖有些不安,結結巴巴地問。

「沒錯,霖哥兒會這般想很好。確是如此,若連內宅都管不好,不能替夫君解決後顧之憂,這樣的女子枉為一府主母,實非良配。」她斬釘截鐵地回答。

魏承霖點點頭表示贊同。「母親言之有理。」

沈昕顏決定不再糾結了。既然有機會改變上一世，她為什麼要放過呢？

得知長孫也沒有意見，大長公主更加高興了。

「我就說長寧這般好的姑娘，霖哥兒又哪會有不喜歡之理！」

方氏笑了笑。「母親的眼光一向極好。」

大長公主的笑容又燦爛了幾分，少頃，問：「敏丫頭的親事妳可有著落了？」

魏敏芷今年十四歲了，這親事確實應該提上日程，只是方氏左挑右揀，硬是找不到滿意的人選。如今聽大長公主這般問，嘆息著搖搖頭。「一時半刻的也沒個好人選。」

大長公主皺了皺眉。「這親事關係著敏丫頭一輩子的幸福，妳可要好生挑著，只要人品過關，踏踏實實，家裡沒有那麼多煩心事，這家世略差些也不值什麼。」

方氏點點頭。「母親放心，我都心中有數。」

大長公主暗地搖搖頭，對她並沒有抱太大希望。瞧她當年替方碧蓉籌謀的什麼好親事？還有玉芷那丫頭，若不是那丫頭是個極有主意的，當年說不定便被她嫁入那些所謂的「權勢之家」了。

這麼多年來，長媳的所作所為越發令她失望，只是想到她一個失了夫君的婦人多有不易，這才不忍苛責。但三丫頭的親事，她無論如何也得把把關，不能再讓她胡來。

方氏不知大長公主對她挑選女婿的眼光早就沒了信心，只在心裡暗暗下定決心，這一回一定要挑個好人家，不能再一直被二房壓在頭上。

沈昕顏自然也知道，大長公主雖說讓她尋個機會探探寧王妃的意思，可若不是知道彼此有意，大長公主又如何會和自己提及這親事？故而和寧王府的親事，怕是十拿九穩。

「娘！」門簾忽地被人掀起，下一刻，身著海棠紅襦裙的魏盈芷便走了進來，一屁股坐到她的身邊，環著她的腰撒嬌地喚了一聲。

沈昕顏無奈地放下毫筆，將寫了一半的帖子推到一邊，在女兒的背脊上輕拍了拍，嗔道：「都多大歲數了，還像小孩子一樣，見著娘便撒嬌。」

「便是再大也是娘的女兒啊，撒撒嬌怎麼了？」魏盈芷不以為然。

沈昕顏伸手欲捏她的臉。

魏盈芷察覺她的動作，立即彈開，雙手摀著臉蛋，瞪大眼睛控訴道：「妳不能再捏我的臉了！我臉上這般多肉，都是被你們捏出來的，魏敏芷還笑我長得像個包子！」

「什麼魏敏芷，叫三姊姊！」沈昕顏板著臉教訓。

「就愛轉移話題！」魏盈芷不滿地嘀咕，只到底不敢挑戰娘親的權威，不情不願地應下。「知道了，是三姊姊！」

沈昕顏無奈地搖搖頭。

魏盈芷眼睛滴溜溜地轉動幾下，又挨到她身邊。「娘，您明日是不是要進宮向貴妃娘娘請安？也帶我去唄！」

「帶妳去？妳能起得來嗎？」沈昕顏好笑。

「娘您太小瞧人了！不管不管，反正我好久不曾進宮了，便帶我去吧，好不好？」魏盈芷乾脆抱著她的胳膊，又是撒嬌、又是懇求。

「好了好了，妳愛去便去，只是若誤了時辰，我可不會等妳！」沈昕顏拿她沒有辦法，無奈地應下。

「好！」魏盈芷眼睛一亮，脆聲應下。

太好了，終於又可以見太子殿下了！她搗著嘴偷笑。

兩年前元佑帝冊立皇長子為太子，瑞貴妃在宮中的地位已經無人可以撼動，而滿京城的命婦、夫人都知道，貴妃娘娘性子雖然柔和，但實則上卻不是那麼容易親近的，便連她的娘家人也並不見有多優待，只對一人例外，便是英國公夫人沈氏。

如今，英國公世子是太子殿下的伴讀，英國公夫人又得貴妃娘娘另眼相看，早前還是有名紈袴的英國公，如今在大理寺也混得風生水起，再加上一個深受陛下敬重的大長公主。

這英國公府已經成為京城熾手可熱的人家。尤其是英國公世子魏承霖，年少有為，前途光明，最最重要的是，他還沒有訂親！

可以說，如今的魏承霖已是京中各府夫人心目中的佳婿人選，府中有適齡姑娘的人家齊唰唰地盯上了英國公府，沈昕顏也已經接到了不下三家夫人或明或暗的議親意向。

這種情況上輩子她便已經經歷過了，只是這輩子她的兒子比上輩子更受人青睞。

「在偷笑些什麼？」沈昕顏察覺女兒古怪的笑容，狐疑地問。

「沒什麼、沒什麼，只是想到好久沒見娘娘了，心裡想得很！」魏盈芷正襟危坐，一本正經地回答。

對沈昕顏所出的一雙兒女，瑞貴妃也是親近得很，不時會有賞賜下來，以致魏盈芷越發喜歡這個溫和高貴、生得極美、待她又相當好的貴妃娘娘。

沈昕顏盯著她片刻，搖了搖頭，在她額上輕戳了戳。「鬼靈精，必是又在打什麼鬼主意！」

魏盈芷捂著額頭笑咪咪的，一點兒也不惱。

「娘，您是不是打算讓蘊福日後考個狀元啊？我見他最近拚了命般在唸書，大有不考上狀元不甘休的意思。」忽地想起這一樁，魏盈芷忙問。

「妳爹他的確想著讓蘊福走科舉之路，如今正準備落實他戶籍之事。」沈昕顏並沒有瞞她。

蘊福的父親乃游方郎中，慧明大師也說不清他祖籍何處，便是蘊福自己也是一問三不知，只記得自己很小的時候便跟著父母四處走，至於其他的便再沒有印象了。

魏雋航想了想，又與大長公主商量過，打算正式收他為義子，將戶籍落在英國公府，如此一來也方便他將來參加科舉。

對此，沈昕顏自是沒有異議。反正這麼多年來，她也是將這個孩子視作自己的親生兒子來對待，早些落實名分，也免得他再大些後出外交際被些不長眼之人小瞧了。

「那以後蘊福就真真正正成了我弟弟了嗎？」魏盈芷眨巴眨巴眼睛。

「什麼弟弟？是哥哥才是！他可是比妳還要大一歲的。」沈昕顏無奈地糾正。

魏盈芷的嘴巴都噘起來了。

打小便是她護著蘊福，加上小時候蘊福又比她瘦小，個子還沒有她高，故而她便一直將他看作弟弟一般，若不是娘親提起，她都要忘記了，原來這小子年紀比自己要大的。

從娘親處離開，想到明日就可以進宮見太子哥哥，她心裡一陣雀躍，連步子都輕鬆了不少。

「盈兒！」

忽聽身後有人喚自己，她止步回身一看，見假山石後轉出一個清俊少年，看著那少年緩步走到自己的身前，再想到方才娘親的話，她頓時有些沮喪了。

也不知是怎麼回事，明明這傢伙以前一直沒有自己高的啊，怎的這兩年嗖嗖嗖地直長個兒，如今都比自己高出半個頭了。

沒錯，來人正是蘊福。

「妳讓我幫妳做的荷包，喏，我繡好了，給妳。」蘊福沒有察覺她的心思，將袖中的荷包取出，遞到她的跟前。

看著那精緻的荷包，她更加沮喪了。

明明當年還是她硬逼著教他女紅的，這個笨蛋連針都拿不穩，可不過幾年的工夫，女紅居然比她這個「師傅」還要出色，這簡直是存心不讓人活的嘛！

「怎麼了，不喜歡嗎？要不我重新再做一個？」見她久久沒有將荷包接過去，蘊福以為她不喜歡，連忙道。

「不用了，我很喜歡。」魏盈芷奪過他想要收回去的荷包，仔細地翻看了片刻，見上面一針一線相當考究，比自己做的更是要出色不少，忍不住道：「你怎的做得這般好？比上回做的還要好了。」

蘊福抿嘴笑笑。「不是妳說的，要做一個比上回還要好的嗎？」

魏盈芷撓撓耳根。好像自己的確是說過這樣的話。

一邊將荷包收入懷中，她一邊感嘆著道：「蘊福，要是你是姑娘家，我一定要讓哥哥娶你給我當嫂嫂！」寫得了文章，舞得起大刀，拿得了針線，入得了廚房，這樣的全才，普天下打起燈籠找也找不出幾個來，若是放過了真真是虧死人了！

蘊福被她說得耳根泛紅，結結巴巴地道：「妳妳、妳胡說些什麼？我、我才不要、不要當姑娘家！」

「唉！我家蘊福長得這般好看，學什麼東西都是又快又好，將來也不知便宜了哪家姑娘！」魏盈芷搖頭晃腦的，學著她爹爹的模樣，長長地嘆了口氣。

「妳、妳再、再說，我、我就不理妳了！」蘊福羞窘，用力地瞪她一眼，轉身就走。

「好了好了，我不說了，再不說了，你別惱呀……」魏盈芷追著他而去，灑落一路的軟聲求和。

「四姑娘又惹蘊福生氣了是不？」秋棠剛好走來，瞧見這一幕，有些好笑地道。

「妳又不是不知道，闔府除了四姑娘，誰還有這個本事能惹得惱蘊福？」春柳笑著道。

蘊福的好脾氣比國公爺有過之而無不及，也就四姑娘能輕易惹得他惱怒跳腳，旁人再沒這個本事了。

秋棠輕笑。「確是如此！」隨即又感嘆道：「一眨眼便過了這麼多年，連蘊福都快要考功名了。」

「誰說不是呢？連咱們的秋棠姊姊都當了娘，再不必說旁的了！」春柳笑嘻嘻地接了話。

秋棠俏臉一紅，沒好氣地在她肩上輕捶一記。「早晚有妳的時候！」

「我才不要嫁人呢！一輩子在夫人身邊侍候多好！」春柳不以為然。

沈昕顏身邊三個丫頭，夏荷嫁給了魏雋航身邊的來福，秋棠的夫君是她嫁妝鋪子裡的李掌櫃。如今就只剩下一個春柳，不管沈昕顏挑了多少人家，她都死活不同意嫁人，惱得沈昕顏拎著她的耳朵訓了不知多少回。

「夫人，李掌櫃家的來了！」掀開門簾，春柳故意喊道。

秋棠又羞又惱，上前幾步要掐她的嘴，被她機靈地躲開，一溜煙便跑掉了。

「我道是誰呢？原來是李掌櫃家的啊，快快請進！」沈昕顏在裡頭笑著道。

「夫人不好好教訓春柳那小蹄子，倒是學著她來取笑人了！」

沈昕顏掩嘴輕笑，好半晌才按下笑意，拉著她坐了下來。「小虎子可還鬧騰？」

小虎子正是秋棠剛滿周歲的兒子。

「鬧，可鬧騰著呢！哪能不鬧？偏他祖母和爹爹都護得緊，我這個當娘的倒成了壞人了。」秋棠無奈地道。

「妳便得意吧！當我不知李大娘他們疼妳疼得跟親閨女似的！」沈昕顏啐她。

秋棠笑笑。這輩子她著實有福氣了，能遇到這麼一個好婆婆，夫君也是個知冷知熱的，如今又有了兒子，她只覺得日子是越過越有滋味了。

「這是咱們店裡這個月的盈利，比上個月少了幾百兩。老實說，自從在咱們對面也開了一家類似的鋪子後，這生意確是比以往差了些。」秋棠將一直抱在懷中的漆黑木箱放到花梨木圓桌上，又從懷裡取出鑰匙將箱子打開，一疊厚厚的銀票便露了出來。

「生意有競爭是難免的，起起落落也是常理，只要保證咱們店裡東西的品質，其他的也強求不來。」也許是家底厚了，沈昕顏並不大在意。

自來便是如此，有一家生意起了，很快便會有跟風的。如今京郊陸陸續續建起來的溫泉莊子還少嗎？只是到底沒有他們家的生意好罷了。

秋棠也明白這個道理，只是看著別人搶生意搶到了自家門前，到底心裡不痛快。

「好了，妳也不必太放在心上，生意少了便少了，妳也能有多些時間照顧家裡頭，總不能因為李大娘待妳好便忽略了。這人的心也是要常常焐著才能一直暖和，若是冷了，日後便是想焐也焐不暖了。」沈昕顏見她如此，遂勸道。

「我明白。」秋棠點點頭，少頃，又道：「我昨日在街上看見三姑娘了。」

沈昕顏正想說怎麼可能，魏敏芷昨日可是一整日都在府裡的。可轉念一想便明白，她口中的三姑娘指的不是魏敏芷，而是沈昕蘭。

這幾年，沈昕蘭並沒有再找過她，聽聞連靖安伯府都不曾回過，若不是今日秋棠提起，她都快要忘記這個人了。

「三姑娘那會兒與周五夫人一起呢！」秋棠左右看看，見沒有旁人，才壓低聲音道。

沈昕顏吃驚地瞪大了眼睛。這沈昕蘭什麼時候居然與方碧蓉走到一起了？難道不是應該互相怨恨仇視的嗎？

因著方氏的關係，這幾年方碧蓉也沒少到國公府來，畢竟如今周府已經沒落到連尋常官家都不如了，還不靠著姻親，只怕日子會更加難熬。

不過沈昕顏每回瞧著方碧蓉容光煥發的模樣，再結合上輩子她的種種事蹟，便知她在周府的日子並不算太難過。不管怎麼說，她還是侯府出身，又與英國公府有那麼一層親戚關係，用心經營著，只怕曾經的首輔夫人、如今的周老夫人，也拿她無可奈何。

沈昕顏可是從不敢小瞧了方碧蓉的。

次日，沈昕顏起了個大早，梳妝打扮，又簡單地用了些早膳，這才帶著女兒一起坐上了進宮的馬車。

宮中的瑞貴妃見她們母女進來，含笑上前，一手拉著一個，將正行禮問安的她們扶了起來。

「小丫頭最近在做些什麼？怎的好些日子不進宮來了？」瑞貴妃一向喜歡活潑的魏盈芷，將她拉到身邊坐下，笑著問。

「也沒做什麼，就是做做針線，再就是跟著娘學管家。」魏盈芷親暱地依偎著她。

「當真是能幹，這般小便會管家了！」瑞貴妃毫不吝嗇地誇讚道。

「娘娘可別誇她，這丫頭嘴貧，哄人倒還行，要說管家還差得遠呢！」沈昕顏無奈地插了話。

魏盈芷鼓著腮幫子不服氣地道：「如今不是還在學著嗎？早晚能學會的！」

「對，盈兒說得對，好好跟妳娘學，沒有什麼是學不會的。」瑞貴妃捏捏她鼓鼓的臉頰，笑著安慰。

又逗著小丫頭說了一會兒話，便有宮女將魏盈芷領了下去。

「是哥哥和蘊福，還有太子哥哥！」不遠處松樹下站立的三個少年吸引了她的注意力，她仔細一望，頓時就高興起來。

見她朝著太子殿下和英國公世子走了去，那宮女想了想，亦跟了上去。

「哥哥！」

熟悉的聲音乍然響起，魏承霖抬眸，見是妹妹，正想說什麼，魏盈芷已經朝著太子行禮請安了。

「盈兒妹妹不必多禮！」太子的相貌與瑞貴妃有幾分相似，見是她，溫和地免禮。

魏盈芷望著他的眼睛閃閃發光。哎呀，太子哥哥真是太好看了，果然不愧是貴妃娘娘親生的！瑞貴妃姿容絕世，身為她親生的孩兒，太子的容貌自是相當出色，再加上皇室子弟的尊貴氣度，即便只是一言不發地站在那裡，也能輕易吸引著眾人的目光。

如此出眾的男兒，當然會吸引不少閨閣少女為之傾心，京中盯著太子妃之位的人家更是不在少數，便是沒有盯著的，大多也是知道自己的家世，不敢奢望罷了。

見她眼睛眨也不眨地盯著太子，蘊福有些不高興了，不著痕跡地邁出一步，擋住了她那太過於灼熱的視線。

太子有些好笑。「盈兒妹妹這般望著我，可是我臉上長了什麼怪東西？」

「沒有沒有！」魏盈芷又是搖頭、又是擺手，只一會兒，便從懷裡掏出一個精緻的荷包遞到他跟前，略有些得意地道：「上回我弄壞了你的荷包，這個是賠給你的。我說過的，一定會賠給你一個更加好看的！」

太子啞然失笑。「不過一個小小荷包，壞了便壞了，妹妹又何必記在心上，還特意做了個還回來。」

「我說過的話便一定會做到！喏，給你！」魏盈芷不由分說地將那荷包往他手上一塞，大眼睛笑得彎彎的，好不歡喜的模樣。

蘊福的臉在看到那只小小的精緻荷包時便沈了下來。那分明是上回他替她做的，原來她竟然是拿來送人的！

一直不作聲的魏承霖望望笑得傻乎乎的妹妹，又瞅瞅嘴角帶笑的太子，最後目光落在氣鼓鼓的蘊福身上，不解地皺了皺眉。

「蘊福、蘊福！你怎麼了？好好的又生什麼氣？我又沒惹你！」一連叫了好幾聲都沒得到蘊福的回應，魏盈芷也不禁有點急了。

「妳、妳為什麼拿我給妳的東西送人？」好一會兒，蘊福才脹紅著臉惱道。

「你做的好看啊！」魏盈芷不解。

「我做的再好看也是給妳的，誰讓妳拿去送人了！」蘊福大聲道。

「我都答應要還給人家一個更好看的了。」魏盈芷無辜地眨了眨眼睛。

「那妳為什麼要答應？」

「我弄壞人家的東西，賠人家一個更好的不是應該的嗎？」魏盈芷理直氣壯。

「……反正、反正我給妳的東西不准妳給別人！」蘊福仍舊生氣。

「難道你要我自己繡一個還給人家？我娘知道了會罵死我的！」魏盈芷瞪大了眼睛，一臉的不敢相信。自她八歲起，娘就不准她隨便繡東西給外人了，尤其是男孩子。

蘊福被她給噎住了，想了想好像也有點道理，姑娘家可是不能隨便給外男送東西的。

「那妳可以讓府裡的繡娘做！」

「太子哥哥那樣的身分，能隨便用下人做的東西嗎？」

「我不也是下人？」

「你才不是！」

兩人各不相讓地吵了一會兒後，魏盈芷終於也惱了，一跺腳。「知道了知道了，下回我就是拚著被娘罵，也要自己親手做總行了吧！」

「……」蘊福不知為什麼卻覺得更生氣了。

「妳是姑娘家，怎能隨便送東西給男孩子？這是私相授受，是不可以的！」他大聲道。

「你不也是男孩子？我給了你這般多東西，怎的你又收下？」魏盈芷毫不相讓，嚷得比他還要大聲。

蘊福氣紅了臉，卻是半天說不出話來。

兩人大眼瞪小眼，片刻後，同時「哼」了一聲，別過臉去，不看對方了。

——未完，待續，請看文創風695《誰說世子紈袴啊》3

2018年11月出版

誰說世子紈袴啊

文創風 693～696

明明有夫有兒有女，她卻還能生出「寡婦心態」，
把兒子看得那般重、抓得那樣緊，一心撲在兒身，
以致最後落了個夫死女喪兒怨的淒涼下場，
能把日子過得這般糟的，古往今來怕是沒幾人吧？
如果她這樣都不算是自作自受，怎樣才算呢？

兩情若是久長時　又豈在朝朝暮暮／暮月

英國公府以武起家，歷任國公爺均是威名赫赫的戰將，
現任英國公夫人大長公主更是今上的嫡親姑母，
其長子文武雙全、年少有為，可惜天妒英才，數年前一病而逝，
於是，這世子之位便落到了次子魏雋航的頭上，
雖說兄弟倆乃一母所生，可相較之下他卻是遜色許多，並無過人之處，
況且他生性好逸，平日往來的也多是各勛貴世家中無所事事的子弟，
久而久之，居然得了個「紈袴世子」的名頭，
惱得英國公恨不得拎棍打殺了這個有損家風的逆子，
而身為魏雋航的妻子，沈昕顏雖也水漲船高成了世子夫人，
但她並不是大長公主原先相中的未來國公府女主人，
因此雖是世子夫人，但卻處處都被長嫂壓一頭，
加之她不喜夫君的平庸、無能，夫妻關係向來平淡，
所以漸漸地便將重心全都擺在優秀的兒子身上，
無奈造化弄人，待她成了婆婆後，與媳婦卻不合，
最終，她將日子愈過愈糟，把自己推入了絕境……

誰說世子紈袴啊 2

國家圖書館出版品預行編目資料

誰說世子紈袴啊 / 暮月著. --
初版. -- 臺北市 : 狗屋, 2018.11-
冊 ; 公分. --（文創風）
ISBN 978-986-328-935-7（第2冊：平裝）. --

857.7　　107016162

著作者　暮月
編輯　黃淑珍
校對　黃亭蓁　簡郁珊
發行所　狗屋出版社有限公司
地址　台北市104中山區龍江路71巷15號1樓
電話　02-2776-5889～0
發行字號　局版台業字845號
法律顧問　蕭雄淋律師
總經銷　知遠文化事業有限公司
電話　02-2664-8800
初版　2018年11月
國際書碼　ISBN-13　978-986-328-935-7

本著作物由北京晉江原創網絡科技有限公司授權出版

定價250元

狗屋劃撥帳號：19001626

網址：love.doghouse.com.tw　E-mail：love@doghouse.com.tw